图书在版编目（CIP）数据

英雄归来：83张抗战英烈死亡证书背后的故事/
乐文城著. —北京：民主与建设出版社，2016.1
ISBN 978-7-5139-0824-5

Ⅰ.①英… Ⅱ.①乐… Ⅲ.①纪实文学 – 中国 –
当代 Ⅳ.①I25

中国版本图书馆CIP数据核字（2015）第 245298 号

英雄归来：83张抗战英烈死亡证书背后的故事

出 版 人	许久文
责任编辑	李保华
监 制	蔡明菲 潘 良
顾 问	李 军
特约监制	梁新民
联合策划	博集天卷 咪咕阅读
特约策划	邢越超
特约编辑	苗方琴
营销支持	李 群
封面设计	仙 境
特别鸣谢	元正集团
出版发行	民主与建设出版社有限责任公司
电 话	（010）59417749 59419770
社 址	北京市朝阳区阜通东大街融科望京中心B座601室
邮 编	100102
印 刷	三河市鑫金马印装有限公司
成品尺寸	700mm×1000mm 1/16
印 张	21
字 数	320千字
版 次	2016 年 1 月第 1 版 2020年1月第 2 次印刷
书 号	ISBN 978-7-5139-0824-5
定 价	39.80元

注：如有印、装质量问题，请与出版社联系。

目录

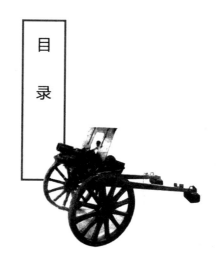

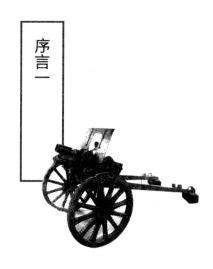

序言一

八年浴血留青史，七秩真情铸烈魂

一段尘封了 76 年的悲壮历史，记录了 83 位英雄牺牲内容的档案，2009年在革命老区左权县桐峪镇莲花岩被发现。吕吉山，一位山西志愿者为此到北京寻求主流媒体的关注，进而引发在全国兴起了"英雄的亲人，你们在哪里？"系列活动。在全国影响很大的《北京晚报》率先发起并不断发表系列报道，即使在 2013 年春节期间，《北京晚报》都派出记者到山高路远的左权县采访并很快发出整版图文报道《英雄长眠在这里》。之后，《燕赵都市报》《燕赵晚报》《山西日报》《山西晚报》等全国六家报纸都在追踪报道。新闻在《北京晚报》报道后不久，立即引起中央电视台军事频道和凤凰卫视的高度重视，他们赶赴山西对此追踪采访。可惜，我作为一名晋中市委机关干部，对这些知之甚少。

今年夏天的一个下午，我接到吕吉山的电话，他邀请我去看一个展览，非常诚挚，我决定赶到展览地观看。走进展厅，首先映入眼帘的是一个大大的"魂"字，动人魂魄，震撼心灵，据说是北京中国书法家协会会员王炳尧先生创作的。一幅"纪念世界反法西斯胜利暨中国抗日战争胜利 70 周年"展览前言的喷绘彩图讲述了举办这次活动的要旨，我逐字逐句地读着，深深地被这种场面感动、感染。更令人震惊的是宽敞的会议室四周桌上摆放着的83位英雄的死亡证书复印件，它们被精心装裱在木框中。每一份档案都详细记录着英雄所在的师、团、营、班番号，以及姓名、年龄、籍贯、记录人，还有牺牲时间和被救治的过程。他们中年龄最大的50岁，最小的15岁，牺牲时间在1939年，正值抗日战争最艰苦卓绝之时。

据推断，这些死亡证书是八路军一二九师野战医院部分伤员在战争最残酷时被转移到左权县桐峪镇莲花岩高耸似入云端的崖居中后，可能是接到了转移命令或是遇到了紧急情况，医生在救治中所做的医疗记录被藏入崖壁的石缝中保存。后来不知发生了什么情况，也可能是藏资料的人遇到不测，让这83份死亡证书静静地在崖居里被尘封了76年。

透过这83份死亡证书，我仿佛看到了八路军战士在抗日战争中浴血奋战、英勇不屈地以血肉之躯抵抗日本帝国主义侵略的壮举。可想而知，当抗日战争胜利，全国解放后，这些英雄的亲人是何等地焦急。这些战士杳无音信，生死不知，不少亲人找了他们好几十年。在寻亲队伍中，年已七旬的老人宋丙辰知道自己的二叔被"找到"后，不禁老泪纵横，令人痛心。而更多的人根本无处寻觅他们的亲人……

时值纪念抗日战争胜利70周年之际，亲眼看到这一幕幕动人篇章，我的心情久久不能平静，深深为这83位英雄而感到震撼，我觉得有必要为这83位英雄呐喊，也为爱国人士的行为感动和赞叹。他们是共和国的英雄，是民族的骄傲和脊梁。

当时我就想，我能为他们做点什么？在吕吉山的提议下，我一鼓作气拟了十多副纪念英雄的诗词对联，将此写成书法作品，悬挂在展厅进行展览并赋诗以表心志。同时，我下决心要发动全省更多的诗人、书画家投身到这项爱国活动中来，于是积极与山西省诗词学会唐槐诗社社长常永生联系，拟请诗社的诗人们来举办一场纪念抗日战争胜利70周年的专题活动，通过诗、书作品弘扬爱国主义精神，以纪念抗日战争胜利70周年为主题，以83位英雄的故事来激励人、启迪人、鼓舞人。

2015年8月中旬，由我出面组织邀请了山西省一些市县的50多名诗人、书法家，到吕吉山创办的展厅举办了纪念抗日战争胜利报告会，我们怀着崇敬的心情观看了83位英雄的死亡证书档案和凤凰卫视对这一事件的全程专题报道，观看了由无臂书法家屈凡雪等人为英雄写的书法作品。大家深受感动，纷纷创作作品以表心声。随后，我又组织太原市、晋中市等地部分诗人，赴左权革命老区发现83位英雄死亡证书档案的莲花岩的崖居中实地探访，听取左权莲花岩生态庄园董事长高乃文讲述发现83位英雄的死亡证书的经过及创建陵园的设想。当时我即兴为莲花岩赋诗一首：

莲花岩里现群英，峭壁清流照晚明。

七十六年昭日月，松涛起处有回声。

10月10日，吕吉山出面组织，计划于10月14日隆重举行民间纪念抗日战争胜利70周年的活动。吕吉山得知有一个山西省诗词协会，他向一位诗人当即要了协会时新会长的手机号，立即打电话联系，时新会长立即派出了诗词协会的常务副会长兼秘书长郑福太与吕吉山见面。吕吉山当即邀请郑福太副会长到晋中考察展览现场，郑福太副会长考察后，连连说"震撼！震撼！"，当即表示要给予大力支持并亲自为英雄写一首诗。

之后，山西唐槐诗社发出了为英雄题诗并创作书法作品的倡议，山西诗词学会、山西唐槐诗社、山西杏花女子诗社组织诗人开展歌颂和缅怀活动。由社长分配任务将83份死亡证书复印件分发到83位诗人手中，很短时间里就为每位英雄创作了量身定做的诗词作品，每一位英雄由一位诗人赋诗词一首，成就了83位诗人与83位英雄的故事（编者注：可能整理时有遗漏，现在82位英雄有对应的悼念诗）。

山西省诗词学会会长时新、山西唐槐诗社社长常永生、山西杏花女子诗社社长张梅琴、山西诗词学会副会长郑福太等著名诗人都亲自参与创作。其间发生了许多感人的故事，如：每位诗人写一首诗后，要发到诗社微信圈中，请德高望重的老先生审核，他们常常为一个词、一个字而热烈讨论，为的是能对得起被缅怀的英雄。将英雄的事迹用短短28个字展现在世人面前，其用情专注、用心良苦是无与伦比的。

其中一位名叫原守金的英雄，山西陵川人，牺牲时42岁，是三八六旅七七二团三营九连副班长。1939年2月在和顺战斗中负伤，左腿切断，经救治好转，后患破伤风，终医治无效，于1939年9月牺牲。

我为他题诗一首：

热血男儿原守金，驱倭百战献丹心。

舍身忘死为家国，留取忠魂万古吟。

金秋10月，硕果飘香，我将83位诗人为83位英雄书写的诗稿及书法作品郑重地交到吕吉山手上，请他珍爱此作，装裱展出并出专辑，这是全省诗人的心愿，是一件非常有意义的事，也是以实际行动纪念抗日战争胜利70周年的一种形式，是爱国主义精神的具体体现。让我们拿起笔，来缅怀他们，并且记录下整个过程，让更多的人铭记他们的英雄事迹，牢记历史，缅怀先烈，珍惜今天来之不易的和平与幸福生活。

王晓丽

（晋中市委统战部副部长、市工商联党组书记）

附王晓丽纪念抗日战争胜利70周年感赋

七绝五首：

之一

月冷卢沟踏国门，山河破碎欲颠昏。

八年浴血留青史，七秩真情铸烈魂。

之二

双亲送子打东洋，铁马金戈战虎狼。

未报深仇身已去，莲花托梦告爹娘。

之三

八十三张英烈证，莲花岩里现原身。

铮铮铁骨思乡恋，壮士忠魂泣鬼神。

之四

手握乾坤驱敌寇，肩挑日月保家园。

雄风铁血山河恸，松柏长青万古魂。

之五

莲花岩里现群英，峭壁清流照晚明。

七十六年昭日月，松涛起处有回声。

七律·抗战英魂赋

卢沟桥畔起狼烟，倭寇狂蹄践我川。

百姓遭屠城欲坠，千山失翠月难圆。

肩挑正义铮铮骨，血染旌旗猎猎天。

七秩尘封悲壮史，魂归故里慰英贤。

序言二

2013年年初，在山西省晋中市左权县莲花岩，我看到83张1939年去世的八路军战士的死亡证书。迄今为止，每当看到这些发黄的不完整的记载，我的心情都不能平静，总有热泪盈眶的感觉。他们是共和国的英雄，是民族的骄傲和脊梁。

死亡证书上记载着不少战士身患感冒、肠炎等普通的疾病，由于战争的残酷、治疗条件的极度困难，被夺去了宝贵的生命。有3位战士，只有15岁，如果他们还活着，如今也有90多岁了。

这些战士是不愿做亡国奴的前辈先驱，他们以自己的血肉之躯前仆后继，换来了中华民族今天的和平与发展。他们中的很多人没能活到胜利的那一天，没有人给他们评功授勋，没有人给他们树碑立传，他们更没有机会回到家乡光宗耀祖。他们带着全身的伤痛，带着未了的心愿，带着对日寇的切齿痛恨，在硝烟弥漫的战火中逝去。这让我们活着的人想起他们心里就不免有些难过。

面对着这些英雄的死亡证书，我们应该悼念、感恩、学习他们。

忘记过去，必会重蹈覆辙。这是《南京大屠杀：第二次世界大战中被遗忘的大浩劫》的作者在书中给读者最重要的警示语。70多年前，国家危亡，四万万同胞遭受蹂躏，日军在中华大地烧杀抢掠，无恶不作。尤其是日军实行的惨无人道的南京大屠杀，杀害中国军人和市民30余万人，让当时的南京城血流成河。美国一位历史学家计算过："如果将尸体装入火车，能装满2500多节车厢。假如死者手拉手排队站立，队伍将长达几百公里，可以从南京到杭州。如果再计算死者流的血液量，约有2500吨。"

为什么南京大屠杀时死了那么多人？一名日本指挥官道出天机："我实在不能理解，中国军队为什么不抵抗？南京有100多万人口，我们日军攻陷南京时兵力并没有多少，如果这100多万人都拿起武器或是菜刀等，我们也可能会伤亡惨重甚至会被消灭。所以，我们为了减少在攻入南京后的伤亡，必须下决心杀死更多的中国人。"

一位学者说："一个国家在生存、独立、发展这三种利益之上，还必须加上第四种国家利益，那就是'集体自尊'。"南京大屠杀的惨痛经历再一次告诉我们：集体自尊是何等重要。

日军将领板垣征四郎在一次大会上曾讲了一段今天我们中国人都应该牢牢记住的话。他说："中国是一个大不相同的国家，一般民众的国家意识是很淡薄的，无论是谁掌握政权，谁掌握军权，这都无碍大局。"他对中国当时一盘散沙的状况了解极深。这就是日本能够乘虚而入、发动"九一八"事变、发起对华战争的重要原因。

天下兴亡，匹夫有责。从我做起，从现在做起：工人抓好工业生产，用工业强国；农民种好地，让我们成为农业大国；军人练好兵，建设钢铁长城；学生读好书，要肯吃苦、勇于拼搏；企业家要有高度的社会责任感，争做世界一流企业；文官不贪财，武将不怕死。全国人民高度团结一致，把祖国建设得更加繁荣昌盛、强大无比，永远屹立在世界的东方，让无数英烈安息。

这就是我们举办以"勿忘国耻·学习英雄"为主题的爱国主义巡回展览的初衷。

我还要说明的是，我多次与中国人民抗日战争纪念馆、中国人民解放军档案馆、中央档案馆、中国国家博物馆的领导和专家接触，他们说："迄今为止，以上档案馆、纪念馆、博物馆中，没有一份这样的死亡档案。"可见这一史料是何等的珍贵，实在是应该让更多的人在这些尘封了70多年的英雄的档案资料面前反思——今天的我们，究竟该如何做一个有责任感、危机感、使命感的公民。

江苏青年作家乐文城走进山西，走近一批志愿者，实地探访83位英雄，寻找他们背后的故事。

刚刚25岁的乐文城，作为中国文坛的一个新秀，自费到北京、山西等地采访、搜集素材，他是一个极具正能量的希望之星。在我陪伴他的日子里，真切体会到这位作家对英雄的敬仰和热爱。志愿者们默默的付出，他们所做的点点滴滴，都让去采访的乐文城分外激动、感慨。而乐文城的举动也让我感动。

太多的作家真的是"坐"在家里而著书，经常是"米不够水来凑"，因此，能够引起社会极大关注及引起读者巨大共鸣的作品更显可贵。

一个25岁的青年作家，对这样的抗日战争题材感兴趣，而且具有浓厚的兴趣，并义无反顾地投入采访、创作中，真是难能可贵。我相信，这本书一定会以翔实的史料、感人肺腑的细节感动读者。

吕吉山

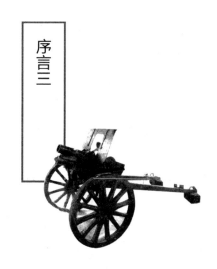

序言三

2015年6月份，我带女儿李可然前往吕吉山老师在北京的工作室，结识了青年作家乐文城老师。那会儿正准备带可然去美国参加夏令营，已经在办签证了。可是那天晚上，听完吉山讲述83位英烈的事情，看了凤凰卫视对事件的报道，感受到志愿者们无私的付出，可然非常感动，她跟我商量，要放弃去美国参加夏令营的机会，为英雄创作书画作品。文城正在写长篇纪实作品，当即采访了可然，并写了文章。

匆匆别过，一个多月后，8月14日这一天，志愿者在太原举办了第二次"勿忘国耻·纪念英雄"报告会，邀请我参加。到会时文城也在，他为了参加这次报告会，连夜坐飞机到太原。报告会上，他做了简短的发言，讲述了创作时的感悟和感动。他从文化的角度来看这件事，认为日本的侵略，撇开其他原因，文化也是重要的因素。

文城讲到了一个例子：抗日战争爆发前，有一回在课堂上，一个日本孩子不敢解剖青蛙，吓得直哭。这立即招来了老师的打骂："小小一只青蛙有什么可怕的，等你长大后，还要杀一两百个中国人呢！"当时的日本军人为什么如此残忍？正是与从小接触的教育有关，与文化有关。

文城说，他写这样一部书，跟着志愿者办爱国主义书画展，正是希望通过文化的力量，期待能把我们的国家建设得更好。这也让我想起了，我去国外旅行的时候，常常看到听到一些关于中国人没素质的事例，这岂不正是文城说的"文化问题"吗？一个月前见到吉山和文城，我还不明白他们做这些事的原因，也没想过要参与进来，可是当我渐渐了解了整个过程和事件的意义，被深深地感动了。

一个25岁的青年作家，生活尚无着落，却自费奔波于山西和北京等地，默默付出着。作为民营企业家，我更觉责无旁贷！这些年来，我主要从事地产生意，创办了元正集团，经营房地产、商业地产和旅游地产，在新疆、海南、广西等地，都开设了分公司。在桂林，我还开办了桂林文化艺术有限公司，不过经营的主要是文化交流和艺术品拍卖等，并不涉及图书项目。可是看着大家的付出，我觉得自己也不该落后，因此把文城的书纳入公司，作为公司的项目，去推广和支持。愿能为逝去的英雄，尽一份自己的心力！

李军

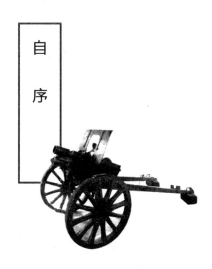

自
序

    2009年，一份包含83张八路军抗日英雄的死亡证书的档案，在山西省晋中市左权县桐峪镇莲花岩废弃已久的崖居上被发现，从此很多人的生活有了变化，这些人加入追寻英雄的亲人的活动中，为英雄立碑、创作书画并在全国巡展。在这个过程中，这些人发掘出一个又一个传奇，谱写了一个又一个故事，他们的经历是那么生动，他们的事迹应该被记录下来，让更多人知道。

    2015年，正值反法西斯战争胜利70周年，我开始写这本书。这本书记录的故事从2009年开始，一直到2015年。事实上，这些故事在1939年，甚至在更早的时候就开始了。在那段烽火连天的岁月里，有这样一群人，他们中年龄最小的仅15岁，最大的也只有50岁。他们来自普通农村家庭，很多人都没有成家，战争爆发后，他们走上前线，最终牺牲在了战场上。

    岁月把他们尘封了70多年，在新世纪的今天，战争已经远离我们，历史被我们淡忘，当初的切肤之痛如今已不再被关注。这个时候，他们再次出现了，虽然不是一个个鲜活的个体，而是以一张张泛黄的死亡证书的形式出现，但我总觉得，他们的出现并不是偶然，或许他们出现的目的是一样的。他们的每次出现，都是为了唤醒国人去为祖国的强盛，负起应尽的责任。

　　有这样一群人，他们读懂了这些英雄的意思。这群人中，有热衷公益事业的志愿者，前后奔波数年；有亿万家财的所有者，听到这件事后激动万分，要提供自己能力范围内的任何帮助；有双手残疾的书法家，原本在桥底下卖字，连3块钱的地铁票也不舍得买，却为悼念英雄，写书法写到双手起泡；有培训中心的校长，连带团出国旅游挣钱的机会都放弃掉，另外贴几万块钱奉献自己的爱心……

　　在我写作这本书时，聆听着一个又一个动人的故事，我感受到我的笔承载的不仅仅是文字，还有英雄的回归和志愿者的期盼。我们做这件事怀着伟大的理想，要让社会关注到那些在历史中为我们抗争的英雄。乔治·桑塔亚纳说过一句不朽名言："忘记过去的人注定要重蹈覆辙。"悼念英雄，感恩英雄，学习英雄，是让我们在铭记过去的时候，认识到现在的责任。

　　当我接触到这个题材后，马上想要去写这本书，或许我能力有限，但还是想参与。因为我遇到了，就像参与其中的很多志愿者一样，他们遇到了，于是奋不顾身。这83张死亡证书所记录的英雄只是无名小卒，但是看着泛黄的纸张保存下来的他们的信息，我们都感受到了历史的重量。所以，哪怕力量微小，哪怕我们的付出只是浩瀚大海中的一滴水，我们也还是要做。

第一部分

不再沉寂

抗日战争时期的左权县

一个发黄的档案袋，在山西省晋中市左权县桐峪镇莲花岩的崖居里被发现，档案袋中是83张八路军抗日英雄的死亡证书。证书上记录着英雄的姓名、年龄、籍贯、职业，还有诊断治疗的经过以及死亡原因。这些英雄来自山西、河北、山东、河南、四川、陕西、甘肃等省份，年龄最小的仅15岁，最大的也只有50岁，大多数都是20出头的年轻人。他们青春年少时离开家乡，离开家人，奔赴前线，然后牺牲在了战场上，时间是1939年，正是抗日战争最激烈的时期。

左权县原名辽县，地处太行山主脉西侧，地势险要，历来是兵家必争之地。抗日战争爆发后，中国共产党在这里与敌人浴血奋战数年，八路军总部、中共中央北方局、一二九师等150余个党政军学商机关单位在此驻扎。小小的辽县只有70,000多人，可这70,000多人中有10,000多人牺牲、10,000多人参军、10,000多人支援前线。八路军副参谋长左权将军*也牺牲在了这片战场上，那是中国共产党在抗日战场上牺牲的最高级别将领。为了纪念左权将军，辽县从此易名左权县。

1939年，日军对左权县发起猛烈进攻，一二九师——我们所熟知的"刘邓"大军——将司令部驻扎在了左权县东南的桐峪镇。刘伯承任师长，邓小平任政委，尽管他们领导着战士多次击退日军进攻，己方却也付出了惨烈的代价。这83张死亡证书，正是在1939年由一二九师卫生部开具的，这些战士隶属"刘邓"大军，有的在战争中受伤，有的因环境恶劣患上疾病，最终不治身亡。

一二九师卫生部设在桐峪镇一带，为了避开日军扫荡，他们往往分散于居民家中，或藏入深山之中。所谓的崖居，其实就是经过简单修葺后的山洞，它们位于崎岖的山路上，地势险恶，易守难攻。就算是现在，交通条件大有改

---

*注：左权（1905—1942），湖南醴陵人，黄埔军校一期生，是八路军的高级将领，无产阶级革命家、军事家。

善，要到达这里，也需要经过一段不太好走的路。何况当时的交通极不发达，要到这里更是艰难。所以，把伤员转送到这个地方，对他们的安全无疑有更大的保障。或许正是这个原因，83位英雄的死亡档案才会出现在这里。

岁月流逝，时代变迁，到2009年，转眼过去了70年，这一沓厚厚的资料才被发现，纸页已经泛黄，甚至出现粘连，字迹也变得模糊不清，若那些英雄活到现在，年龄最小的也得90多岁了。出于种种原因，这份档案在当时没受到重视。直到2013年，《北京晚报》了解到了这件事，连续多日追踪采访，对此事进行了大范围报道，这些档案才为世人所关注。随后，中央电视台连续三天播出了相关纪录片，凤凰卫视也做了相关节目，《人民日报》隆重刊登报道此事……还有许许多多的媒体记者，他们追踪着、报道着，跟随志愿者一起走入英雄的世界。

2015年，正值反法西斯战争胜利70周年，悼念英雄、感恩英雄、学习英雄，又有着特别的意义。回顾这段历史，我们为的不是铭记仇恨，因为我们深深地知道，就算是日本民众、德国民众、意大利民众，他们也是受害者。我们悼念英雄、感恩英雄、学习英雄，更多的是为了警示人们，不要让仇恨蒙蔽我们的眼睛，不要让这样的历史重演，同时要让中华民族变得更加强大。

附：何正清生平简介

1939年，何正清是八路军的卫生所的负责人之一，83张英雄的死亡证书多由他签字。

何正清，中国共产党党员，河南淮滨人，生于1917年，1932年参加革命工作，1937年加入中国共产党。

革命战争年代历任红四方面军后方医院班长、看护长，八路军一二九师卫生部医生、五所所长、附属医院院长，山西太行四分区卫生处处长，二野六纵卫生部副部长、二野卫生部医政处处长。

新中国成立后，他历任西南军政委员会卫生部医政处处长、办公室主任，西南文教委员会办公室主任、党委副书记，重庆市卫生局局长，重庆市委宣传部副部长兼卫生局局长，四川省建筑工程管理局党委书记，渡口市（现为攀枝花市）革委会副主任、市委书记，省人大常委会委员、教科文卫委员会主任等职务。1987年12月离职休养。

2009年10月15日因病医治无效在成都逝世，享年92岁。

英雄重现世间缘起一位县委书记

很多故事要从2000年孙光堂上任左权县县长说起，当时正是左权县最困难的时候，16万左右的人口有一半多还处在贫困线下，我国又刚经历了亚洲金融危机和百年不遇的大洪灾，元气大伤。左权县人口分布极为分散，全县足有1000多个自然村，平均每个村不到200人，这又给发展带来了极大的难度。

孙光堂来到左权后，经过调查，认为左权县要发展，必须实行改革，随后他展开了一系列声势浩大的改革。

到2005年，孙光堂调任左权县县委书记，这时左权县的工业正蓬勃发展，城镇化的脚步也在稳步推进，偏远山区的农民纷纷搬到了城镇居住，村庄成了空壳，很多村庄的资源也被闲置。面对这一情况，孙光堂又创造性地提出了生态庄园经济的想法，倡导工商资本和社会资本进入农村，进行现代农业开发。这一理念得到了落实，很多"四荒"资源被改造成了生态庄园。

过去靠挖煤、炼焦、开矿、干工程、小额贷款积累的民间资本，争先恐后地投入到庄园经济的开发与建设中，原本被闲置的土地成为一处处旅游景区。庄园出产的笨鸡蛋、水果、核桃、蔬菜等产品，成了城市里的抢手货。那些曾经外出打工的青壮年，也纷纷回到了家乡。贫瘠的土地在孙光堂的改造下，重新绽放了活力。生态庄园的发展模式，也在山西各地蔚然成风。

左权县桐峪镇的企业家高乃文，积极响应孙光堂书记的号召，那是2009年，高乃文开始将左权县12,000亩荒地改造成生态庄园，改造成红色旅游区。在改造过程中，整理荒山的时候，于桐峪镇莲花岩的崖居里，发现了装着英雄们死亡证书的发黄的档案袋。高乃文非常清楚这个档案袋中的资料是多么珍贵，它是一段烽火岁月的见证，也是一个个战士为了保家卫国而甘愿牺牲自己的见证。

得到这份资料后，高乃文很想把它公之于众，让大家看到这份资料，知道有这样83位英雄，在抗日战争时期，牺牲在了山西的战场上，他们的军衔可能不高，他们的名字也并不为人所知晓，但他们仍然值得我们铭记，任何一个走上抗日战场的战士，都值得我们尊敬。高乃文通过很多渠道，希望大家能够重视这件事，但是众人对他的呼吁并不关注。无奈之下，高乃文只能把这份档案锁在了保险柜里，这一锁又是四年，直到2013年，档案才重见天日。

高乃文

冥冥之中仿佛早已注定，又是孙光堂的穿针引线，才使这份档案得到了关注。2013年，孙光堂邀请当时任国家发改委主办的《中国科技投资》记者的吕吉山到左权县考察生态庄园经济，见到了高乃文。从发现档案到2013年，已经过去整整四年，可是高乃文并没有将这些资料遗忘，见到吕吉山的时候，向他提起了这件事。这立即引起了吕吉山的关注，并向高乃文要了存储着档案的光盘，并自费10,000多元钱，将这份资料打印了100多份。这时的吕吉山已经清楚自己接下来要做的事——他要让所有人都关注这记录了83位英烈死亡信息的档案！

吕吉山简介

几十年来，吕吉山一直热心于公益事业。早在1984年，他31岁的时候，就为残疾人办福利企业奔走呼吁。时任中国残疾人联合会理事长的邓朴方看到吕吉山有关扶持残疾人的文章，写信给原山西省委常委、太原市市委书记希望继续给予大力支持。之后，邓朴方一直记着吕吉山那篇文章，还很快亲自到企业考察并题词。目前，那个残疾人福利企业已经是全国最大的残疾人福利企业。1991年，吕吉山看到山西有大量的尘肺病人，亟须改变工作条件和环境，就给山西省省委书记写信，并得到批示和大力支持。1994年，吕吉山在全国最早呼吁大力扶持发展环保产业，山西省省长先后在他的报告上做过4次亲笔批示。1998年，吕吉山就开始呼吁治理雾霾，并为此写了140多页厚厚的有关调查报告，得到山西省委常委、常务副省长、太原市市委书记的高度重视并做出重要批示。1996年，他到特别贫困的吕梁地区施行造血式扶贫来帮助农民，把吕梁地区过去十分廉价的红枣打造成为摇钱树，山西省省委书记、省委副书记兼省长、省委副书记等获悉后，亲自做出批示给予支持。1999年6月20日，他帮助策划了贫困的吉县农民骑摩托车飞跃黄河活动，为让十万农民富起来做出家喻户晓的贡献。2011年，他发现晋中昔阳县一个18岁少女身患白血病无钱医治，便奔走于国内一些媒体之间，最后由中央电视台出面连续追踪报道，国内有 61 位明星出面救助，最后这个白血病少女起死回生。2015 年 10 月，他自费抢救全国名老中医宝贵文化遗产，获得省委书记和国家中医药管理局领导批示支持，今天已经成为国家"十一五"科技支撑计划向全国推广。

吕吉山：我眼中的原左权县县委书记孙光堂

孙光堂，山西灵石人，研究生学历，中共山西省委党校客座教授，山西农业大学客座教授，山西农业大学新农村发展研究院研究员。现任晋中市委常委、统战部部长。孙光堂在左权、榆次两地首创并实践的生态庄园经济，是中国农业领域的一大创新性变革，他曾多次受邀走进清华大学、天津大学等高等院校，做有关生态庄园经济的专题讲座。2009 年 8 月，孙光堂被评为第七届全国"人民满意的公务员"，曾受到习近平等党和国家领导人的亲切接见。他的专著《左权之路：一个贫困县的发展与变迁》，被誉为"关于中西部地区发展模式的启迪之作"。2013 年 5 月出版了《媒体眼中的生态庄园经济》一书，以媒体的第三方视角解读了生态庄园经济的发展，收到了很好的反响。2014 年 3 月，又出版了《专家学者论生态庄园经济》一书，通过专家视角进一步解读了生态庄园经济的价值，丰富了生态庄园经济的理论，对研究生态庄园经济发展具有重要意义。"辽居太行山巅，万山深谷之中，迂回曲折，袤延千里，商贾不至，舟车不通。"这是关于著名革命老区原八路军总部根据地左权县在《辽州志》中的记载。由于这个县地处干石山区，山大沟深，石头多土地少，人均农田面积仅有 1.3 亩，人们戏称为"八山一水一分田"。这里土地贫瘠，灾害不断，农作物产量很低，是典型的国家级贫困县。

孙光堂曾经在左权工作了 10 年，其间 5 年担任县长，5 年担任县委书记。孙光堂说："左权县有这么几个特点——一是人口分布很散，新中国成立以来，全县最多时有 377 个行政村、648 个自然村。到 2000 年底，全县还有 379 个行政村、336 个自然村。平均每个村的人口不到 200 人，其中 100 人以下的村就有 200 多个。二是人均耕地少，左权地处太行山区，全县人均耕地面积仅为 1.3 亩，而且大多土地贫瘠，产量很低。三是生态环境脆弱，自然灾害频发。历史上出现过'3 年一小灾，5 年一中灾，10 年一大灾'的现象，导致人民群众生活条件十分恶劣。四是环境闭塞，交通不便。直到 20 世纪末，左权县依然被重重大山所桎梏。几十年来，所有在这里战斗过的将军、部长、国家级领导人，几乎全部为左权的扶贫出过力，但居住在深山里的农民依然过着贫困的生活。

方法就是力量，做任何事情都需要有效的方法。左权县先后有 4 万多农民进城居住，出现了大批的弃耕地，还有大量的荒山、荒沟，谁来耕种、治理？孙光堂说："人类社会的发展就像一条川流不息的长河，在历史进程中，由于各种地势和水情的差异，不同的河流会泛起不同的浪花。"也就是说，在不同的时空中，人类都会出现一些新的特殊问题。这些问题，既关系到当地民生的发展前景，也折射出当地群众的冷暖人生。马克思说："问题就是时代的声音。这些声音呼唤着我，这些声音拨动着我的神经，也督促我去思考，促动我内心不断地发出呐喊，激发我面对现实反复讨论思考，鞭策我迎难而上。"

早在 10 年前，孙光堂就提出：大力倡导并引导社会能人和民间资本，依托移民搬迁旧址遗留下来的耕地、"四荒"等资源，以多元化方式集中一定规模的土地，做到以市场为导向，以科技为支撑，以经济效益为中心，以建设生态文明为目标，尝试并探索一种农业产业开发新模式。由此，左权县出现了"农民下平川，老板进深山，'四荒'着新绿，旧村变庄园"的景象，成为左权县生态庄园经济开发的生动写照。

从 2005 年开始起步，到 2012 年底，左权县生态庄园发展数量已经达到 241 处。而左权县一位开发铁矿的民营企业家积极响应县委县政府进深山开发的号召，拿出全部积蓄后又借了 1500 多万元，开发出原来的八路军野战医院所在地作为莲花园红色旅游景区。

吕吉山：走近高乃文，感悟他的社会责任与使命

2013 年中央一号文件提出，要鼓励和引领城市工商资本到农村发展适合企业化经营的种养业。据统计，截至 2012 年 12 月底，全国承包经营耕地流转面积达到 2.7 亿亩。但不足的是民间资本投入荒地还不多，亟须唤起民营企业老板对投资"四荒"的热情和积极主动性。左权县的高乃文，就是一位对农业既有社会责任感又有紧迫感、使命感的农民企业家。

2015 年春节前，我在左权县原八路军总部所在地的桐峪镇莲花岩生态经济庄园，偶然遇到万顺矿业公司董事长高乃文。这位投资人告诉我，他今生最大的愿望就是要倾其全力，将驰名中外的左权红色历史文化传承下去。近年来，高乃文在左权县开发了 17,400 亩谷底海拔平均 1060 米、最高山峰 1700 米的土地，在总共 12,000 亩的荒山、荒沟、荒丘、荒滩里，拿出全部积蓄后又借了 1500 多万元，于这里的四个"空壳村"种植核桃树等经济林，还种植了大量的中草药。但高乃文说，他眼下最关注和重视的，是两年多前在莲花岩崖居里发现的 83 份八路军英雄的死亡证书，他最大的愿望是让这些已经尘封了 70 多年的英雄早日"回到"他们的家，"见到"他们的亲人。

高乃文过去是左权县非常穷的农民之一，因过去家境贫困，他只读到初中就不得已辍学了，农村最苦、最脏、最累，甚至最让人瞧不起的活儿他都干过，甚至当走街串巷换锅底的小炉匠这种活儿他也干了很长时间。他对贫困农民的现状不仅有切肤之痛，更有许多真切感受。他最大的愿望就是今后一旦经济条件好转，一定要倾其全力去帮助更多的穷人。高乃文曾在他生活最艰难的那年春节前，在乡村走家串户给农民换锅底时，看到有的农民过大年竟然买不起几斤肉，也喝不起半斤八两的白酒，这让他夜不能寐。让人感动的是，虽然当时他也穷得捉襟见肘，但强烈的责任心和恻隐之心促使他做了一个决定：到当地农村信用社贷款 500 元，分给那些困难户，让他们置办点年货。高乃文说："虽然我那时借贷负债了，却很开心。"

有一年，高乃文听说附近苇则村有个女孩上不起高中，就马上去给予帮助。他还表示，如果这个女孩今后考上大学，要继续资助她。多年来，他资助农民

子女不再失学的事例已是数不胜数。

高乃文在庄园中种植多种中药材，也是为当地农民考虑。这里的农民多少年守着适宜种植中草药的大片土地，却没有有条件去种植。为此，他在2009年8月，开始在被撂荒的100亩土地上先后种上了牡丹和芍药25万株、白术5万株，还包括杭白菊18亩、柴胡20多亩。高乃文说，"如果今后农民花上仅仅几毛钱或是几块钱就能服用既可以防病又可以治病的中草药，那将是我觉得很开心的事。"

18位英雄被追认为烈士

得到那份档案后，吕吉山前后思量，觉得应该向两方面的力量寻求帮助，一是政府，二是媒体。在2013年大年初二那天，吕吉山从山西到了北京，于陶然亭公园附近的一家宾馆住下。然后他在网上找到了民政部的联系方式，并将83位英雄的死亡证书的影印件和一封书信一起寄给了李立国部长，希望他能关注这一事件。吕吉山说："春节刚过，我就给国家民政部部长办公室打电话，部长秘书说，你写的报告不需要给部长，我直接给有关司局领导即可，你去找他们好了。按照部长秘书提供的电话，我与民政部一位司局领导通了电话，很快我就应约去了民政部，几个司长、处长一起在会议室接待了我。"

民政部的许多官员在会议室集体接待了吕吉山，告诉他说，他们已经查了一下档案中的名单，发现其中有18个人，已经被国家追认为烈士了。国家对烈士的追认有严格的标准——是指在战场上因枪炮伤而牺牲的战士。根据83张死亡证书记录，很大一部分人并非死于枪炮伤，而是死于很多寻常疾病。

会议室里，吕吉山与民政部的官员交谈了很长时间，提出了各自的想法与见解。首先，他们彼此都认同一点，这本身是件好事，属于社会正能量，需要弘扬。民政部也愿意予以适当的帮助。吕吉山后来谈到民政部时说："民政部对我们的工作是非常支持的。"

在寻找政府支持的同时，吕吉山也在积极联系着媒体。尽管他做过特聘记者，也在很多媒体特别是报纸上发表过报道和文章，但对于自己手头这件事，他并不清楚适合刊登在哪些报纸的哪些栏目里。不知道怎么办就一个个地找，吕吉山家一直就有订报的习惯，已有40多年了，他翻阅了很多报纸，找到觉得合适的栏目，找到栏目的记者和编辑，然后一个个给他们写信。

此时，他忽然想起了一个人：曾在2000年4月到太原采访过他的《北京晚报》记者郭强。

郭强是《北京晚报》一名优秀的记者，早在2001年，在中国加入世界贸易组织的会议召开时，他就曾出国进行了采访，并把宣布中国加入世界贸易组织的紫色小锤子带回了北京。吕吉山并不知道，10多年后的郭强，早已成为《北京晚报》的副总编辑。2013年2月12日上午，两人已经有13年没有见过面，郭强在报社楼下看到吕吉山拿着一摞厚厚的死亡证书复印件，他在报社大厅接待室看了几分钟，就告诉吕吉山，报社很快就会派记者找他。

在吕吉山返回途中，还没到宾馆时，就有一名叫王琪鹏的记者打电话给他，并在几十分钟后就到了吕吉山住的宾馆。随同王琪鹏记者采访吕吉山的还有一名女摄影记者纪晨。在那个小小的宾馆里，王琪鹏对吕吉山做了详细采访，纪晨给他拍了照片。

这份在北京乃至全国拥有巨大影响力的报纸，2月18日，以几乎一个整版刊发了对吕吉山的采访报道和多张照片，报道题目为《英雄的亲人，你们在哪里？》。从此，王琪鹏天天奔走于北京相关人士和单位间。吕吉山说，《北京晚报》的重视程度和发稿的规格，都让他始料未及。这一事件不仅在北京，更是在全国范围内引起了广泛关注。

附：《北京晚报》2013年2月18日报道

山西左权县农民发现83名八路军战士的死亡证明　本报发起"让英雄回家"活动

英雄的亲人，你们在哪里？

今年1月，山西左权县农民高乃文在整理荒坡时，从桐峪镇莲花岩久已废弃的崖居中发现了一沓发黄的档案。这些档案共有83页，是1939年牺牲在八路军医院的一二九师伤员的死亡证明书，距今已有74年。听说此事后，山西一位退休职工吕吉山自费来到北京，搜集一二九师老八路的线索，寻找这83位英雄的家人。昨天下午，记者在吕吉山的住处见到了这些珍贵档案的复印件。

山洞里发现珍贵档案

这83名一二九师战士的死亡证明是在左权桐峪镇莲花岩废弃多年的崖居中发现的。热衷于研究八路军历史的吕吉山说，这里曾是八路军医院的所在地，所谓的"崖居"，直观地讲就是山洞。

吕吉山向记者展示了档案发现地的照片，这些崖居全部是依山而建，是由山洞简单修葺而成的。他告诉记者，一二九师司令部曾驻扎在左权县长达 5 年之久，一二九师卫生部及其医院就设在桐峪镇。当年，卫生条件极其艰苦，为躲避日寇的炮火，医院就建在羊肠小道才能通往的悬崖峭壁上。

经过 74 年的尘封，这些死亡证明的纸张已经发黄变脆，但是上面的字迹仍是清晰可辨。记者看到，死亡证明上记载了死者的姓名、职别、年龄、籍贯等基本信息，尤其珍贵的是，上面还详细记载了诊断、治疗经过和死亡原因。为保护好这些珍贵档案，高乃文把它们小心翼翼地保存在保险箱里，并准备适时捐献给国家。

83 名英雄都很年轻

吕吉山说，牺牲的 83 名伤员中，年龄最大的 50 岁，最小的仅 15 岁，多数人是二十几岁。据吕吉山统计，这些人里并没有耳熟能详的名字，级别最高的是营教导员，其余大多数为战士、司号员、炊事员、兵工厂工人甚至马夫。"这些伤员虽然有名字，却是'无名'英雄，我要做的，就是找到他们的家人，让英雄回家。"

然而，关于这些"无名"英雄的相关资料很少，他们牺牲后墓地在哪个方位，都已不可考。唯一能证明这些鲜活的生命曾经存在过的，只剩下一张发黄的死亡证明。根据死亡证明上的记载，这些"无名"英雄的籍贯大多是山西、河北、河南等地，有的虽然注明了是哪个村的人，但由于行政区划数次变革，如今已很难寻找。

在这些死亡证明中，有两人甚至连名字都没有，有的伤员籍贯一栏写的是"不知到"（原文如此）。"当时战斗惨烈，而八路军的卫生条件十分艰苦。有的伤员到了之后就已经昏迷不醒，很快就牺牲了，就没有留下名字和籍贯。"吕吉山说。

在这些死亡证明的最下方，分别签有卫生所所长和主治医生的姓名。"签署这些证明的有一位是五所所长何正清，在网上能够查到，解放后他去了四川省任职，但他2009年去世了。"吕吉山不无遗憾地说，如果何正清在世，兴许能够找到一些线索。记者看到，签署这些证明的还有二所所长汤正兴、四所所长杨朝宗，但在网上并没有查到这两个人的相关信息。

多数伤员死于寻常疾病

根据这些档案，这83位八路军伤员全是在1939年牺牲的。吕吉山说，1939年，正是抗战的艰苦时期，当时日军3万兵力分9路进攻左权县（时称辽县），一二九师在师长刘伯承、政委邓小平指挥下打退了敌人的进攻，但也付出了巨大代价。

吕吉山说，很多八路军战士在战场上受伤后，或得不到良好救治，或在极其恶劣的条件下因饥寒交迫而牺牲。据他统计，除了枪炮伤，夺去这83位八路军伤员生命的大多是急性肠炎、痢疾、感冒等寻常疾病。

在一位名叫张德朝的伤员的死亡证明上，医生的诊断是流行性感冒。这份死亡证明是这样记录的："此人来时就不会说话，来的时间不够二十四小时就牺牲了，所以连队职别都不知，也未经治疗。"

吕吉山说，他和高乃文有一个共同的心愿，那就是寻访这些无名英雄的故乡，让英雄回家。"如果有条件，我们想呼吁为他们修一座墓，立一座纪念碑。"吕吉山说，他大年初一就来到北京，为的就是完成这一心愿。目前，他已经和民政部的相关负责人取得联系。

"不能忘了那些为民族、为国家流过血的人。"吕吉山说。

如果你有相关线索，可拨打本报热线电话85202188。让我们一起寻找英雄的亲人，让英雄早日回家！

本报记者　王琪鹏　纪晨　摄

附：《北京晚报》2013年2月27日报道

英雄，在这里长眠

2月18日起，本报报道并发起"让英雄回家"活动，目前，寻找83位牺牲的八路军战士亲人的活动还在进行之中。23日记者赶赴山西左权县实地采访了发现牺牲战士死亡证明书的高乃文。

说起发现这些珍贵史料之事，高乃文说"纯属意外"。他是在清理桐峪镇莲花岩久已废弃的崖居时，意外发现了一沓发黄的档案。这些档案共有83页，都是1939年牺牲在八路军医院的一二九师伤员的死亡证明书。

历经74载风雨，这些牺牲证明的纸张已经发黄变脆，但是上面的字迹清晰可辨。每张牺牲证明上都记载着死者的姓名、职别、年龄、籍贯等基本信息，尤其引人注意的是，上面还详细记载了诊断、治疗经过和死亡原因。

手捧这些珍贵的史料，高乃文如获至宝，把它们小心翼翼地锁进保险柜里。在记者再三请求之后，他才小心谨慎地从保险柜里取出原件。

1939年，左权县（原称辽县）只有7万多人，除嗷嗷待哺的婴幼儿之外，左权县男女老少几乎全部参战或支前。高乃文发现的这份死亡证明书中，就有一位年仅16岁的左权籍战士。据历史记载，左权县在抗日战争中牺牲在战场上的就有一万人之多，一二九师师长刘伯承，政委邓小平就是在1939年的左权八路军总部指挥抗战，并以微弱优势打败了日寇3万多人分九路的频繁进攻，当时，八路军卫生部长是钱信忠，他带领的卫生部及总医院就在这里的桐峪镇。原八路军一二九师后勤部主要负责人刘华清，于1985年在中国人民解放军军事博物馆发现了一份他在1939年给刘伯承和邓小平手写的一二九师后勤工作总结报告，让他非常惊喜。现在得以重见天日的80多位八路军战士的死亡证明书，更是一份不可多得的珍贵史料和爱国主义教材。

史料发现者高乃文的经历也很传奇。1963年，高乃文出生在河北省武安市阳邑镇的柏林村，满月时被送给了山西省左权县前山村高二蛮和石花婷夫妇抚养。"我是个'杂家'。"1977年初中毕业后，他回乡务农，此后的十年，补铁锅、修锁配钥匙、摄像放电影、武术杂技、拉煤跑运输……他都干过。后来，高乃文组建了北岸村吹唱团，走乡串户跑演出。如今，他的身份是万顺冶金矿山有限责任公司的董事长，他说，他今生最大的愿望就是把左权的红色文化世世代代传承下去。

如今高乃文想为这些八路军战士寻找故乡，为他们开个迟到的追悼会，找一片墓地，为他们立碑，将死亡证明书上的内容全部刻上去，让英雄回家。

王澂　摄影报道

附：《北京晚报》2013年2月28日报道

崖居今昔

　　"我家就在崖居的背面山上，83 位八路军战士的死亡证明正是在我大姐夫家里被发现的。"今年 66 岁的秦连昌指着崖居告诉记者。

秦连昌出生在左权县桐峪镇小荫沟村，至今他从没离开过这里。

崖居虽说是东南向的，冬暖夏凉，但一般人是不爱住的。喝水不方便，还得从山上挑水，收粮食也得翻过一座山。"上世纪七十年代末以后，崖居就再也没住人了，空了快三十年了。"秦连昌清清楚楚地回忆道，他年轻的时候崖洞上只住过李树贵、陈天德、张贵锁、刘桂林、侯银宝、赵大喜、宋小三，如今他们已相继离世。

李树贵就是秦连昌的大姐夫，而那83份八路军战士的死亡证明书，正是在李树贵居住的房间里被发现的。"大姐夫经常会给我讲那时候的故事。"1939年，日军3万多人分九路攻打左权县，全县男女老少几乎全部参战，有一万多人牺牲。"据说当时一二九师部队的卫生部及总医院就设在桐峪镇，你看岩壁上有熏黑的痕迹，肯定是很早以前烧柴留下的。"时间、空间上的吻合，让秦连昌做了一个大胆的猜测：83位战士就是在这场战斗中牺牲的。"我们还听说离莲花岩七八里的地方，曾有过一个八路军的卫生所，说那儿可能是藏伤员的地方。我们把周边走了个遍，也没找到这个地方。"现在，秦连昌每天都会上山巡视，每次路过大姐夫的旧居，都会探头看看。

"这几年，村里能走的都走了，地都荒了没人种，看着真是可惜啊。"秦连昌想起前几年荒芜的土地还是会觉得心疼。小荫沟村地处大山深处，因抗战而得名的崖居峭壁如林，易守难攻而成为八路军抗日根据地。在抗日战争胜利之后，这个闻名于世的革命老区却因石多土少，生态环境脆弱，交通不便利等条件一直受困于深山，并成为国家级的贫困县。

2009年开始，左权县桐峪镇莲花岩被开发成生态庄园，以原生态旅游为主。秦连昌从去年1月份开始负责莲花岩景区的值守工作，这么大年纪不离村还能挣工资，让他"没想到"。

秦连昌现在每年能有5000元左右的收入，景区门口的值班室，也成了秦连昌和老伴儿起居生活的地方。家里的四亩土地，主要种植玉米，每亩地每年能有几百块的收成。因为山庄离家近，农忙时还能去地里干农活。"来这里的人有的喜欢自然风光，不过更多人都是来寻找抗战历史遗迹的！"从小在这里长大的秦连昌对这里再熟悉不过，时不时充当起"导游"，带着慕名而来的游客到处转转，看着自己家乡的一草一木，讲着自己家乡的革命历史，老秦说，这就是他想一直做下去的事。

王溦　摄影报道

附：就左权高乃文重大发现致民政部李立国部长的信及建议*

在中国革命的摇篮——太行山左权县莲花岩的悬崖绝壁中，高乃文意外地发现了早在抗日战争的腥风血雨中的1939年，在这里浴血奋战的83名八路军英雄在八路军总医院牺牲的83页死亡证明书。距今已70多年的这份宝贵遗物，承载了中华民族不屈不挠的抗日战争将士奋斗史。高乃文小心翼翼地将它锁在保险柜里。他只有一个愿望，那就是在他的外债还清以后，他要自费给这83名英雄一一树起纪念碑，要把烈士死亡证明书上整页记载的内容全部刻上去。2015年元月20日下午3点多，笔者在北京见到高乃文，我问他："你今生最大的愿望是什么？"答："就是把左权的红色资源红色文化世世代代传承下去。"

高乃文的这一重大发现和传承保护，不仅是他个人的责任，也是全国全民族全国人民的责任，更是国家民政部义不容辞的神圣职责与大事。1939年，左权县（当时称辽县）只有70,000多人。除嗷嗷待哺的婴幼儿之外，左权县男女老少几乎全部参战或支前，高乃文发现的这份死亡证明书中就有一位年仅15岁的左权籍战士。据历史记载，左权县在抗日战争中牺牲在战场上的就有约10,000人之多。一二九师师长刘伯承、政委邓小平就是在1939年的左权八路军总部，指挥了抗日战争，并以微弱优势打败了日寇3万多人分九路的频繁进攻。当时，八路军卫生部部长是钱信忠，他带领的卫生部及总医院就在这里的桐峪镇。为这83位烈士找一片墓地，为他们在墓碑上刻个名字，为他们开个迟

---

*注：本文为吕吉山就高乃文发现83张死亡证书向国家民政部李立国部长的致信。

到的追悼会，为他们找一找他们的家乡和家人，让他们的英名永远铭刻在历史的丰碑上，这都是国家民政部责无旁贷的大事。

迟到的83位抗日战争烈士死亡证明书，是我国不可多得的爱国主义教材。原八路军一二九师后勤部主要负责人刘华清，于1985年在中国人民解放军军史博物馆，发现了一份他在1939年给刘伯承、邓小平手写的一二九师后勤工作总结报告，让他非常惊喜。高乃文发现的这份1939年在八路军总医院牺牲的烈士名单，在今天具有何等重大的爱国主义教育意义！

建议国家民政部派出专人深入太行山区左权县，对这份迟到的英雄阵亡名录及每一页的详细记载，协同国家文物专家给予非常妥善的保护。要动用人力物力财力到全国各地去寻找他们的亲人。要将这一发现，转化成我国不可多得的爱国主义生动教材，让它成为我国青少年难得的德育素材。

给等待70多年的人一个答案

当《北京晚报》副总编郭强得到吕吉山的那份资料，拿过去给王琪鹏看，让他与吕吉山联系。王琪鹏还清楚地记得，那天天气很阴沉，他跟吕吉山通了电话，与摄影记者纪晨一起到了吕吉山下榻的宾馆，吕吉山把资料摊放在床上，给他一一介绍，纪晨拍下了这一幕，这就是后来刊登在《北京晚报》上的那张照片。

采访从下午两三点持续到四五点，王琪鹏从吕吉山处告别后，开始处理他收集到的这些资料。《北京晚报》作为一份非常有影响力的报纸，每一次的报道都非常严谨，王琪鹏最先做的，是验证该事件的真实性。他打电话联系了一些这方面的专家，又在网上搜索资料，大致能够确定，这份档案是真的。

接着，王琪鹏便开始整理档案，由于83张证书字迹模糊，整理起来非常困难，但英雄的姓名、年龄、籍贯、治疗经过、死亡原因，都得一一记录。忙完这些工作，已经是凌晨4点多，报社马上开始排版，文章在当天即见报。这样认真的态度，这样迅疾的速度，以及后来王琪鹏在追踪采访时的用心和付出，让吕吉山非常赞赏，他说："王琪鹏这记者太好了。"

报道刊登出来后，王琪鹏找到了中国人民解放军档案馆和中国人民抗日战争纪念馆的相关专家，希望他们能够帮助寻找英雄的亲人。解放军档案馆查了相关资料，可是他们现有的资料只记载到营级干部，而这83位英雄都是普通士兵，有些人是马夫、伙夫、饲养员，根本不可能出现在记录里面。

这让王琪鹏非常沮丧，解放军档案馆这方面的资料应该是最全面的，如果他们都无能为力，别的档案馆恐怕也提供不了帮助。解放军档案馆虽然没帮上这个忙，但对这份资料，他们表现出了极大的关注。这种死亡证书在全国很少听闻，他们馆内也没有相关收藏，他们很希望能够收藏一份这样的资料。

《北京晚报》刊登出寻找英雄亲人的活动后，各地都掀起了寻亲的热潮，特别是在河北，《燕赵都市报》《牛城晚报》《邯郸晚报》《保定晚报》都做了相关报道。让王琪鹏感到意外的是，很多老年读者打电话来，他们并没有这83位英雄的亲人的线索，而是因为也与亲属在战争中失去了联系。看到《北京晚报》发起这样的活动，他们希望也能帮忙找一找自己的亲人。他们都已经年纪大了，如果亲人再无消息，将成为终生遗憾。

王琪鹏在报道这件事时格外用心，他对历史方面的东西从小感兴趣，他们报社很多历史题材类的文章也由他主笔。前前后后，关于此事他共写了十多篇报道，很多时候他还有别的任务，可他还是挤出时间把报道写完了。虽然他知道毕竟过去了那么久，帮英雄们找到亲人的希望很渺茫，但他仍然尽自己最大的努力去做，他想要给那些等待了70多年的英雄家属一个答案、一份安慰。

附：《燕赵都市报》2013年2月21报道

山西左权一农民发现74年前84（编者注：该数据有误，应为83，后同。）份
八路军伤员死亡证明

33 位河北籍 129 师战士亲属，你们在哪？

本报驻北京记者　李婧

1. 荒坡里找到84份死亡证明

蛇年的春节长假刚过，多数人刚刚回到工作岗位上，而山西太原退休职工吕吉山早在大年初一就来到了北京。

2013年春节前夕，吕吉山无意中从山西左权县农民高乃文处得知，其保存了一份偶然发现的资料，上面记载的内容显示为1939年牺牲在八路军医院的129师伤员的死亡证明书。

"我是自费来的，想为八路军129师的老八路们找找家乡的线索。"2月20日，吕吉山告诉记者。

据高乃文介绍，这份材料是其在2009年11月整理荒坡时发现的，地点位于桐峪镇莲花岩久已废弃的崖居中。这份资料被发现后，由高乃文保存在自己的保险箱里，由于一些原因，直到现在才得以公布。

"崖居，实际上就是山洞。129师的司令部曾驻扎在左权县，其卫生部就设置在桐峪镇，当时的条件艰苦，医院建立在悬崖峭壁上。"爱好研究历史的吕吉山称。

在这份资料中，页面顶部显示为"第129师卫生部第____所死亡诊断书"，表格信息中分别记录了队职别、姓名、年龄、籍贯、性别、诊断、治疗经过、死亡原因、入院日期、死亡日期、所长、主治大夫以及时间等信息。

2月20日，记者在吕吉山处见到了这份资料的扫描版。历经74年，纸张已经破旧发黄，但大部分字迹仍然清晰可见。纸张上记录的信息大部分是完整的，但也有些只剩下了半页纸，甚至只有最上面的基本信息。

资料显示，84名战士年龄参差不齐，大多在20多岁左右，职别也不高。其中最高的为营指导员，其他的多为战士、炊事员等。

在部分死亡证明的下方签署有第五所所长"何正清"的字样，而经过记者查询，《四川日报》2009年11月3日曾报道，中国共产党优秀党员，四川省人大常委会原委员、老红军何正清同志于2009年10月15日在成都逝世。在该报道中提到，何正清曾担任八路军129师卫生部医生、五所所长、附属医院院长。

在资料记载的"治疗经过"信息中，记者看到，大部分死亡者的死因多为急性肠炎、疟疾、感冒等寻常疾病，也有部分伤员因枪炮伤入院治疗。

吕吉山称，他和高乃文想为这些八路军战士寻找故乡，为他们一一立纪念碑，将死亡证明书上的内容全部刻上去。"我们也希望民政部门能到左权县，动用人力物力寻找他们的亲人。"吕吉山称。

2. 33份显示籍贯为现河北省境内

在这83份死亡证明中，能够清晰分辨出姓名和籍贯等字迹信息的有82份，其中33份显示的籍贯为现河北省境内，其余籍贯显示多来自山西，此外还有部分籍贯显示为四川、山东、河南、陕西、甘肃等地。

记者详细查看了33份资料，其中登记年龄最小的为15岁，最大的为50岁，多集中于石家庄、邢台、沧州、衡水等地，来自现辛集、藁城、元氏、青县、武安、任县等地。

在姓名登记为"顾正荣"的死亡诊断表中，记者看到，其年龄只有15岁，来自"冀苏鲁县三区北乡北营口村"，1939年8月2日在武乡南郊村入院，主治医生为何正清，诊断为血性黄胆，治疗经过显示贫血注射食盐水，于1939年8月30日因虚脱而死。

另外一份年龄为45岁的"石中油"的死亡诊断书上写有，其为385旅2团11连伙夫，籍贯为河北束鹿（今河北辛集），1939年10月4日入院，12月9日因虚脱抵抗力弱死亡。在这份资料的底部显示为129师卫生部第二所所长汤征兴，主治医生崔志英，治疗过程中曾被使用解热利尿剂。

此外，记者发现，这些伤员多来自129师的385旅769团、386旅771团、772团以及后勤保障部门。这和史料记载的129师主力军陈锡联和陈赓担任旅长的385旅和386旅的记载相符。

"这里有大部分伤员籍贯显示为河北，可能很小就出来从军，为革命做出贡献，也许并没有后代，而且大部分籍贯都仅仅注明了省份县级，但能写到村的很少很少。"吕吉山称，按照去世年份和年龄，这些八路军战士如果有后代，到今天也有70多岁了，为其寻找亲人的难度很大。据了解，129师司令部旧址爱国主义教育基地现位于河北涉县城西的赤岸村，抗日战争时期，涉县是边区根据地的腹心地、首府县，地处华北抗战前哨，为华北抗战战略要地，八路军129师在刘伯承、邓小平等师首长率领下，临危受命、东渡黄河、挺进太行，运筹涉县赤岸村，浴血千里太行山，打响了抗日战争中长生口、神头岭、响堂铺和解放战争中上党、平汉等著名战斗、战役。

3. "烈士"身份有待确认，让"英雄"真正回家

2月20日下午，记者跟随吕吉山来到中国人民解放军档案馆，这是中央级的国家军事档案馆，是集中管理军事历史档案的专业机构。

"革命历史档案是国家的财富，如果这些资料能通过鉴定，我们并不强制

捐赠。"该馆领导表示这些资料是否是革命历史档案范畴，还需要考虑认定问题，其对吕先生为英雄寻找亲人的行动表示支持，同时也希望档案回家，在其职责范围内愿意协助做鉴定工作。

仅凭现有的83页死亡诊断书，并不能证明这些八路军战士为烈士，资料还需要考虑到谁来进行认定、民间资料如何保存、是否是烈士以及认定为烈士后的其他相关事宜。

据该馆领导介绍，资料如需认定，其所有的原件都要经过专家鉴定，由于战争年代的档案保存条件有限，很可能存在漏记或者当时没有被评为烈士的人员就没有登记在册。该馆工作人员告诉记者，资料的认定工作需要一定的组织程序，一般情况是来函查询，然后予以回复。

附：《牛城晚报》2013年2月22日报道

即日起，本报要为英雄寻亲

本期深度记者　尹彩红　周潇潇

山洞里发现珍贵档案

吕吉山是山西一单位退休职工，他本人喜欢研究八路军历史。当他得知档案被发现一事后，他一直在自费搜集一二九师老八路的线索，寻找这些英雄的亲人。2月21日下午，几经辗转，记者联系到了吕吉山。

在电话里，吕吉山告诉记者，档案是山西省左权县高乃文在开辟荒山时，从桐峪镇莲花岩废弃的山洞里发现的，因为年代久远，这沓档案都发了黄。能辨认的档案共有84页，是1939年在八路军医院的一二九师伤员的牺牲证明书，距今已有74年。得知这些发黄的档案具有重要的历史意义，高乃文封存在保险柜中。

昨日19时许，吕吉山给记者提供了多张牺牲证明的照片，从照片中可以看到有些纸张已经发黄，有的字迹仍清晰可辨。牺牲证明上记载了死者的姓名、职别、年龄、籍贯等基本信息。尤其珍贵的是，上面还详细记载了诊断、治疗经过和死亡原因。

这些英雄值得永远铭记

说起这些英雄所在的一二九师，电话那端的吕吉山颇为动情："一二九师曾在左权县驻扎了1699天。当时日军对八路军进行了轮番围攻，一二九师师长刘伯承、政委邓小平虽打退了敌人的进攻，但也付出了巨大的代价。"吕吉山说，很多八路军战士在战场上受伤后，在极其恶劣的条件下，或得不到良好救治，或因饥寒交迫而牺牲。据他统计，除了枪炮伤，夺去这84位八路军伤员生命的大多是急性肠炎、痢疾、感冒等寻常疾病。

在一位名叫张德朝的牺牲证明上，记者看到医生的诊断是流行性感冒。这份死亡证明是这样记录的："此人来时就不会说话，来的时间不够二十四小时就牺牲了，所以连队职别都不知，也未经治疗。"

"现在能有这样幸福的生活，都是英雄们洒热血换来的。好生活来之不易，这些在抗战中牺牲的英雄值得我们永远铭记。"吕吉山说，所以，自从他得知牺牲证明档案被发现后，为这些英雄找亲人成了他与高乃文最大的心愿。

为牺牲伤员找亲人并非易事

"不过，就目前来讲，为这些牺牲伤员找亲人并非易事。"吕吉山告诉记者，因为这些牺牲伤员虽有名字，却是"无名"英雄。因为，关于这些"无名"英雄的资料很少。

在这些牺牲证明中，有的伤员籍贯一栏写的是"不知到"（注：原文如此）。不过，根据牺牲证明上的记载，这些"无名"英雄的籍贯大多是山西、河北、河南等地，有的虽然注明了是哪个村的人，但由于行政区划数次变革，如今已很难寻找。

其中，在一张牺牲证明书上，记者看到上面记载"崔永清，男，23岁，籍贯河北威县，诊断左上腿贯通重创（注：因字迹潦草，也许不是很准确）。治疗经过：就诊时左腿伤口很大并伤股骨及动脉神经等，该时已现贫血虚脱症状，想因流血过多之故。故除每日进补换药外每日给注射生理食盐水半瓶。死亡原因：因流血过多，负伤甚重，身体不足支持和抵抗，故虚脱而死。入院时间：1939年12月11日，死亡时间1939年12月16日。"

其中，籍贯为河北邢台的安学珍、河北宁晋的张富门的牺牲证明只剩下半页，上面只看得清姓名、籍贯等简单信息。

附：《北京晚报》2013年2月20日报道

80多名八路军战士死亡证明引发多方关注
史料原件或成珍贵馆藏

本报讯（记者王琪鹏）连续两天，本报报道了山西发现尘封74年的八路军伤员死亡证明一事，并发起寻找英雄亲人的活动，引起了巨大社会反响。昨天下午，中国人民抗日战争纪念馆的工作人员在见到这些死亡证明的照片后表示，这些档案非常珍贵，有可能填补了现有史料的空白。

昨天下午，抗战馆的三位工作人员见到了仍在北京寻找老八路线索的志愿者吕吉山，并仔细了解了这些死亡证明发现过程。在认真观看了这些档案的照片后，他们表示，这些档案非常珍贵，并希望它们能够入藏抗战馆。

抗战馆文物保管部主任要秋霞表示，他们在看到北京晚报的报道后对此事非常关注，并希望能够尽快见到这些死亡证明的原件。她表示，每年都有很多人来抗战馆"寻亲"，这些人往往仅凭一个名字来寻找亲人，像这种姓名、籍贯、年龄都记录得非常详细的档案十分罕见。

要秋霞表示，抗战馆目前还没有同类的藏品。她表示，抗战馆目前收藏有当年八路军战士的参军证、烈士证，以及当年一二九师卫生部医生的手术工具、学习笔记等，但唯独没有八路军伤员的死亡证明。"这些证明都是由院方开具的，具有很高的研究价值和史料价值。"

在昨天本报刊登出83位八路军战士的牺牲名单后，又有新的发现。记者从照片隐隐约约的笔迹中，又整理出一位战士的信息，至此，这份牺牲名单的人数已达84人。新发现的这位八路军战士名叫白云山，27岁，是一二九师先遣支队特务营一连通讯员，河南省武县人（今河北省武安市）。另外，在吕吉山的帮助下，三八六旅补充团炊事员张富贵缺失的部分信息也已找到。经过查询原始资料，确认其年龄为43岁，山西平顺县其己村人。

本报的报道在社会上掀起一股"寻亲潮"。在报道刊发后的短短几个小时内，本报接到数十个寻亲电话，希望找到当年参加八路军后失去联系的亲人。在河南省孟津县，当地通过其官方微博"孟津发布"，寻找总部供给部孟津籍工人徐文维的家人。

在这些死亡证明的发现地山西，本报的报道也引起了不小的轰动，当地的《太原晚报》全文转载了本报报道。这些档案的发现者高乃文表示，他希望人们能够记住这些为国捐躯的英雄，他呼吁在档案发现地建立纪念馆，把英雄的精神世世代代传承下去。

第二部分

让英雄回家

体谅国家之不易

2008年5月12日在四川发生了破坏力巨大的汶川大地震，8月5日这一天，吕吉山发现在山西大众传媒学校有一件让人十分尴尬的事：山西共青团省委负责在太原安置四川茂县223名因地震失学的孩子到该校复读，眼看着孩子们到达太原的时间就到了，但接待孩子们的这所学校还没有安排好相关工作。

吕吉山心急如焚，他不知道该找谁去帮他解忧。突然，他想起了太原的一位企业家赵光晋，只有她有可能做这件事。吕吉山打通了赵光晋的电话，赵光晋二话没说，就带了两位参谋到了学校。听了吕吉山的介绍，她征求两位高参的意见。他们都不赞成，当时正是临近中秋节，也是赵光晋的企业最忙碌的时候，他们完全无暇他顾。

赵光晋明白这一点，可看着眼前的孩子们，她觉得不能不管，她说："我今天走不了了，国难当头，我必须出面做这件事。"从那一刻开始，赵光晋脱掉外套，在企业里组织了一个50多人的爱心队伍，不分昼夜地为孩子们营造了温馨无比的"赵妈妈爱心餐厅"。

2008年8月8日，那些孩子在乘坐了30多个小时的火车后，来到了太原。接下来的几天里，赵光晋一直和那些孩子在一起，给他们准备饭菜，帮他们剪指甲，和他们聊天，她做了很多的工作。吕吉山看在眼里，心里感到非常惊讶，在这样一个对食品企业来说至关重要的时刻，赵光晋为了这些孩子竟然连企业都不管了。赵光晋还对吕吉山说："这些天是我一辈子度过的最快乐的日子。"

从2008年至今，赵光晋每年都还要到四川去，给孩子们送月饼、送糕点。看着赵光晋这种种所为，吕吉山对她的善良品格有了深切的认识。在后来的接触中，他也感受到，赵光晋是一位非常有良心的企业家，为了做安全食品，她不惜多花260多万元引进高标准的纯净水系列生产设备，为了给市民提供安全早餐，她响应政府号召，投巨资启动"放心早餐"工程，连年亏损也不放弃。

正是基于对赵光晋品格的肯定，5年后的2013年2月，吕吉山又想到了她，他要去寻找那些英雄的亲人，希望她能提供帮助，与他一起去进行这件事。赵光晋听完吕吉山的讲述，立即表示愿意支持。

从20世纪80年代至今，赵光晋经营企业30多年，经历了许多风雨飘摇的日子，经营一个企业尚且如此，经营一个国家所会遇到的困难更是可想而知。作为国家公民的一分子，我们需要体谅国家，也需要去尽一个公民的责任。明白国家不容易，主动去分担国家的困难，为社会尽责，是赵光晋做人的准则。

再有一条，赵光晋的婆婆有一个哥哥，早年也参军，后来牺牲在战场上，从此再无音信。家人还留着他写回来的最后一封信，信中说战争快要结束，他很快就能回家了，谁知信写完不久，他就没了消息，成为家中永远的遗憾。这83位英雄也是如此，很可能他们的牺牲连家人都不知道，赵光晋对此感同身受，因此，她希望能尽自己的一份力，减少一些这样的遗憾。

历尽艰辛的寻找之路

吕吉山联系赵光晋的时候，赵光晋正在广东出差，她第一时间给公司的负责人发了短信息，要求公司组织志愿者团队，去帮助寻找英雄的亲人。赵光晋的公司一共组织了5个分队奔赴山西各地，去寻找32位山西籍英雄的亲人。赵光晋则于出差结束后赶到。

双合成食品有限公司特地召开了党政联席大会，集中企业志愿者，跟他们讲述赵光晋和公司对此事的关注。他们还办了一个启动仪式，在仪式上，83张死亡证书的影印件被挂在墙壁上，每个志愿者手中都捧着蜡烛，表达对逝者的哀思，并发愿尽自己的全力为英雄寻找亲人。

2013年3月6日，赵光晋出差结束后，从广东坐飞机到了太原，她到达后没顾上休息，立即驱车前往左权县。赵光晋患糖尿病已多年，她需要随身带着胰岛素。经过在崎岖不平的山路上3个多小时的颠簸，赵光晋到左权县时已经快晚上12点了，赵光晋与吕吉山会面后，又在居住处召开了一个小会。

这次深夜的会议上，吕吉山才第一次面对面地跟赵光晋讲述了事情的来龙去脉，他把死亡证书和媒体的报道逐一拿给赵光晋看，把住址已弄清的英雄的死亡证书罗列出来，并且规划了接下来的行程。赵光晋看得很认真，一边看一边记录。最后大家决定，第一站先去距离莲花岩40多公里的杨家庄，找寻英雄王金马的后人。

寻找的过程非常艰难，不仅仅是死亡证书上字迹模糊的原因，同时经过70多年，有的村庄经历了规划变迁，原来的地方已很难查找。加上抗日战争时期民众文化程度不高，记载常常出现错误，有的也不够精确，只记了县的名字，却没有镇名，更没有村名，还有的证书的地址那一栏索性是空白的。

撇去这些因素，83位英雄中，当时很多人才20出头，他们很可能还没有娶亲，更谈不上有后人。如果活到现在，年龄最小的英雄也得90多岁了，其他英雄很多则都100多岁了，他们的亲人多半已经过世，晚辈们对他们根本不了解，就算告诉名字，他们也可能记不起这个亲戚了。

这些都给寻找英雄的亲人带来了很大的麻烦，5个志愿者分队，个个都像大海捞针一样。他们找不到具体的村庄，就去民政局问档案中记载的地方到底

志愿者在当地村民的带领下寻找英雄的亲人

在哪里，可是问下来，就连民政局也无法说清楚。到村里问村民，他们多半也不知晓。因此，尽管5个志愿者分队费尽心力，却成果寥寥。

93岁裹脚老人长行远送

赵光晋到左权后，最先去了发现档案袋的桐峪镇莲花岩。第二天，她和吕吉山带领着志愿者团队前往杨家庄，寻找英雄王金马的后人。杨家庄是个贫困的村庄，村里人大多已外出打工，100多户人家的村庄，走在村里几乎遇不到村民。村里有位90多岁的老人，大家想去向她了解一下情况。她在村里年纪最大，只有她可能还记得幼年时村里是否有个叫王金马的人。

找到老人的家，破败的景象让志愿者们感触颇深，老人已经93岁了，满脸皱纹，家里就老人一个人。她缠着小脚，生活行动也不方便，很难想象她一个人是怎么过活的。志愿者团队来到老人家，赵光晋坐到老人身边，寒暄之后，赵光晋问她记不记得小时候村里有个叫王金马的人。老人说："不记得。"大家耐心解释，跟她讲是抗日战争时期，可她还是不记得，大家让她想想有没有，老人说："想想也没有。"毕竟过去70多年了，老人的记忆里可能真的找不到王金马。

大家不再勉强老人，赵光晋拿出随身携带的糕点给老人吃。老人一边吃，一边让赵光晋也吃，那种朴实让人动容。最后，赵光晋拿出200元钱给老人，老人虽然生活困难，却还是推辞："你拿着花吧，给我干啥。"最后实在推辞不过，才算把钱收下。两年后回忆起这位老人，赵光晋说："她满脸皱纹，可老了，但身体挺好，给她200元钱，她不断地说我是个好人。"志愿者离开的时候，老人挂着拐杖，虽然行动不方便，还是送了大家很长一段路。

那天晚上，赵光晋失眠了，辗转反侧怎么也睡不着。第二天她跟吕吉山说起，吕吉山问她原因，赵光晋说，看到村里的人那么穷，她觉得难受。在太行山深处的西部地区的一些农村，其贫困程度是让人难以想象的。赵光晋虽然也是山西人，从小经历过这些，她知道山西部分贫困农村的情况，可是亲眼看到

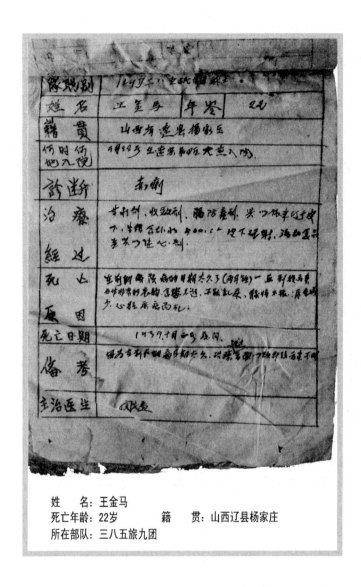

姓　　名：王金马
死亡年龄：22岁　　　　籍　　贯：山西辽县杨家庄
所在部队：三八五旅九团

83位英雄之王金马（新韵）

作者/孙艳茹（寿阳东关小学教师，灵芝诗社秘书长，山西诗词学会会员）

壮志未及酬，英雄热血流。
悲君年少逝，浩气写春秋。

志愿者为英雄王金马创作的悼念词和画

村里的贫困状况，看到90多岁的老人独守家中，她还是觉得心中不安。

从老人家里出来，志愿者团队又向村里人打听，杨家庄还有没有姓王的人家。村民告诉他们，村里原来有3家姓王的人家，可是现在都没有了，他们都已过世，无一留下后代。得知这样的情况，志愿者知道在此地找寻王金马英雄的后人是希望渺茫了。因此大家只能离开，出发去往下一站。

站在英雄曾经的住所里

赵光晋带领的小组未取得成果，赵光晋公司的职员温婷带领的小组那边传来了捷报。他们抵达的是昔阳县，最先去了那边的民政局，寻找英雄王金华的线索。昔阳县民政局的存档资料保存得相对完整，正是在这些资料中，大家找到了关于王金华的信息。

这一过程相当费力，那么庞杂的资料，几个人一起寻找，从早上一直找到下午，才算找到了关于王金华的信息。志愿者们非常激动，大家都知道，关于英雄的线索极难获得，能够得到线索，就有了希望，这是多么可喜的一件事，翻阅资料的疲惫也一扫而空！

通过民政局，志愿者联系到了昔阳县上郭庄村的村支部书记，与他一起去寻找王金华的亲人。尽管村子还在原处，可时间过去了那么久，寻找起来也十分困难。书记带着志愿者们去问村里的老人，70岁以上的老人他们几乎都问遍了，最后找到一名妇女，正巧她的姥爷就是王金华的哥哥王秀华。

王金华有兄弟3人，老大王秀华，他是老二，老三王文华，王文华早年被父母送与他人。王金华牺牲的时候28岁，可是并未娶亲，他们家很穷，娶不起媳妇。老大王秀华，一直到50多岁才娶了一个媳妇，自己没有后代，媳妇带来一个女儿，志愿者们找到的王金华的亲人就是王秀华的这个女儿所生的孩子，名叫张海英，目前在煤矿上工作。志愿者们在村里碰到的那名妇女是张海英的妻子。

志愿者在昔阳县上郭庄寻找到第二位烈士王金华的亲人张海英

　　张海英家居住的房子王金华当年住过，志愿者们走进去时驻足良久，仿佛能感受到英雄的气息。家不大，看起来也很简陋。如今张海英一家几口住在这里，他们家的经济状况不太好。温婷说："上郭庄村较为贫困，家家户户的情况都不是很好，而在这些境况不好的村民中，张海英家贫困的情况仍然很突出。"

　　赵光晋带领自己公司员工做这样一件事，温婷觉得她能够参与其中，备感振奋。32位山西籍英雄的亲人，最终只找到了2人，其中一位是他们组找到的，温婷感到很欣慰，她还会继续为这件事付出。

　　温婷觉得，我们今天缅怀历史，通过这样的一些活动为英雄做点事，是要让大家明白，是千千万万人遭受了无穷的折磨，是千千万万人舍弃了自己的生命，才有了今天的和平与安宁。想到这些，我们应该珍惜现在的幸福，"缅怀历史，就是在告诉我们，留住宝贵的今天"。

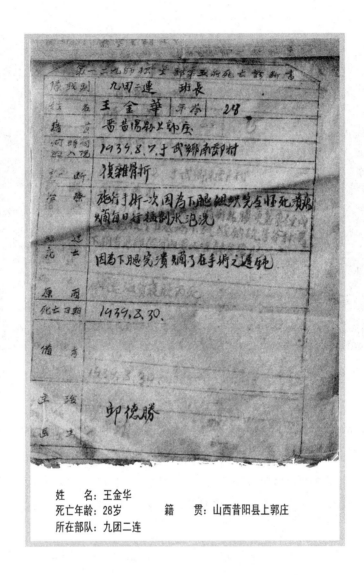

姓　　名：王金华
死亡年龄：28岁　　　籍　　贯：山西昔阳县上郭庄
所在部队：九团二连

83位英雄之王金华

作者 / 宋玉萍（中华诗词学会会员，山西唐槐诗社社员）

骨断筋摧折剑芒，抗倭未捷叹先亡，
尘封两万八千日，再起英名报昔阳。

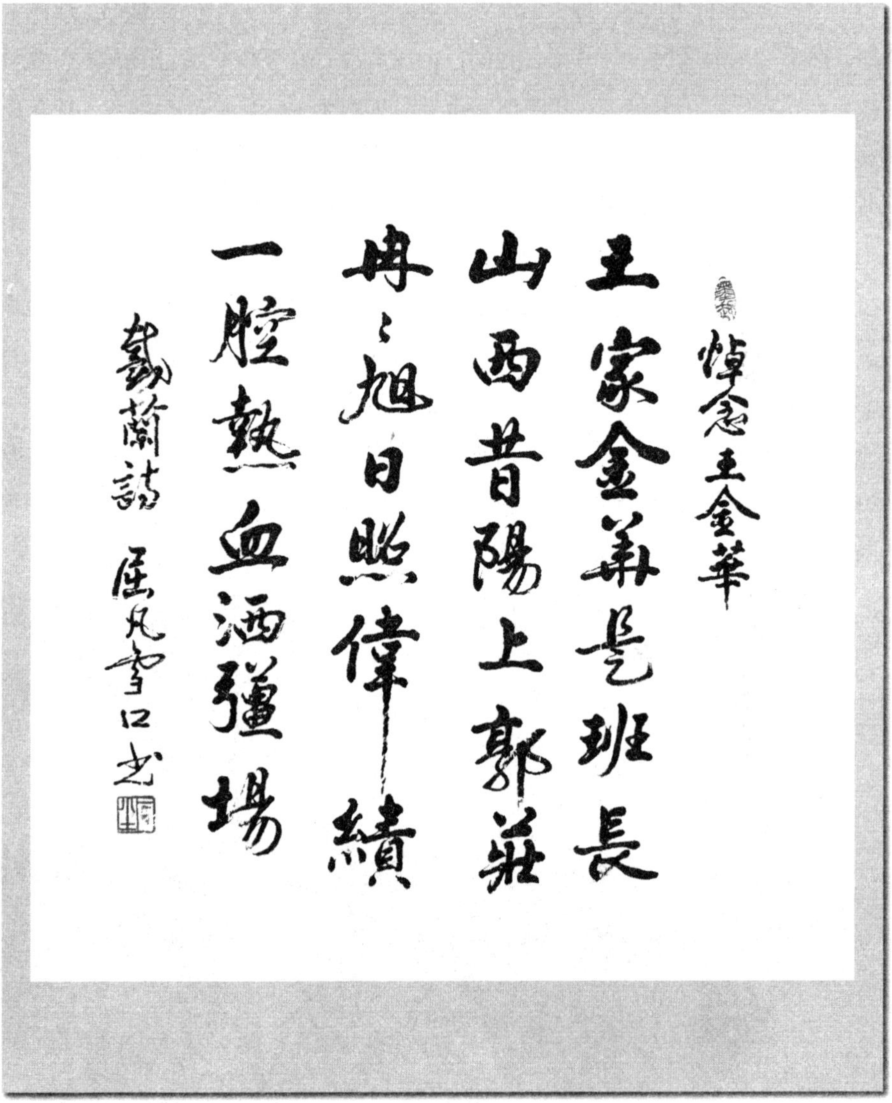

悼念王金华

王家金华气班长

山西昔阳上郭庄

冉冉旭日照伟绩

一腔热血洒疆场

魏兰诗　匡凡雪口书

志愿者为英雄王金华创作和书写的悼念诗

跪在烈士的墓碑前

　　寻找王金马的同时，吕吉山联系了好友姚李霖，他是左权县的一个退休干部，熟悉这里的情况，吕吉山托他问一问，看能否有英雄的亲人的线索。姚李霖受委托之后，一大早去村里打听情况，真的找到了一位英雄的亲人，他在芹泉镇上庄村，名叫宋丙辰，是英雄宋喜成的家人。姚李霖立即打电话把这个消息告诉志愿者团队，大家高兴坏了，马上驱车前往上庄村。

　　到了上庄村，见到姚李霖，他跟志愿者团队介绍情况："上庄村一共有2家姓宋的人家，70多年来，他们一直居住于此，也没有外乡人迁入。"姚李霖先找了其中一家，得知他家并没有人曾外出参军，到了另外一家打听，没想到正是宋喜成的亲人。他是宋喜成的侄儿，宋喜成是他的二叔。

　　2013年3月7日中午，志愿者团队与姚李霖一起前往宋丙辰家。宋丙辰已经70多岁了，头发花白，但身体还不错。他居住在破旧的老房子里，院子里堆放

志愿者找到英雄宋喜成的后代宋丙辰（右二）并询问他们家里的情况

着很多破烂。宋丙辰是个农民，以种地为生，微薄的收入常常不够生活开销，所以也去捡一些破烂卖钱，贴补家用。

志愿者团队一开始并没有直接道明来意，而是先询问了宋丙辰的父亲和三叔的名字，得知他父亲叫宋玉翠，三叔叫宋玉川。志愿者们感到疑惑，难道宋喜成并未按家谱取名吗？继续了解下来才知道，他父亲的堂兄弟们，小名都有一个"成"字。老人讲述了他父亲兄弟3人先后参军，之后父亲南下，三叔去了广州，唯独二叔宋喜成没有音信，爷爷常常念叨他，留下了终生的遗憾。

英雄宋喜成的亲人宋丙辰对志愿者表示感谢

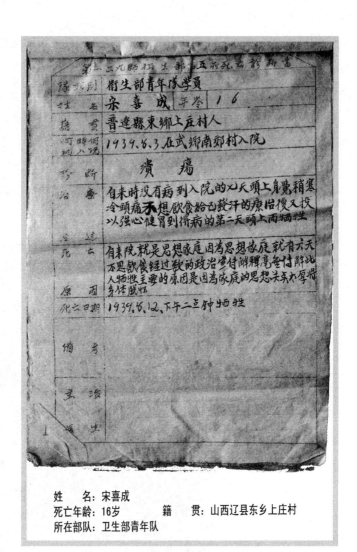

姓　　名：宋喜成
死亡年龄：16岁　　　籍　贯：山西辽县东乡上庄村
所在部队：卫生部青年队

83位英雄之宋喜成（新韵）

作者/杨冬亮（寿阳尖山小学教师，桃花诗社秘书长，山西诗词学会会员）

少年入伍趋国难，救死扶伤火线旁。
染病捐躯长饮恨，青山作伴好还乡。

确认身份后，志愿者们拿出宋喜成的死亡证书影印件，告诉宋丙辰，宋喜成因为太过思念家庭，致病身亡，诊断书上写道："自来院就是思想家庭，因为思想家庭就有六天不思饮食……此人牺牲主要的原因是因为家庭的思想关（观）点太厚将身体脱（拖）坏。"赵光晋给宋丙辰读这段文字，还没读完，老人就开始抽泣，最终控制不住大哭起来，他跟志愿者说他爷爷非常想念这个二儿子，常常跟他念叨，30多年前，爷爷去世，临死前对二儿子还念念不忘。宋丙辰跟志愿者说，自宋喜成参军后，他的爷爷，也就是宋喜成的父亲，也在家时时思念着他。

悲恸的同时，老人也感谢志愿者团队帮助他们家重获亲人的消息，感谢《北京晚报》发起的"让英雄回家"这一活动。老人来到了挂在墙上的全家福前，跪在爷爷的遗像前，告诉爷爷："爷爷，二叔终于找到了。"70多年过后，失散的家人终于回来了，尽管回来的只是一张死亡证明，但仍然有着非同一般的意义，英雄已经牺牲，但我们迎回了英雄的灵魂。

临走时赵光晋拿出2000元钱给宋丙辰，他需要这份帮助。他们家的情况很不好，欠别人16,000元，10年都没有还清。宋丙辰几乎一辈子没有见过1000元以上的大额款项，看到赵光晋接济他的2000元钱，老人很激动、很感谢，拿着钱，质朴地说："这是人家接济我的，我可以自己花的。"

从宋丙辰家出来后，村主任李亚国说到了一个情况，以前有个山东昌乐县人，在抗日战争时期牺牲在了上庄村，名字叫贾伟栋，当时年仅23岁。牺牲之后，村里人感念他，在村后为他立了块碑。志愿者们来到村后，赵光晋随即跪在了墓碑前，大家一同悼念了这位英雄："贾伟栋烈士，希望您的在天之灵能够安息，我们今天的幸福生活，全靠各位烈士给我们打天下。"

从贾伟栋烈士的墓碑前起身后，志愿者们准备离开，路上，一位名叫李香凤的大妈把大家拦下，要他们务必到自己家去看看。原来她家同样有类似情况，一家8个孩子参军，3个失去了音信，分别是大伯李庆福、二叔李庆旺、六叔李小六。她哭诉着请求志愿者能帮她找找自己的亲人，她说她的婆婆总是跟她讲，千万要找到他们。提起这件事，李香凤的眼泪抑制不住地流下来。

志愿者赵光晋跪在烈士墓前

只想为英雄做点事

《北京晚报》接连不断地追踪报道着寻找英雄亲人的这一过程，山西的媒体也不再平静。当《车友生活》的副主编李海看到《北京晚报》的报道，感到非常意外，因为报道中提到的吕吉山，正是他相交多年的朋友。李海第一时间站出来支持吕吉山。

李海今年已经70多岁了，一直在做和报纸杂志相关的事情，早年曾在《太原日报》工作，还办过一份名为《良友周报》的报纸，发行量一度达到75万份。《良友周报》的读者群以农民工为主，李海觉得，农民工除了打工外，也需要精神食粮，因此办了《良友周报》，又考虑到农民工收入微薄，于是报纸的版面就排得非常满，一个版面甚至能排15,000字，真正给农民工带来了实惠。

《车友生活》刊登发现英雄死亡证书的事情及吕吉山的行动

　　李海后来离开了《良友周报》，他分析市场后发现，有车一族越来越多，他们对车有了解的需求，因此办了《车友生活》。读者定位为有车的人以及与车有关系的人，"与车有关"是报纸的核心。另外，出于社会责任感，李海又给报纸增加了一个主题：弘扬社会正能量。并由此开辟了一个叫"封面人物"的栏目，主要报道一些有影响、对社会有教益、能够给大众带来启发和正能量的人。

　　看到吕吉山的照片出现在《北京晚报》上时，李海觉得马上就有了一个想法——要让吕吉山上《车友生活》的"封面人物"。李海觉得能联合志愿者团队，为那些在中华民族最苦难的时候站出来的英雄做点事，这是非常了不起的。抗日战争中，一些人选择了逃避，一些人选择了背叛，而那些在抗日战争中牺牲的英雄，却选择了站出来与敌人对抗，他们是民族的魂，需要我们去感恩和学习，需要我们每个人去传播这种精神！

　　山西媒体界除了《车友生活》外，《太原日报》也转载了《北京晚报》的文章。特别值得一提的是《山西晚报》的记者王小强，这个人让吕吉山印象非常深刻。吕吉山说："他是名十分优秀的记者。"之前两人并不相识，《北京晚报》的报道出来后，王小强主动联系吕吉山，要追踪报道此事。

吕吉山说："领导并没有指派王小强做这件事，他完全是凭着职业良心、社会良心和一个记者的使命感参与到这件事中的。他一个人就追过来了，我们去左权的时候他也跟着我们一起去，吃住都在一起，尽了很大的力，我觉得他很了不起。"不过，当王小强被问及在报道时遇到了什么困难，他却回答道："没什么困难。"追寻过程的艰辛和整理英雄名单的烦琐，他都已经忘记了。

附：《山西晚报》2013年3月15日报道

本报记者　王小强

一位英雄的亲人在左权找到了

今年年初，一份记录1939年牺牲的83位八路军战士的死亡证明书首次公开，其中有33位山西籍战士。3月5日，"寻找山西籍英雄家人"行动在太原启动。

33份死亡证明显示的籍贯是山西

2009年11月，左权县桐峪镇农民高乃文在整理荒山荒坡，开发当地旅游资源时，在一处废弃的山洞内发现一沓泛黄的档案。这份档案被发现后，由于种种原因，高乃文将其保存在保险柜中一直没有公布。2013年春节前夕，吕吉山无意中在高乃文处得知，其保存了一份偶然发现的资料。随后，他把这份资料影印下来，带着前往北京，搜集线索，开始为这些牺牲的老八路寻找家人。此举得到了民政部和中国人民抗日战争纪念馆以及中国人民解放军档案馆的大力支持。3月6日，山西省民政厅邀请省文物局鉴定处相关人士前往左权，对这份资料进行鉴定，经鉴定为三级文物。"一二九师的司令部曾经驻扎

山西·特稿

14 2013年3月15日 星期五
责编：王鹏 美编：闫云
新闻热线：0351-4286666

"真的没想到，他那么早就走了……"3月7日，左权县上庄村72岁的宋丙辰老人哽咽地说道，二叔宋喜成已经七十多年没有音信了。

宋喜成早年参加八路军，此后便与家人再无联系。今年年初，一份尘封山洞内74年的档案打开，循着这条线索，志愿者找到了宋丙辰，给他传递了二叔宋喜成的音信。

这份档案，是1939年牺牲在八路军医院一二九师83位伤员的死亡证明书，档案中有33位山西籍战士。此事被媒体报道后，太原双合成食品有限公司于3月5日启动"寻找山西籍英雄家人"的活动。3月7日，在左权县芹泉镇上庄村，找到了一位英雄的亲人。

今年年初，一份记录1939年牺牲的83位八路军战士的死亡证明书首次公开，其中有33位山西籍战士。3月5日，"寻找山西籍英雄家人"行动在太原启动

一位英雄的亲人在左权找到了

A 33份死亡证明显示的籍贯是山西

2009年11月，在左权县麻田镇附近证高乃文整理整理自家旧宅，开挖当地窑窿窖藏粮食，在一处废弃的山洞内发现一奇立的档案。这份档案被发现后，由于种种原因，高乃文将其存在保险箱中一度没有公开。2013年春节前夕，吕商山无意中在高乃文处得知，只保存了一份隐然发现的资料。随后，他把这份资料翻印下来，带着前往北京，寻找线索，并动与这份档案有关。此事得到了民政部和中国人民抗日战争纪念馆的大力支持。3月3日，山西省民政厅邀请省文物局鉴定相关人士前往左权，对这份资料进行鉴定，经鉴定为三级文物。

一二九师的司令部驻扎左权。在左权县、其卫生部就设在麻田驻地，因为驻扎敌我双方的反复拉锯战，为躲避日寇的炮火，医院就建在石洞里藏在小道才能到达的战斗阵地里。"伪装于历史研究的吕商山作记者说。

83份死亡证明虽然历经74年的风吹日晒，纸张已泛黄日发黑，但仍有81份份数的。这些牺牲英雄的籍贯来自晋、冀、鲁、豫、川、陕，其中有33位显示的籍贯是山西，多集中于晋中、长治、晋城一带。他们当中，年龄最小的

是邯郸的一员消防中队员吴文琪，年龄最小的15岁，牺牲时只有15岁。

这些显示的籍贯都是山西，只有一部分能够详细记载的晋中籍贯，而且能打开档案的人还不到二十岁，从小处战斗年龄来研究，也许并没有留下信息。"吕商山称，但若是山西的有后人的话，他们七八十多岁了，为他们寻找有人的就很难。

3月5日，太原双合成食品有限公司举行"怀念、追思、感恩"寻找山西籍英雄家人活动的启动仪式，派出五路志愿者寻找英雄家人。

B 战士宋喜成的家人找到了

3月7日，由双合成食品有限公司董事长赵光晟带队的第一路志愿者，前往左权县麻田镇寻找八路军战士宋喜成的亲人。

资料显示，宋喜成为辽县东乡上庄村人，牺牲时只有16岁。

行进路途中，志愿者接到一个令人欣喜的电话："上庄村的宋丙辰可能是宋喜成的侄儿。"

电话是左权退休干部欢欢李林打来的，受志愿者的委托，他一大早就去村里打听消息。上庄村只有两户宋姓的人家，而且七十多年来，这两户并没往人迁走，也没有别的宋氏正人迁过。其中一户唯表示，没有家人参过军。另一户宋丙辰家，宋丙辰的父亲弟兄三人，在抗战时曾全部参加了八路军，之后他父亲作为南下干部去了郑州后又调往新疆，三叔则去了广州。只有二叔至今没有消息。

到了上庄村，志愿者们见到了宋丙辰老人，老人已是满头白发，但身子骨仍然硬朗，为慎重起见，志愿者们并没有直接告诉宋丙辰老人真实家意。先向他询问了父亲和三叔的名字，老人说，父亲名叫宋玉甲，三叔叫宋玉川。

宋玉甲、宋玉川——宋喜成并非按照家谱取名？疑云再一次涌上来。经过详细盘问，宋丙辰老人说，他父亲的死亡证明上看到，职别一栏记载有"卫生部青年队学员"的信息，宋喜成的父亲军时懂得医术。

抗战时参军，小名与叔伯兄弟相同，父亲人全学过——种种条件让宋丙辰应该就是宋喜成的侄儿。

C "找到"二叔 宋丙辰老人失声痛哭

宋雄，志愿者们于是向宋丙辰老人周询逐出细节进行了。看着亲人放送下的证据，听着他人的讲述，自发情的诊断是难题，上80年前发出出来知道没有亲人的他的儿儿天以上，身突然的人日又发出心凉心情下，到待病的"第二头头上新牺牲"的疗法过时，老人也无法控制不住情绪，老眼眶横流满泪声，哽咽着，"真的没想到，他那么早就走了……这么多年只是觉得二叔没音讯没人联系……"

看着眼前的记者，因为不知道工作者，小时候分别一直没有能据住，有几多年，爷爷才把他说起，"参加八路的就是这辈子，爷爷去世不见就诉是二小子。"

"如今，二叔就有了下落，也为革命牺牲了，想爹爹能知道泉下有知，也他们的心，我可以向我的爷爷，爷爷找到了。"

随后，志愿者赵光晟向老人讲述找到的一些情况，将给了老人用于完善自己的一些资料。

赵光晟向记者表示："如今第一位英雄亲人已经找到，更渴望更好寻找其他英雄后人的心愿。这次活动，就是要让我们的英雄们能魂归故里，让家人们知道英雄的下落，好有个安置。"

本报记者 王小强

■链接

33位山西籍战士名单

本报记者查阅吕吉山提供的资料后，整理出33位山西籍八路军死亡战士名单，如果您有相关线索请拨打本报热线电话0351—4286606或太原双合成食品有限公司电话0351—3077894。让我们一起寻找英雄，让英雄魂归故里！

职别	姓名	年龄	籍贯
三八五旅七六九团二营九连战士	高起发	28岁	山西
三八五旅七六九团特务营炊事班战士	徐金全	17岁	山西潞城
三八五旅七六九团连长兵马夫	张双娃	43岁	山西
三八五旅团战士	王念马	22岁	山西回潭县(今左权)杨家庄
三八五旅团三营十一连通讯员	吕启林	21岁	山西昔阳
三八五旅团十二营一连战士	毛庆林	22岁	山西
三八五旅团炮兵连炊事员	王连贵	32岁	山西长治东关
三八五旅团卫生员	石生华	23岁	山西长治东关
九团二旅班长	王忠学	28岁	山西昔阳县上桥村
九团三营十一连战士	范随刚	34岁	山西和顺
三八五旅七六七一四团司务长	张成顺	16岁	山西武乡
三八五旅七六七三团四班班长	刘记顺	22岁	山西武乡
三八五旅团二营十一连特务长	张祥林	24岁	山西武乡
三八五旅团炊事员	李记成	43岁	山西
三八五旅团班战士	王荣生	15岁	山西
三八五旅七六团五连战士	宋宋来	27岁	山西
三八一三二二团班长	宋宝全	25岁	山西武乡县北良村
一二九师政卫营民运工作员	郭天顺	30岁	山西
侦察部班战士	张成元	24岁	山西和顺
三工厂工人	张洪礼	24岁	山西
三工厂工人	靳洪江	30岁	山西
随营学校学员	曹国元	23岁	山西
一营战炊事员	黄建元	18岁	山西
随营学校第三队战士	吴文琪	15岁	山西邯郸
随营学校第四队战士	李福成	18岁	山西长治
司令部短哨学学炊事学员	干福达	28岁	山西陵川县福水村
三三团一营三六九团九连战士	李洪全	24岁	山西
三三团二营九连战士	赵林德	21岁	山西
民军	陈方山	19岁	山西

在左权县，其卫生部就设在桐峪镇，因为当时战争局势所迫，为躲避日寇的炮火，医院就建在只有羊肠小道才能到达的悬崖峭壁上。"热衷于历史研究的吕吉山告诉记者。

83份死亡证明虽然历经74年的风吹日晒，纸张已破旧发黄，但仍有81份清晰可辨，所记录的信息十分完整。这些牺牲英雄的籍贯来自晋、冀、鲁、豫、川、陕、甘等7个省份，其中有33份显示的籍贯是山西，多集中于晋中、长治、晋城一带。他们当中，年龄最大的是50岁的张富门，年纪最小的李其家，牺牲时仅15岁。

这些资料的页面顶部显示为"第一二九师卫生部第__所死亡诊断书"或"死亡证明"，表格信息中记录着队职别、姓名、年龄、籍贯、何时何地入院、诊断、治疗经过、死亡原因、死亡时间、所长、主治医生等信息。

资料显示，这些八路军伤员全是在1939年牺牲的。吕吉山说，1939年，正是抗战的艰苦时期，当时日军3万兵力分9路进攻辽县（今左权），并三度占领辽县县城，当年7月一二九师司令部、政治部等移驻辽县东南的桐峪镇，在师长刘伯承、政委邓小平的指挥下，一二九师多次打退日军的进攻，但也付出了巨大的代价。"这些八路军伤员中，大部分籍贯仅注明了省份县级，只有一部分能够详细记载到村，而且他们牺牲时大多只有二十几岁，从小就出来参加革命，也许并没有留下后代。"吕吉山称，按照去世的年纪和年份推算，这些革命先辈如果还有后人的话，也都七八十多岁了，为他们寻找亲人的难度很大。

3月5日，太原双合成食品有限公司举行"悼念、追思、感恩"寻找山西籍英雄家人活动的启动仪式，派出五路志愿者寻找英雄家人。

战士宋喜成的家人找到了

3月7日，由双合成食品有限公司董事长赵光晋带队的第一路志愿者，前往左权县镇寻找八路军战士宋喜成的亲人。

资料显示，宋喜成为辽县东乡上庄村人，牺牲时只有16岁。

行进路途中，志愿者接到一个令人欣喜的电话："上庄村的宋丙辰可能是宋喜成的侄儿。"

电话是左权退休干部姚李霖打来的，受志愿者的委托，他一大早就去村里打听情况。他说，上庄村只有两户姓宋的人家，而且七十多年来，这两户并没有人迁走，也没有别的宋氏迁入村里，其中一户明确表示，没有家人外出参军。另一户是宋丙辰家，宋丙辰的父亲弟兄三人，在抗战时期全都参加了八路军，之后他父亲作为南下干部去了郑州后又调往新疆，三叔到了广州，只有二叔至今没有音信。

到了上庄村后，志愿者们见到宋丙辰老人，老人已是满头白发，但身子骨仍然硬朗，为慎重起见，志愿者们并没有直接告诉宋丙辰老人真实来意，先向他询问了父亲和三叔的名字，老人说，父亲名叫宋玉翠、三叔叫宋玉川。

宋玉翠、宋玉川——宋喜成并非按照家谱取得名字？疑云再一次涌上志愿者们的心头，会不会是弄错了？

经过详细了解，宋丙辰老人说，他父亲的叔伯兄弟们，小名都带一个"成"字。

宋丙辰老人说，父亲弟兄三人参军后，就留下他在村里照料爷爷奶奶。爷爷宋思和是村里的医生，新中国成立后县里还颁发了中医执业证书，他父亲和叔叔们也都学过医。记者在宋喜成的死亡证明上看到，职别一栏记载有"卫生部青年队学员"的信息，证明宋喜成参军时懂得医术。

抗战时参军、小名与叔伯兄弟相随、一家人全学过医——种种条件表明，宋丙辰应该就是宋喜成的侄儿。

"找到"二叔宋丙辰老人失声痛哭

这时，志愿者们拿出宋喜成死亡证明的影印件给老人看，告诉老人医生给二叔下的诊断是溃疡，当念到"自来时没有病到入院的七天头上，身觉稍寒冷头痛不想饮食，给已发汗的疗治后又投以强心健胃，到得病的第二天头上而牺牲"的治疗经过时，老人再也控制不住情绪，老泪纵横掩面痛哭，哽咽着："真的没想到，他那么早就走了……这么多年只是觉得二叔没顾上跟家里人联系……"

老人告诉记者，因为不知道下落，小时候爷爷一直没有跟他提及二叔，直到他19岁那年，爷爷才跟他说起："参加八路时还是个娃娃，这么多年了咋也没个着落。"此后，就再也没有跟儿孙说过。三十多年前，爷爷离世时，一直念念不忘的就是二小子。"如今，二叔有了下落，是为革命牺牲的，我可以告慰爷爷的在天之灵了。"说着，宋丙辰跟跄着来到挂在墙上的全家照前，跪着告诉爷爷："爷，二叔终于找到了。"

随后，志愿者赵光晋询问了老人的生活状况，并给了老人两千元慰问金和一些慰问品。

赵光晋告诉记者："如今第一位英雄后人已经找到，更激发了我们寻找其他英雄后人的信心。这次活动，就是要让牺牲的英雄们能够魂归故里，让家人们知道英雄的下落，好有个安慰。"

2位河北籍英雄回到亲人身边

这83位英雄中，有不少人是河北籍的。《北京晚报》刚一报道，河北民政部立即下发了红头文件，要求河北省全民动员起来，寻找这83位中河北籍的英雄。2013年2月21日，《北京晚报》的文章刚登出来3天，河北的《燕赵都市报》也立即进行了相关报道和追踪，河北邢台的《牛城晚报》同样开通了寻亲热线。最终，英雄杨上有和张享顺，"回到"了亲人的身边。

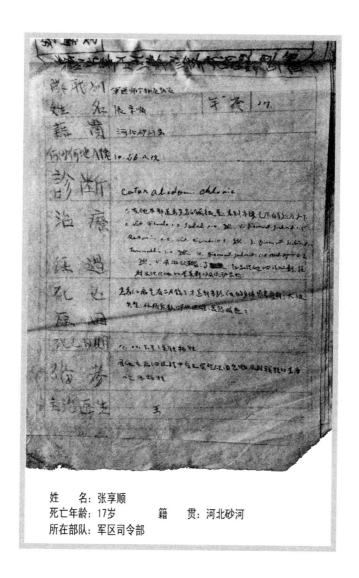

姓　　名：张享顺
死亡年龄：17岁　　　籍　　贯：河北砂河
所在部队：军区司令部

83位英雄之张享顺

作者／原振华（中华诗词学会会员，山西诗词学会副秘书长，黄河散曲社副社长）

壕沟火线勇穿行，战令军情鸽羽腾。
燕赵青春书壮丽，莲花绽处记英名。

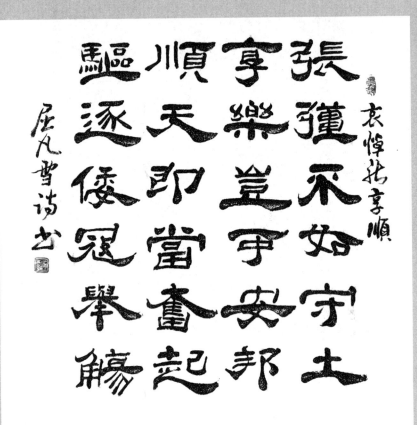

志愿者为英雄张享顺创作并书写的悼念诗

附：《燕赵晚报》2013年3月4日报道

一位邢台籍英雄身份被初步确认

本报记者　张静雯　尚燕华

联合牛城晚报记者周潇潇　报道

今年1月，山西左权县农民高乃文在桐峪镇莲花岩崖居山洞里无意中发现了83份八路军牺牲证明，83位英雄中有32位为河北籍。2月21日，本报与北京晚报、牛城晚报联合发起"让英雄回家"行动，希望英魂能早日回归故里。

在83位八路军伤病员中，有9位为河北邢台籍。昨日，记者从牛城晚报获悉，其中一位名叫张享顺的英雄，身份初步确认。根据邢台县中坚固村张琼女士提供的相关信息，牛城晚报记者综合多方专家意见，初步确认张琼女士的大伯张景顺便是被牺牲证明上整理为"张享顺"的英雄。

邢台市民来电寻亲人

2月27日下午4时许，牛城晚报记者接到一位名叫张琼的女士打来的电话："记者同志，我想问问9名牺牲英雄当中来自沙河的张享顺的情况……"张琼说，她有一位大伯，名叫张景顺，十六七岁瞒着家人参军后，从此再无音信。

据张琼介绍说，她老家原属于沙河县渡口乡窑挡村，后来地域划分合并，该村被划分到邢台县，村名改叫中坚固村。

"年龄、籍贯等信息基本吻合，就是名字的中间一字不同。"听到张琼如是说，电话这端，记者颇为兴奋，连日来为英雄寻亲的种种不顺全抛之脑后。

电话里，张琼与记者约好次日来报社看看张享顺的牺牲证明影印件。

影印件她看了又看

2月28日上午9时30分，在牛城晚报编辑部，张琼从记者的电脑中看到了张享顺的牺牲证明影印件，张琼与丈夫看了又看。

"'享'字的下面是'子'，怎么看着这份影印件上下面像是'小'字？'享'字会不会是'京'字呢？"在看了又看之后，张琼和丈夫质疑时伴着惊喜，"大伯叫张景顺，如果是'京'字，最起码音相同。"

"患者病史已有二月余了，才送到本院。他的身体非常衰弱，大便失禁，脉搏细数，呼吸困难，食欲减退。"张琼目光锁定在死亡原因一栏，身为医生的她一字一字地辨认着，并缓慢地读了出来。

"如果这张牺牲证明确实是我大伯的，那么，这给我们提供了很多信息，最起码对我们的家人也是个安慰。"张琼感叹之余用所带相机将牺牲证明拍摄下来。

老母想儿念念不忘

张琼说，她已故父亲名叫张景恕，是家中最小的儿子。"曾听父亲说，他有两个哥哥、两个姐姐。其中大哥送人了，二哥名叫'张景顺'。"张琼告诉记者，如今，父亲兄妹五人均已离世，她这一辈儿最年长的就是大姑家的表姐骞爱芹。

当日中午，牛城晚报记者联系上了已是67岁的骞爱芹。电话里，骞爱芹说，她两三岁时母亲就去世了，后来便一直跟着姥姥生活。

"小时候经常听姥姥念叨，说我有个舅舅出去当兵，一直没有音信。姥姥一直盼着他回家，直到1958年，家人找到有关部门询问后，乡里才给了一张证书。"骞爱芹清楚地记着，因思念爱子，姥姥经常伤心得一个人偷偷跑到村外的地头哭。

据骞爱芹回忆，姥姥因想儿子，天天念叨着儿子的小名"同顺"（音），身体情况一天不如一天。

"我十几岁时，姥姥就去世了。姥姥一直惦记着舅舅，这成了她老人家的心病。"骞爱芹说。

当日，张琼的哥哥还联系了村里同是"景"字辈的老人。如今，村里仍有一位80多岁老人记得比自己年长的张景顺当年是跟着八路军走了。

"享"字应是"京"字

那么，在这张牺牲证明中，姓名中间这个字究竟是"享"还是"京"？昨日下午，牛城晚报记者委托邢台市一权威文字鉴定专家对牺牲证明影印件进行了鉴定。

一个多小时后，该专家处反馈回消息："在这张牺牲证明影印件中，姓名中间这个原认为是'享'字的应该是'京'字。"同时，该文字鉴定专家进一步指出，另一位牺牲英雄"张富门"姓名中最后一字从写法上认定应该是"国"字。

"景"字或被写成"京"

来自邢台市的中国民俗学会会员陈玉明表示，从音韵学角度来讲，如果名叫张景顺，通过当事人口述，被他人记录成张京顺的可能性也很大。

陈玉明解释，邢台南部地区不少发音和河南洛阳一带相似，同属于中州音韵区。中州音韵区与北京普通话发音的不同之处为：个别为三声的字会读为平声。

随后，就"景"字的发音，记者连线多名当地人，让他们用家乡话读"景"字。记者发现，确实如同陈玉明所说，在他们口中"景（jǐng）"被读成"（jīng）"。

邢台文化研究会副秘书长刘顺超也称，在那个特殊的年代，户籍登记不是很规范。"在登记时，不少姓名可能会用谐音字，有的字在书写时会简化改写，有的可能仅凭音读写就。"

综合专家多方意见，初步确认张琼女士的大伯张景顺便是被整理为"张享顺"的英雄。牛城晚报记者说，他们还会继续为牺牲证明上剩余的8位邢台籍英雄寻找亲人。

附：《北京晚报》2013年3月2日报道
英雄张享顺身份初步确认
家属提供线索 邢台当地学者反复论证

本报讯（记者王琪鹏） 本报发起的"让英雄回家"活动传递到河北石家庄、邢台和四川广元，并在当地引起了广泛关注，纷纷掀起"寻亲潮"。昨天，从河北邢台传来消息，邢台市民张琼女士失踪多年的大伯张景顺，与84位

八路军死亡证明名单中"张享顺"的信息颇为相似。经过当地学者的反复论证，初步确认张景顺就是名单中的"张享顺"。

据这张"一二九师卫生部三所"开具的死亡证明记载，"张享顺"是河北沙河人，17岁，职务是军区司令部通讯员，1939年11月12日下午3点钟牺牲。在邢台《牛城晚报》发出寻找英雄家人的呼吁后，邢台市民张琼女士找到当地报社，表示"张享顺"有可能就是自己失踪多年的大伯张景顺。

在邢台《牛城晚报》记者的帮助下，记者与张女士取得了联系。张女士说，她的老家在沙河县，家里的大伯十六七岁瞒着家人参军后，从此再无音信。"听父亲说，他有两个哥哥和两个姐姐。其中大哥送人了，二哥名叫'张景顺'。"张女士说，父亲兄妹五人如今均已离世，她曾问过大姑家的表姐，了解到一些情况。张女士说，她曾问过村里尚健在的"景"字辈老人，据他们回忆，张景顺当年是跟着八路军走了。

记者随后又联系上了张女士的表姐骞女士。"小时候经常听姥姥念叨，说我有个舅舅出去当兵，一直没有音信。姥姥一直盼着他回家，一直等啊等，直到1958年，家人找到有关部门询问后，乡里才给了一张证书。"骞女士说，她记得姥姥因为思念儿子经常一个人偷偷跑到村外的地头哭。"我姥姥一直惦记着舅舅，这成了她老人家的心病。我十几岁时，姥姥带着遗憾去世了。"蹇女士说。

虽然年龄、籍贯相符，但是"景"与"享"还是有些差异。"你看那上面的'享'像不像是'京'？如果是'京'，那读音就很接近了。"张女士兴奋地说。根据这一线索，《牛城晚报》咨询了当地的笔迹鉴定专家，最终确认死亡证明中的"享"字的确为"京"字。

那么，"景"又是如何被记成了"京"呢？邢台市中国民俗学会会员陈玉明表示，邢台南部地区不少发音和河南洛阳一带相似，同属于中州音韵区。中州音韵区与北京普通话发音的不同之处为：个别为三声的字会读为一声。在当地方言中，"景"的发音则是北京的"京"（jīng）。陈玉明认为，从这个角度来看，张景顺被他人记录成"张京顺"的可能性很大。

邢台文化研究会副秘书长刘顺超则告诉记者，在那个特殊的年代，户籍登记不是很规范。"在登记姓名时，有的字可能会用谐音替代，有的字在书写时会简化改写，登记材料如果出现音同字不同的情况可以理解。"

综合多方面意见，张女士的大伯张景顺被初步确认为名单上的"张享顺"。专家表示，这仍然只是一个猜测，还需要进一步查证当年一二九师的相关资料才能最终确认。

附：《北京晚报》2013年3月7日报道
又一名英雄身份得到确认
杨上有 你的家人找到了

昨天，从河北邢台传来消息，当地经过数日的走访调查，终于确定了84位八路军牺牲伤病员名单中"杨上有"的身份，并找到了英雄的家人。七十多年来，英雄的家人一直有一个心愿，那就是盼着他能够魂归故里。

今年2月，本报整理出84位八路军牺牲伤病员名单，发起了"让英雄回家"的活动。邢台当地的《牛城晚报》看到后迅速响应，开通了寻亲热线，寻

找名单中9名邢台籍八路军战士的家人。上周，邢台任县一位老八路的后代与本报记者联系，提供了一个重要线索："我的爷爷李老功曾于1937年在老家招募过一批年轻人参加八路军，名单上的杨上有应该是我们岭南村的。"

确认："杨上有"其实是"杨尚友"

李老功，又名李保全，曾任一二九师三八五旅新编独立团参谋长，在任县一带赫赫有名。李老功的孙子李志安说，当时招募的年轻人有500人，其中有一个同村人名叫杨尚友，但后来就没了消息。1978年，村里专门刻了两块石碑，上面就有杨尚友的名字。前天，李志安从撰写碑文者家中找到了碑文原文，上面记载着："公元一九三七年，倪长妮、王门喜、王仁福、杨尚友、王俊生、鲁振芳在李老功领导下，同年入伍……王仁福、杨尚友、王俊生牺牲地址不明。"

在山西左权发现的八路军死亡证明中，职务为三八五旅七六九团一营二连班长的杨上有只有23岁。李志安说，村里老人回忆，杨尚友参军时是"二十挂零"，年龄是吻合的，杨尚友的家人至今仍不知其下落。李志安说，杨尚友本人不识字，其名字由别人代写，因此极有可能错写成"杨上有"。经过《牛城晚报》记者的调查，任县再无与"杨上有"名字相近的人参加八路军，因而确定"杨上有"其实就是"杨尚友"。

回忆：新婚不久便参加八路军

李志安的父亲李小虎今年86岁，对于七十多年前杨尚友参军走时的场景仍记忆犹新。他回忆说，当年岭南村有四五十个年轻人报名参加八路军，其中就有杨尚友。"他细瘦身条，白净脸，中等个头。"老人说，当时二十挂零的杨尚友刚新婚不久，还没有孩子。

老人回忆道，1937年正月的一天，为了欢送这些年轻人，一名家境殷实的村民杀了头猪，炖了一大锅菜。吃过饭后的当天，杨尚友他们便跟着八路军走了。

据介绍，杨尚友参军后一直没有音讯，媳妇也改了嫁。如今，杨尚友的哥哥嫂子早已不在人世，就连侄子们也都去世了。

家人：我们要把他接回来

杨尚友的侄媳妇赵东连今年87岁，是杨家健在的最年长的老人。

"俺家掌柜的活着时，经常念叨俺这叔叔。这么多年了，啥信儿也没……"老人说，76年过去了，尽管杨尚友音信全无，可至今亲人们仍盼望着他还能活着回来。正是心里存着这念想，当年他们没有去领取烈属证。

"知道叔叔牺牲了，并且有确切的时间，至少在叔叔周年时可以为他上炷香。"老人喃喃地说，家里有一张供案，只要家里的长辈去世以后，就会按辈分儿将姓名写上去以供祭拜。"因为叔叔一直没有信儿，他的名字到现在也没写在上头。"等来了迟到七十多年的消息，老人甚感欣慰，但也为无法知道叔叔埋骨何处而遗憾。"人常说落叶归根，如果能知道他尸骨在哪儿，不管费多大力气，我们也要把他接回来。"

本报记者　王琪鹏　《牛城晚报》供图

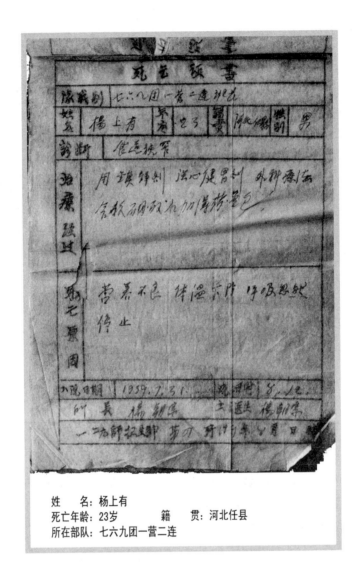

姓　　名：杨上有
死亡年龄：23岁　　　　籍　　贯：河北任县
所在部队：七六九团一营二连

83位英雄之杨上有

作者／赵美萍（中华诗词学会会员，山西诗词学会理事，山西唐槐诗社《唐槐吟苑》常务副主编，山西杏花诗社副社长）

二十三龄浴血时，降倭鏖战任驱驰。

积劳折剑终成恙，不悔青春一首诗。

附《衡水晚报》报道

衡水深州抗日英雄他乡牺牲，亲人今在何方？

内容提要：

"总修械二所修械组组长崔利霞，男，36岁，籍贯河北深县……"今年1月，山西省左权县农民高乃文在整理荒坡时，从桐峪镇莲花岩处已废弃的崖居中发现了一沓发黄的档案。这些档案共有83页，是1939年牺牲在八路军医院的83名一二九师伤员的"牺牲证明"，距今已有74年。档案中记载了深州市（原深县）一位名叫崔利霞的抗日英雄，于当年9月在该医院接受治疗，几天后去世，但对这位英雄的详细家庭地址记录不详。

英雄殒命他乡74年，他的亲人是否还健在？家乡的亲人是否还在苦盼他的身影？为让英雄早日魂归故里，希望知情人提供崔利霞的相关资料。

泛黄的档案沉痛的记录

这83名一二九师战士的"牺牲证明"是高乃文在桐峪镇莲花岩废弃多年的崖居中发现的，崖居全部是依山而建，由山洞简单修葺而成的。一位喜欢研究八路军历史的山西退休职工说，一二九师司令部曾驻扎在当地长达5年之久，卫生部及其医院就设在桐峪镇。当年，卫生条件极其艰苦，为躲避日寇的炮火，医院就建在羊肠小道才能通往的悬崖峭壁上。

翻开这些泛黄的档案，一段尘封了多年的历史展现在人们眼前。清晰的字迹记载："总修械二所修械组组长崔利霞，男，36岁，籍贯河北深县，诊断为右下腿炸伤左手炸伤，入院日期：1939年9月3日，死亡日期：1939年9月11日。一二九师卫生部干部所，1939年9月15日。"（注：深县为今深州市）关于这位抗日英雄的相关资料只有这些简单的文字和卫生部对其诊断、治疗的经过及死亡的原因。他牺牲后墓地在哪个方位，早已不可考，他留给世人的只剩下这一张泛黄的"牺牲证明"。

深州民政局没有这位英雄的记载

据了解，1939年，正是抗战的艰苦时期，当时日军3万兵力分9路进攻左权县（时称辽县），一二九师在师长刘伯承、政委邓小平指挥下打退了敌人的进攻，但也付出了巨大代价。很多八路军战士在战场上受伤后，或得不到良好救治，或在极其恶劣的条件下因饥寒交迫而牺牲。崔利霞正是牺牲在那一年，牺牲时的年龄仅为36岁。

深州市是否有这位英雄的记载呢？带着这样的疑问，记者昨日联系了深州市民政局。优抚科工作人员在记载了3000余名烈士档案的《烈士英名录》内仔细查找，但并未找到崔利霞的任何资料。在《烈士英名录》的记载中，1939年牺牲的一二九师深州籍烈士只有一位名叫陈福昌的战士，而他的牺牲地点记载为曲周，其他的一二九师烈士牺牲年份最早只能追溯到1942年。

期盼英雄早日魂归故里

本报希望知情人提供崔利霞的相关资料或线索。如果你有相关线索，可拨打本报热线电话2061234。让我们一起寻找英雄的亲人，让英雄早日魂归故里！

记者　朱微

附：《牛城晚报》2013年3月8日报道

《英雄的亲人　你们在哪里》之

省市县民政部门联手助力寻亲

查找结束后将在省英烈纪念园为河北籍英雄新建一处129师战士集体公墓

本报记者　尹彩红　周潇潇

提示

今年山西省左权县农民高乃文在桐峪镇莲花岩废弃的崖居中，发现了84页发黄的档案，是1939年住在八路军后方医院的129师伤员死亡证明书，其中有9名邢台籍英雄。2月22日,本报与《北京晚报》《燕赵晚报》联合发起"为英雄寻亲"行动,经多方核实,目前其中两名邢台籍英雄已经初步确认。昨日,传来最新消息,省民政厅高度重视此事,并做出相关安排。目前,本市各县市的民政局均积极行动,一起为英雄寻亲,并提供了新的线索。但因时间跨度大,核实英雄的身份确实有些困难。

省民政厅做出安排部署

昨日,据《燕赵晚报》报道,此次全国多家媒体联合发起的"让英雄回家"行动,引起省民政部门高度重视,遂做出安排部署。

一是指导各地民政部门积极查找河北籍129师英雄的相关信息。二是落实相关政策:对是革命烈士且有遗属的,要全面落实好遗属的抚恤优待政策;对没有评定为烈士的,且其遗属年龄在60岁以上的,参照60岁以上农村烈士遗属的补助标准给予发放生活补贴;对生活、医疗、住房等确有困难的,通过各项优惠政策尽量给予照顾。

在查找工作基本结束后,省民政厅将在省英烈纪念园为河北籍英雄新建一处129师战士集体公墓。

各县市民政局正积极寻亲

"一接到省里《关于做好查找河北籍129师战士有关信息的通知》后,我们就把通知迅速转达给各县市民政局,要求高度重视,积极寻找英雄的信息和亲人。"昨日,市民政局优抚科工作人员告诉记者,按照通知,各县市已开始查找烈士英明录、党史、文史等资料,核对是否有这些英雄的相关信息,了解英雄是否已被定为烈士、有无墓碑、有无遗属等情况。

"因为英雄的籍贯大多只注明到县,查找难度较大,唯一能参考的就是英雄的年龄和牺牲时间,因此在核实身份时,就需要多花时间核对各方细节。"市民政局工作人员介绍,经过多天查找,目前陆续接到反馈信息,其中沙河市民政局传来消息,在白塔镇有位叫"王玉珍"的人,当年参军后再也没回家,但具体情况沙河市民政局仍在核实中。

寻亲不易需核实多方细节

跨越74年历史长河，凭一份牺牲证明书上提供的有限线索去寻找英雄亲人，其难度可想而知。那么，"王玉珍"与9名英雄中的"王玉贞"只有一字之差，他是否就是"王玉贞"呢？

昨日上午，记者联系上沙河市民政局。该局优抚科侯科长告诉记者，9名英雄中王玉贞和张京顺为沙河籍贯，接到通知后，他们赶紧查找了烈士英明录，并未发现有关信息。"前些天从白塔镇王金紫村得到初步消息，村里有一名叫王玉珍的人，当年参军出去再也没有回来。"为了核对英雄身份，沙河市民政局工作人员特意深入该村。

经了解，该王玉珍生前有一儿，如今在世的亲人只有王玉珍的孙子了。"据其孙子回忆，虽然不知爷爷王玉珍何时出生，但他知道父亲生于1916年。而从王玉贞牺牲证明书的信息来看，1939年他牺牲时为29岁。从两代人的年龄差距来看，两人的信息不相符。"侯科长表示，如果与档案资料上有所出入，就很难确认英雄的身份。

在本报请文字鉴定专家确认宁晋籍英雄"张富门"实为"张富国"后，宁晋县民政局按照"张富国"一名再次查找烈士英名录后，仍没有发现有关该英雄的信息。

本报继续为7名邢台籍英雄寻亲，两部寻亲热线13903190407、3129921继续开通，欢迎知情人提供相关线索。

附：《牛城晚报》2013年3月20日报道

《英雄的亲人　你们在哪里》之后续报道
晚报为英雄寻亲引发央视记者高度关注
CCTV-7《和平年代》摄制组来邢进行为期3天采访

新闻闪回

山西省左权县农民高乃文在桐峪镇莲花岩废弃的崖居中，发现了84页发黄的档案，是 1939 年住在八路军后方医院的 129 师伤员死亡证明书，其中有 9 名为邢台籍英雄。2 月 22 日，本报联合《北京晚报》《燕赵晚报》发起"为英雄寻亲送英雄回家"行动。连日来，该报道吸引了众多人的关注目光，不少人纷纷致电本报提供寻亲线索或要寻亲。本报记者几经努力，多方核实，目前，9 名英雄中的 2 名邢台籍英雄"张京顺"和"杨上有"的身份已初步确认。

本报讯　连日来，晚报为英雄寻亲活动吸引了不少关注的目光，就在 3 月 18 日，CCTV-7《和平年代》摄制组专程来到邢台进行为期 3 天采访。

央视记者
与本报编辑、记者面对面

"事隔这么长时间，能为两名牺牲的英雄找到亲人，确实不易。"两位英雄身份被初步确认的消息传出后，多家媒体纷纷致电本报记者询问相关情况。

3 月 18 日上午，CCTV-7《和平年代》栏目摄制组来到本报编辑部，就本报为英雄寻亲初衷以及过程与本报编辑记者进行采访。

当日，在本报四楼会客厅，该栏目摄制组主持人魏莱与本报总编辑段田恩面对面，详细了解了本报为英雄寻亲活动的初衷以及各个细节。

在接受该摄制组主持人采访和拍摄时，段田恩介绍，2 月 21 日下午接到读者热线称，在山西左权发现了 84 页发黄的档案，是 1939 年住在八路军后方医院的 129 师伤员死亡证明书，并且其中有 9 名为邢台籍英雄。当时便感到题材重大，立即安排记者分头联系采访，并拿出了整版的新闻报道。

"这些天来，我们从编辑到记者之所以倾注这么多力量去为英雄寻亲，就是为了对得起那些在特殊年代牺牲的英雄，同时也是为了安慰英雄的亲人们……作为媒体，这是我们的责任也是我们的义务。"在谈到为英雄寻亲的意义时，段总编的这席话得到央视摄制组记者的赞许。

就"张京顺"和"杨上有"两名烈士的确认过程，魏莱与本报热线部主任以及两位记者进行了交流。本报记者分别介绍了初步确认两名英雄身份的过程。随后，本报记者为摄制组联系了英雄的家人以及所需采访的各个相关部门。

3天时间里

央视深入本市多地实地拍摄

3月19日，在本报采访拍摄完后，该栏目摄制组又马不停蹄地采访了邢台市民政局。当天中午，摄制组又赶到了张京顺侄女张琼家里。

在张琼女士家中，魏莱与张琼及其母亲进行了交流。"感谢《牛城晚报》的记者，他们帮我们找到了没有音讯的家人。"张琼女士对央视记者说，为此自己还专门写了一篇《追忆伯父张景顺》的文章，以缅怀牺牲在外地的伯父。

为了看一看英雄故居，当天，央视记者和张琼一起回到了张京顺故乡——邢台县羊范镇中坚固村。在该村，摄制组一行还与该村高龄老人进行了交流。

"接下来，我们还将赴任县，与杨上有英雄的家人进行面对面交流。"据魏莱透露，《和平年代》栏目摄制组以《英雄的亲人　你们在哪里》为题，将拍摄3集系列节目，以还原在那个战争年代为国牺牲的英雄形象。来本市采访前，该栏目摄制组已奔赴山西左权到发现英雄档案的所在地桐峪镇莲花岩进行了实地探访和拍摄，并走访了当地知情人。

在本市，该摄制组计划进行为期3天的采访，该系列节目预计将于4月3日至5日每晚22点40分在CCTV-7频道首播。

牺牲档案背后

是英勇奋战的民族精神

"84名英雄牺牲档案，仅邢台籍就有9名，在这个数字背后说明了怎样的问题？"凝视着一张张英雄牺牲证明的影印件，记者不由地陷入了沉思。为寻求答案，随后，记者联系上了邢文化研究会副秘书长刘顺超。

"这个问题问得好，邢台籍英雄所占比例之所以这么高，确实反映了一个重要事实，那就是邢台是革命老区，特别是太行山区是129师根据地，在当时，邢台是主要的兵源地。"刘顺超告诉记者，当时，为了抵御入侵日寇，邢台青年踊跃报名参军，抗日热情很高涨，而在1939年的战役中，日军对八路军进行大规模扫荡，129师伤亡人数很多。

"特别是从牺牲证明影印件中看到，这些英雄牺牲病因有的竟是因为感冒、拉肚子，这也足以说明当时他们所处环境恶劣，生活条件简陋。"说到这儿，刘顺超动情地说，"即便在这种条件下，这些英雄仍保持着顽强斗志，这种民族精神值得敬仰。"

本报为英雄寻亲仍在继续，欢迎知情人致电热线电话3129921、13903190407提供线索。

本报记者　尹彩红　周潇潇

中央电视台《和平年代》栏目推出3集纪录片《英雄的亲人，你们在哪里》

吕吉山自述中央电视台与凤凰卫视采访的前后经过

《北京晚报》在首都的影响实在是太大了。

当记者王琪鹏的报道接二连三发表后，立即引起了中央电视台军事频道制片人的高度重视。很快，凤凰卫视女记者郭炀也找到我，要求马上到山西进行采访。

在山西省政协宾馆，我与山西省军区宣传部的一位军官，与太原市双合成公司原总经理王建中接待了记者魏莱和一名摄像记者。第二天一大早，我就与中央电视台的记者一行人赶赴左权去采访。记者们在左权莲花岩进行了较长时间的采访，中途我有事情就与他们分开了。

此外，中央电视台军事频道《和平年代》节目的制片人和军事频道的副总编辑陈飚一起，受解放军电视宣传中心（军事频道）党委的委托，专程到太原

凤凰卫视专访志愿者吕吉山

市中西医结合医院与我沟通、协商报道中的一些事宜，当时我因病正在住院。解放军电视宣传中心对这一报道高度重视，在2013年清明节前后连续以3集纪录片的形式播出了《英雄的亲人，你们在哪里？》。

　　凤凰卫视记者郭炀是一名资深记者，做事十分干练，又采访又现场提问又制作又编辑，是一位电视新闻行业十分难得的优秀人才。我与她在他们去左权采访的第二天到了晋中昔阳县，和志愿者们一起去英雄王金华亲人的家中进行现场追踪采访。纪录片后来在凤凰卫视的《社会能见度》栏目进行播出，每个镜头都十分动人。

附：《牛城晚报》2013年2月25日报道

《英雄的亲人你们在哪里》后续报道
众多读者提供线索为英雄寻亲

本报记者　尹彩红　周潇潇

新闻闪回

　　山西省左权县高乃文开辟荒山时，从桐峪镇莲花岩废弃的山洞里发现了一本发黄的档案，是1939年住在八路军医院的一二九师伤员的牺牲证明书。经整理，其中有9名英雄是邢台籍。2月22日，本报对此事进行报道并开通热线为英雄寻亲。

本报寻亲电话不断

　　新闻见报当天，市民纷纷致电本报，有人为这9名英雄提供寻亲线索的，还有人致电要寻亲的。

　　巨鹿县八旬老人范琴玲致电，称自己的叔叔范玉相与本报所刊登9名英雄的情况相似，也是从1939年前后失去音讯。"这些年过去了，叔叔一点消息都没有，我们家人这份心情是外人无法理解的。"范琴玲希望能在《北京晚报》

《燕赵晚报》《牛城晚报》联手为84名英雄寻亲的同时，也能给她们提供寻找叔叔的线索。

家住威县常屯乡东柳町村的苏先生想要寻找自己的哥哥。他激动地告诉记者，哥哥名叫苏金全，生于1921年。1938年，曾与同村四五个要好的朋友一起参加了八路军。后来哥哥的好友或因伤回家，或在战役中牺牲，唯有哥哥没了音信。

"哥哥所在部队也是一二九师，据说部队后来去了山西。从此哥哥便和家中断了联系，不知下落。哥哥在哪里牺牲又长眠何处？这也成了前年刚刚去世的老母亲未了的心愿。"苏先生说，如果有哥哥所在部队的资料，哪怕原籍或姓名中有一字相同，他们也不会放弃寻找。

为英雄寻亲路漫漫

连续两天，从邢台市民政局以及威县、沙河、任县3县市民政局，英雄的信息陆续反馈：在《烈士英明录》上并没有这几个人的名字。

根据市民提供关于这9名英雄的各种线索中，记者也一一亲自核实，可几天下来，收效甚微。

2月22日，来自邢东煤矿的一位职工称，邢台县有一个村叫杜彬，该村大部分村民都姓安，且"学"字恰恰是该村安氏一族所排辈分的用字，"9名英雄中33岁的安学珍籍贯为河北邢台，记者不妨到该村去问问情况"。

2月22日下午，记者辗转联系上邢台县路罗镇杜彬村村主任安春河，听完记者的介绍后，安主任很热心并答应去村里问问上年纪的老人们。然而2月24日下午，安主任致电本报："村里没有安学珍这个人，不过，路罗镇、白岸乡四五个村都有安姓人家，并且也是在'学'字辈上。你们可以给这几个村联系一下。"

名为"河北刘顺超"的新浪微博博友也@本报微博称：抗日战争时期崇水峪有三位安姓志士殉国。一位是崇水峪庙沟安增智，另两位是崇水峪村安文广，安魁小。这也为本报寻找英雄的亲人提供了线索。本报将会根据市民所提供的信息多方查找。

英雄墓地或在山西武乡

本报记者紧锣密鼓为9名英雄寻亲的同时，有热心读者向《北京晚报》提供线索称：英雄墓地或在山西武乡。

2月22日，78岁的读者肖中秋先生致电《北京晚报》记者称，他的家乡山西武乡县南郊村，曾是八路军野战医院所在地，村的山坡上埋葬有大量牺牲的无名八路军伤病员。据他考证，这84位牺牲的八路军伤病员可能就长眠在这里。

根据这84位八路军伤病员的牺牲证明记载，显示多位伤病员是在南郊村入院的。"位于南郊村的南堂奶奶庙只有四间房子，放不下那么多伤病员，于是村里每家每户都住着八路军的伤病员。住在村里的八路军伤病员就有200多位。由于医疗条件很差，许多伤病员就牺牲在南郊村的野战医院，后埋葬在村南的山坡上。"出生于1935年的肖中秋，当时只有四五岁，但孩提时代的记忆至今还有印象。

肖老说，当时这些牺牲的八路军伤病员都是草草下葬，墓前都竖有一块木牌，写着死者的名字。他在这片山坡上发现了两块石碑，碑上的名字与83人牺牲名单中两位伤病员的名字很相近。经《北京晚报》记者核实，石碑上所刻之人与牺牲名单中的两名伤员名字以及牺牲时间还是有些出入，84位八路军伤病员的墓是否在南郊村还需考证。

9名邢台籍英雄亲人究竟在哪里？欢迎热心读者致电本报热线电话13903190407提供线索，记者将在第一时间内进行核实。

第三部分

纪念英雄

寻找民族之魂

寻找英雄亲人的线索越来越少，难度也越来越大，吕吉山决定改变工作重心。他认识一个名叫孙铁丑的朋友，在山西太原清徐县，用了5年时间把5000亩荒山坡变为绿洲。吕吉山和他商量，希望他能腾出一块地方为83位英雄建一个陵园。孙铁丑马上赞同，他还提到，自己认识河北曲阳的专门制作墓碑的朋友，可以联系他为英雄做墓碑。

孙铁丑带着吕吉山去了河北曲阳，随行的还有画家李兆顺，以及书法家王炳尧等。当吕吉山给李兆顺打电话让他同行，李兆顺二话没说，立即动身，因仓促的缘故，他连身份证和钱包都没带，浑身上下只有2元钱。王炳尧也是如此，他与吕吉山认识多年，彼此信任，吕吉山跟他一说，他就过来了。

在河北曲阳，吕吉山反复思考，他在做的究竟是一件什么事。表面上看，他是在寻找英雄的亲人，实际上却并不仅仅如此。他和王炳尧一起思考这件事，两人不约而同地想到了一个字：魂。他们寻找的，不单单是英雄的亲人，他们是在寻找中华民族的魂。抗日战争时期，这些英雄奔赴战场，不屈不挠，面对着日本铁蹄，赴汤蹈火，他们正是中华民族的魂。

回想那个时候，日本侵略中国，日本人把中国人排成一排，枪杀他们，让苦力将这些人的尸体丢入河中，然后再把这些苦力杀掉，而他们竟乖乖地听话，乖乖地束手就擒，任由日军所为！

有一位南京大屠杀的幸存者，回忆起当时自己看到的一幕：日本人残杀中国俘房时，在人数远远多于日本人的中国俘房面前，一个日本士兵拖着一个中国孕妇要强奸她，孕妇奋起抗争，最终被杀害，而当时在一旁的中国俘房却没有一个人反抗。就算他们手中没有枪，以人数优势，还是可能战胜日本刽子手的，可是除了那个孕妇，所有人都表现得那么"乖巧"。这是多么让人不可思议！

当时的南京，足有数十万人，人数远远多于日军，日军其实也是很害怕的，一旦这数十万人闹起事情来，他们也控制不住，所以展开了疯狂的屠杀。中国人的表现却极大地出乎日军意料。中国人看着日军杀害同胞，看着自己的生命遭受威胁，竟仍不敢鼓起勇气去战斗。

吕吉山清楚地知道这些，他最终想明白了，他找这83位英雄的亲人，找的其实是我们民族的魂。这83位英雄，年龄最小的只有15岁，15岁就敢冲上前线去战斗，这就是我们民族的魂。如果有一天陵园真的建立起来了，吕吉山一定要把这个"魂"字刻在陵园正中。

《人民日报》启动"民族记忆"系列追踪报道

时间到了2015年。一天，《人民日报》政治文化部的记者倪光辉给吕吉山打电话，跟他说，两年前他寄过来的档案他们一直存着，虽然没有联系过他，但并没有忘记这件事。现在，他们认为报道的时机到了，领导非常重视，希望吕吉山能够过去一趟。吕吉山在电话里回复说，自己最近实在太忙，没时间过去，让他过来一趟。倪光辉二话没说，立即去找吕吉山商议采访事宜。

按《人民日报》的计划，记者预计在4月24日左右前往山西太原，然后到左权县，启动"民族记忆·你所不知道的抗战故事"系列追踪报道。《人民日报》是中国共产党中央委员会机关报，他们对此事的关注让吕吉山备受鼓舞。2015年正是反法西斯战争胜利70周年，挖掘抗日战争故事，反思历史，团结中华民族，为民族崛起而奋斗，是此时非常重视的主题。

吕吉山立即奔赴太原，为了给《人民日报》创造最佳的采访条件，他动员了很多他在太原的关系，大家决定4月24日时举办一个"勿忘国耻·学习英雄"报告会，并邀请各界志愿者和英雄们的亲人共同出席。场地仍然由赵光晋的双合成食品有限公司提供，虽然很小，但吕吉山把它布置得恰如其分。墙壁上挂着书法家王炳尧为悼念英雄写的书法，还有李兆顺为悼念英雄画的画，以及志愿者在寻找英雄的亲人过程中留下的珍贵照片。看着这一切，每个人心中都燃起了熊熊的爱国热情。

双合成食品有限公司20多年来每天早上都组织员工唱红歌，在这次活动的启动仪式上，参与了寻找英雄的亲人的公司志愿者们同样高唱《没有共产党就没有新中国》《国际歌》和《义勇军进行曲》。指挥演唱的是山西著名音乐指挥家曹克继，他也是吕吉山的朋友，他是应吕吉山之邀，前来助阵。

吕吉山和曹克继是在两年前的一次企业歌咏比赛上认识的，当时看到曹克继指挥，吕吉山被深深地震撼了："他指挥得太棒了，那么投入，充满激情，简直让我目瞪口呆，从此我就记住了这个人。当时我就想，如果以后举办活动，里面有歌唱环节，那么一定要把他请过来做指挥。"

吕吉山计划报告会开头要有一个歌咏环节，他第一个想到了曹克继，便打电话给他，邀请他参加。吕吉山在电话里只跟曹克继说："你快过来一趟。"曹克继连是什么事都没问，立刻就赶到报告会现场。吕吉山给曹克继分配任务，要他指挥志愿者不断地高唱《没有共产党就没有新中国》《国际歌》和《义勇军进行曲》等歌曲，要让爱国的歌声响彻会议大厅。而曹克继出神入化的指挥，也

音乐指挥家曹克继指挥双合成食品有限公司员工唱红色歌曲

的确给歌咏环节增添了无穷的韵味。音乐指挥家曹克继的女儿曹艺，现为音乐教师，在太原举办报告会期间，连续几天赶远路前去布置书画现场。对于父亲做的事，她非常理解和支持，愿意和父亲一起去奉献。曹克继的爱人张美玲也一直参与其中，很多时候一些琐碎的事，都是由她们不厌其烦地完成的。

2015年4月24日这一天，八名《人民日报》的记者来到太原采访。记者们走入"勿忘国耻·学习英雄"报告会会场，他们感受到了会场中浓浓的爱国情怀，被深深震撼了。那天以后，曹克继也加入了志愿者团队，一直与吕吉山一起，前后奔波。同时，曹克继还介绍自己的朋友一起参与。由他引荐的山西省晋中市榆次博桥英语培训学校的校长张润生，几乎全身心投入这件事，把自己的生活都撇开了，为大家提供了极大的帮助。

曹艺在报告会现场发表感言

志愿者王长青（右一）和赵光晋（左二）与英雄亲人合影

双合成食品有限公司员工参加纪念英雄活动

志愿者吕吉山与英雄亲人合影

《人民日报》记者向志愿者了解情况

附：《人民日报》2015年5月7日报道

83张抗日英烈死亡证书背后的故事
一份抗战实物，可能填补现有史料空白

　　本报北京5月6日电（记者温红彦、倪光辉） 一沓沉甸甸的影印件，不久前寄到本报编辑部的案头。这是83张死亡证书，死亡证书是在山西省左权县莲花岩的崖壁上发现的，证书记录了76年前83位抗日英烈的姓名、职别、年龄、籍贯，以及诊断、治疗经过和死亡原因、主治医师等基本信息。83个生命全部定格在1939年。开具这批死亡证书的，是八路军一二九师卫生部。

　　1939年，八路军一二九师在山西省左权县的抗战岁月是什么样？八路军战士又付出了怎样的代价？本报采访小分队前往实地，寻找这83张死亡证书的原件，并寻访相关人士。

　　在实地采访中，记者了解到，83位抗战英烈来自晋、冀、鲁、豫、川、陕、甘等7个省份，其中山西籍29人。83人中，年龄最大的50岁，最小的仅15

岁。目前，32名山西籍英烈，找到亲属的仅宋喜成、王金华两位。

1939年前后，中共中央北方局进入太行山，领导华北抗日根据地进行着艰苦卓绝的战斗。1939年，日军数次侵占左权县城，7月，一二九师司令部等移驻左权县东南的桐峪镇。在师长刘伯承、政委邓小平的指挥下，一二九师多次打退日军的进攻，但也付出了巨大的代价。死亡证书显示，83位英烈的死亡时间大多在1939年7月到12月。从时间和地点来看，他们应该是在这些战斗中受伤并牺牲的。

中国人民抗日战争纪念馆专家告诉记者，目前国内馆藏还没有一份像这样的抗战实物证书，它有可能填补现有史料的空白。

附：《人民日报》2015年5月7日报道

一沓沉甸甸的影印件，一段尘封76年的历史，记者深入太行山腹地

追寻83张抗日英烈死亡证书

本报记者 温红彦 刘鑫焱 倪光辉 田丰

一沓沉甸甸的影印件——83张抗日英烈死亡证书，不久前寄到本报编辑部的案头。死亡证书是在山西省左权县莲花岩的崖壁上发现的，影印件尽管模糊不清，但能辨认出，开具这批死亡证书的，是八路军一二九师卫生部。

83个生命全部定格在1939年，那正是日军大举进攻中国、日寇铁蹄蹂躏我四万万同胞的血雨腥风的日子。

时光荏苒，倏忽76年。83张抗日英烈死亡证书是怎么被发现的？英烈的亲人找到了吗？死亡证书的背后，是一段怎样不为人知的抗战故事？在纪念中国人民抗日战争暨世界反法西斯战争胜利70周年之际，我们采访小分队踏上追寻之路。

（一）

人间四月天，这83张死亡证书把我们带到那浴血奋战的抗日岁月。采访小分队带着对83位英烈的缅怀之情，在当地宣传部门的帮助下，进入左权县。

左权县原名辽县，地处太行山主脉西侧，八路军副参谋长左权将军1942年5月在这里壮烈牺牲，辽县因此更名为左权。当地人告诉我们，抗战时期全县7

万多人有3万多人参战，1万多人牺牲。可以想象，巍巍太行山下，母亲叫儿打东洋、妻子送郎上战场的场景何其壮烈！

4月25日，在左权县企业家高乃文的办公室里，我们见到83张抗日英烈死亡证书的原件。

那是一沓泛黄的纸张，上边缘处有清晰的圆孔，当时应是用线缝在一起。经过76年的岁月侵蚀，线已无踪影，纸张已残缺，但上面蓝黑色的字迹清晰可辨。

死亡证书记录了83位抗日英烈的姓名、职别、年龄、籍贯，以及诊断、治疗经过和死亡原因、主治医师等基本信息。83人中，年龄最大的50岁、最小的仅15岁。如果他们健在，最小的今年也91岁了。

翻看一张张死亡证书，仿佛看到抗日烽火在太行山上燃烧的场景。

高起考，三八五旅七六九团二营九连战士，28岁，死因是双腿炸伤、败血症。

崔利霞，总修械二所修械组组长，36岁，死因是右下腿炸伤、左手炸伤。

还有徐金荣，特务营探查连战士，17岁；杨上有，一营二连班长，23岁；崔珠朝，三营九连战士，23岁……

能证明这些鲜活的生命在这个世界上存在过的，只剩下这一张张发黄的"死亡证书"。

记者发现，这83份死亡证书，死因除了枪炮伤，大多是急性肠炎、痢疾、伤寒、感冒等疾病。

张德朝的死亡证书上这样记载："诊断：流行性感冒。1939年8月15日于南郊村入院，8月16日早三点钟牺牲。此人来时就不会说话，来的时间不够二十四小时就牺牲了，所以连队职别都不知，也未经治疗。"

那是个严重缺医少药、缺吃少穿的时期。八路军战士大多营养不良、身体虚弱，加上超负荷的行军打仗，得个感冒、肠炎，就可能被夺去生命。

当翻到宋喜成的死亡证书时，大家眼前一亮，因为这是在左权县境内唯一找到了亲人的英烈。

"职别：卫生部青年队学员；姓名：宋喜成；年龄：16岁；籍贯：（晋）辽县东乡上庄村人；何时何地入院：1939.8.3在武乡南郊村入院……死亡日

期：1939.8.12下午二点钟牺牲。"这份死亡证书，是由八路军一二九师卫生部第五所开具的。

听说宋喜成的亲人就在几十里以外的上庄村，我们驱车赶往那里。

74岁的宋丙辰老人是宋喜成的侄子，宋喜成是他的三叔。他向记者讲述，"奶奶活着时，常跟我念叨，你三叔要是在就好了，他的力气大，不像你，一次只能挑半桶水。" 宋家祖籍河北邢台，宋喜成的父亲逃荒至左权县，以行医为生。1939年，八路军在左权县得到发展，3个儿子宋玉翠、宋玉川、宋喜成都参了军。玉翠、玉川后来均有下落，唯独小儿子喜成生死不明。

当志愿者在两年前拿着宋喜成的死亡证书找到宋丙辰时，他老泪纵横地说，爷爷奶奶如地下有知，也该放心啦。

上庄村的李主任告诉记者，这份"死亡证明"虽然来得迟了，但宋家总还算幸运的。在这个村里，至少还有5户人家，前辈当了八路军后至今都没有下落。

（二）

左权县小荫沟峡谷，山岩层层叠叠，典型的太行山红砂岩层地貌。沿沟内石径而入，约1公里，就是莲花岩了。岩壁上排列古石屋三处，上顶十丈崖，下临百米坡。沿着陡峭的石阶，我们攀援而上，终于来到了发现死亡证书的那间崖居。

桃花开了，杏花落了，满山遍野点点红霞。站在上崖居俯瞰峡谷，莲花岩景区游人往来穿梭，一派安乐祥和，更让人感受到和平的珍贵。

左权县小荫沟村原村党支部书记秦莲昌向我们介绍说，2009年，左权县桐峪镇莲花岩准备开发旅游，在打扫山上多年无人居住的崖居时，清洁工王福勤和李玉生发现了这沓发黄的死亡证书。后经辗转，交到莲花岩景区老板高乃文手上。

"5年前，我们就是在这里发现了那沓证书。"年近70岁的王福勤大娘站在炕上，手指着屋顶上一道漆黑的岩缝对记者说。如今，崖居已收拾齐整，看守崖居成为她的专门工作。

68岁的秦莲昌，是在莲花岩边长大的。村里人口本来就不多，当年和秦莲昌一家住过崖居的老人也都相继离世。在他的记忆里，小时候常听大人们说起八路军打仗的故事。

1939年7月，日军第三次侵占左权县城，从此开始对县城及公路沿线村庄数年的盘踞，直至1945年。1939年7月，一二九师司令部等移驻左权县东南的桐峪镇。在师长刘伯承、政委邓小平的指挥下，一二九师多次打退日军的进攻，但也付出了巨大的代价。

死亡证书显示，83位英烈的入院和死亡时间大多在1939年7月到12月。从时间和地点来看，他们很可能就是在这些战役中受伤并牺牲的。

1939年前后，那是怎样的抗战岁月呢？1938年，中共中央北方局进入太行山，领导华北抗日根据地进行艰苦卓绝的战斗，八路军总部、一二九师司令部等在左权县驻扎。1940年，八路军在这里领导了抗日反攻的"百团大战"。八路军总部在左权麻田镇总共驻扎1457天，连同在邻近的武军寺驻扎236天，共计1693天。抗战8年，八路军总部在麻田驻扎5年之久。

而这期间，一二九师卫生部及其医院就设在附近的桐峪镇一带。由于日军扫荡频繁，又地处太行山区，卫生部各医院多依靠民居作医院。为了防止日军突袭，各医院都分散成几个医疗所。遇到敌人扫荡，各所驻地便不时转移。可以推测，有些医疗所就建在只通羊肠小道的崖居上。

（三）

从北京出发前，本报编辑记者亲手折叠了83只千纸鹤，并签上自己的名字。在发现死亡证书的崖居缝隙处，我们献上用83只千纸鹤串成的花环，深深一鞠，告慰83位英烈，寄托我们的哀思……

究竟是谁将83张死亡证书放置在崖居石缝中？也许是医院转移时情况紧急没来得及带走，也许是保管这沓死亡证书的人遇难前转交给老乡的，也许……历史没有也许，死亡证书为什么被放置在崖居石缝中，也许将成为永久之谜。

迟来了76年，83位英烈的亲人还能一一找到吗？"这些英烈虽然有名字，却是'无名'英雄，因为年代太久了，很难找到他们的后人。"志愿者告诉记者。况且，许多英烈牺牲时才十几岁，还没有娶妻生子，哪有后人。

从83张死亡证书看，他们来自晋、冀、鲁、豫、川、陕、甘等7个省份，其中山西籍29人。由于行政区划数次变更，死亡证书上的许多村子如今也很难寻找。目前，29名山西籍英烈，找到亲属的仅宋喜成、王金华两位。

能找到王金华的亲属，也颇为偶然。太原双合成食品有限公司董事长赵光晋，得知发现了抗日英烈死亡证书，立即组织"寻找山西籍英雄家人"志愿者小分队。死亡证书上记载，王金华是山西昔阳县上郭庄人。小分队便来到昔阳县，几经周折，在县民政局的几百份革命烈士档案中，发现了上郭庄村王金华的名字，终于找到了王金华侄女的儿子张海英。

宋丙辰、张海英是幸运的，毕竟他们在多年后知道了亲人的下落。采访中，我们了解到，还有很多抗日英烈的后人，仍不知失去多年的亲人魂归何处。

采访中，不断有消息传来：北京的王炳尧等书法家，为83位英雄书写了碑文；山西清徐县农民孙铁丑，将在自己开发的生态林中为英雄修建墓园……

我们切盼，76年云外漂泊的英魂，早日入土为安。

附：《燕赵晚报》2013年2月22日报道

解放军档案馆希望英雄档案"回家"

本报多路记者奔波多地找寻英雄亲人，牛城晚报加盟联合寻亲队伍

稿件来源：石家庄新闻网

新闻闪回

今年1月，山西左权县农民高乃文在桐峪镇莲花岩崖居山洞中无意中发现了83份八路军牺牲证明，83位英雄中有32位为河北籍，其中7位来自石家庄。昨日本报与北京晚报联合发起"让英雄回家"行动，希望英魂能早日魂归故里。

昨日，本报记者深入到乡村，从籍贯信息最为详细的英雄查起，找寻他们的亲人。然而，74年沧桑巨变，使得查找工作如大海捞针。在这其间，一个个原本陌生的英雄名字开始印刻在人们的脑海里，在河北大地、在英雄的家乡

传播开来，人们在心头一遍遍地缅怀。

进展

"为英雄寻亲"报道引来多位寻亲者

本报与北京晚报联合发起的"让英雄回家"活动见报后，引起了社会各界的广泛关注。昨日，多位读者拨打本报热线提供自己多年寻找的亲人线索，然而遗憾的是，读者们提供的亲人姓名在83位牺牲名单中都未找到。

一位朱先生读了寻亲报道后，打来电话激动地说，自己的大伯叫朱德龙，曾经是一二九师三八六旅七七一团的一位连长，家人只听说他后来牺牲在太原，但一直没找到关于他牺牲的证明材料。"我父亲找了他几十年，直到现在还是很挂念。"朱先生说，自己的大部分家人仍在山东临清老家，在寻找伯父的几十年中，曾经打听到一位和伯父朱德龙一起当兵走的人，但这位前辈已于上世纪50年代去世，从此后就再也没有任何与伯父有关的信息了。这83份牺牲证明上很多英雄的部队番号和伯父生前的部队一样，所以朱先生感到特别激动。

牺牲证明书上的
"家乡"不认识英雄

为了尽快帮这些为了抗日战争献出生命的英雄早日回家，记者昨日驱车前往一位籍贯较详细的英雄的家乡——辛集市田家庄村进行了调查走访，这位三八五旅二团三营七连排长李满仓，在山西左权牺牲时仅仅24岁。

昨日10时，记者来到辛集市田家庄乡政府所在地田家庄村。"在山西当兵姓李的倒是有一个，叫李成群，李满仓没听说过。"村中87岁的冯西卯老人说。在村委会，79岁的老支书张西常搬出来一本纸页已经被熏得黑黄的厚册子，上面写着"烈、荣、复、转、退军人统计表，1979年"。他肯定地说，村里有几个烈士他非常清楚，里面没有叫"李满仓"的。

在83份牺牲证明书中，有一位叫秦庆普的18岁战士，牺牲前任一二九师医务训练队队员，籍贯为河北青县廖庄。昨日，记者拨通了青县民政局的电话，工作人员告诉记者："我们县自建国以来，就没有廖庄这么个村。"此外，县民政局统计的烈士英名录里也没有"秦庆普"这个人。据工作人员介绍，青县籍烈士共有一千多人，大都是抗战时期的，是上世代八十年代统计编写的，"会不会是当年本人写错了，或者后来把这个廖庄划给了相邻的天津或其他县，这也很可能。"

多个村庄重名
英雄故土难寻

在7位邯郸籍英烈中，仅有一位名叫杨黑旦的战士注明了家乡为河北涉县杨家庄，其余6人只有县名。记者昨日一大早驱车百余公里深入涉县革命老区，希望能找到这位杨姓英雄的亲人。

上午11时许，记者沿着崎岖不平的山路来到涉县鹿头乡杨家庄，经过四处打听找到了村中最为年长的王土成老人。据其回忆，抗日战争时期村里的确有不少小伙子参加了八路军，但从来没有听说过杨黑旦这个人。

随后，有一些村民告诉记者，在当地有多个村庄也被称为杨家庄，如河南店乡的杨庄，涉城镇的上偏凉、下偏凉等村。根据这一重要线索，记者随即赶赴上述村庄调查，期盼奇迹出现。

"我们村过去就叫杨家庄，并且姓杨的人数也最多。"河南店乡杨庄村干部说，目前村里就有一块抗日烈士纪念碑，铭记着本村10多位八路军战士的光荣事迹。不过，碑上没有杨黑旦的名字，村民也记不得有这样一位英雄。

而在涉城镇的上偏凉、下偏凉两村，记者通过走访一些老人，同样没有找到任何有关杨黑旦的信息。

既然村民不了解这位英雄，那么当地民政部门和一二九师陈列馆是否能提供一些有价值的资料呢？当天下午，涉县民政局一位负责人非常热情地找来数本不同年代的八路军阵亡和失踪的小册子，但所有带"杨"字的村庄中，都没有记录杨黑旦的名字。

据涉县一二九师陈列馆文研室主任杨赛红介绍，他们保存的档案多为1940年至1945年间，一二九师司令部进驻涉县的生产、文化、战争等方面的资料。虽然32名河北籍英雄标明了所在部队番号，但因为职务较低，很难记入档案。

另外，永年、大名、磁县、峰峰矿区等地民政部门经过多方查询，也未能获悉其余6位邯郸籍英雄的具体身份。

解放军档案馆发现同名者

昨天下午，北京晚报王琪鹏记者传来消息，经过认真查找，解放军档案馆工作人员在83份牺牲证明中发现一位与馆藏档案同名的八路军指战员。两者是否为同一人？解放军档案馆相关负责人表示，这些牺牲证明是否可靠还需要见到证明原件才能进一步认定，以进一步查阅资料对照。同时，他们也在查找这些牺牲证明的签署人，希望从当年八路军卫生队的相关档案中找到相关信息。

据该负责人介绍，认定的工作很严谨，需要一页一页地鉴定。如果高乃文同意鉴定，他来北京或者工作人员去山西都可以。"我们馆中藏有大量的类似档案，都是这八十多页牺牲证明的'同伴'，我们希望英雄回家的同时，这些档案也能够'回家'。"

媒体联动邢台牛城晚报加盟联合寻亲队伍

牺牲名单上83位八路军伤病员中，有9位为河北邢台籍。邢台牛城晚报的记者获悉后，今日也将对英雄寻亲的情况与北京晚报及本报进行联合报道，寻找这些英雄的亲人。目前，牛城晚报记者已经与当地民政部门取得了联系，并将准备到牺牲证明上登记了籍贯地址的一位英雄的家乡进行寻找。

本报记者　尚燕华　张静雯　马冬胜　王彬

实习生　岳傲

书法家落泪写碑文

报告会现场的墙壁上，挂着为悼念英雄们写的碑文和书法作品，其中有一

书法家王炳尧为悼念英雄们书写的"魂"字

幅极为独特，是一个大大的"魂"字，正是书法家王炳尧写的。当初他与吕吉山赴河北为英雄立碑的事情张罗，引发他思考他们做这件事的意义，其实是在追寻民族之魂。他认为这个"魂"最重要，于是提笔写下了这个字。

王炳尧的这幅作品非常特别，是一个字，又像是一幅画。写这个"魂"字的时候，最先下的那一笔，不是左边的那个"云"字，而是右边"鬼"字中央的"土"。这个"土"显得非常厚重，代表着英雄"入土为安"，以此寄托大家对英雄的哀思，希望他们的灵魂能够得到安宁，同时也是儒家文化的体现。

接下来要说到左边的那个"云"字，这一笔一画，虚虚实实，正如天空中的云一样。象征着烈士的灵魂在云外漂泊，正因为他们漂泊太久，所以那个"土"与之呼应，让其安宁。而"云"字最上面的那一横，又是圆圈的形式，里面的空隙体现了道家思想，代表着虚无，也代表着无边无际的广阔世界。

最后，我们要把目光凝聚到"鬼"字上的那一撇，这一撇，如同一个人在打坐。王炳尧解释说："这个人，就是观世音菩萨，代表着佛家，代表着慈悲与救赎，其视线望向'云'字，其实是在看着云外漂泊的英雄，护佑着他们。我们中国人相信，观世音菩萨非常灵验，他能让人远离一切厄运灾难。"

书法家王炳尧（左三）与英雄的亲人合影

　　王炳尧还写了一幅字，作为解释，与这个"魂"字相配，共四句话：云外漂泊，入土为安。儿孙孝悌，中国梦圆。前两句前面已经解释，第三句是唤醒我们对英雄的感恩，这是中国孝道文化的一种体现；同时也是对孙铁丑为英雄建陵园的这一行为表示赞赏，肯定他对这件事的贡献。如果我们每个人都能像这样承担起责任，那么中国就会强大，这就落实在了最后一句话上：中国梦圆。

　　王炳尧一天只写一幅字，给他再多的钱他也不再写第二幅，可是为了这83位英雄，他都写疯了。最早王炳尧代表全家人给英雄顾正荣写了碑文，表达对英雄的怀念。当时吕吉山跟王炳尧说起83位英雄时，王炳尧最先关注到了顾正荣，因为顾正荣和他的父亲同岁。他觉得这是一种缘分，王炳尧几乎是流着泪写完了顾正荣的碑文。他还主动提出，以后每年会祭拜顾正荣，他也希望大家能够像他一样，也能去祭拜那些没有找到亲人的英雄。

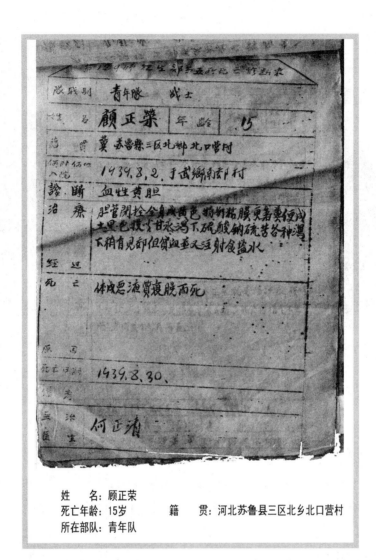

姓　　名：顾正荣
死亡年龄：15岁　　　　籍　　贯：河北苏鲁县三区北乡北口营村
所在部队：青年队

83位英雄之顾正荣

作者 / 黄文辛（中华诗词学会会员，山西诗词学会顾问）

年方舞象遇豺狼，一二九师初炼钢。
抗病除倭双刃剑，越磨意志越坚强。

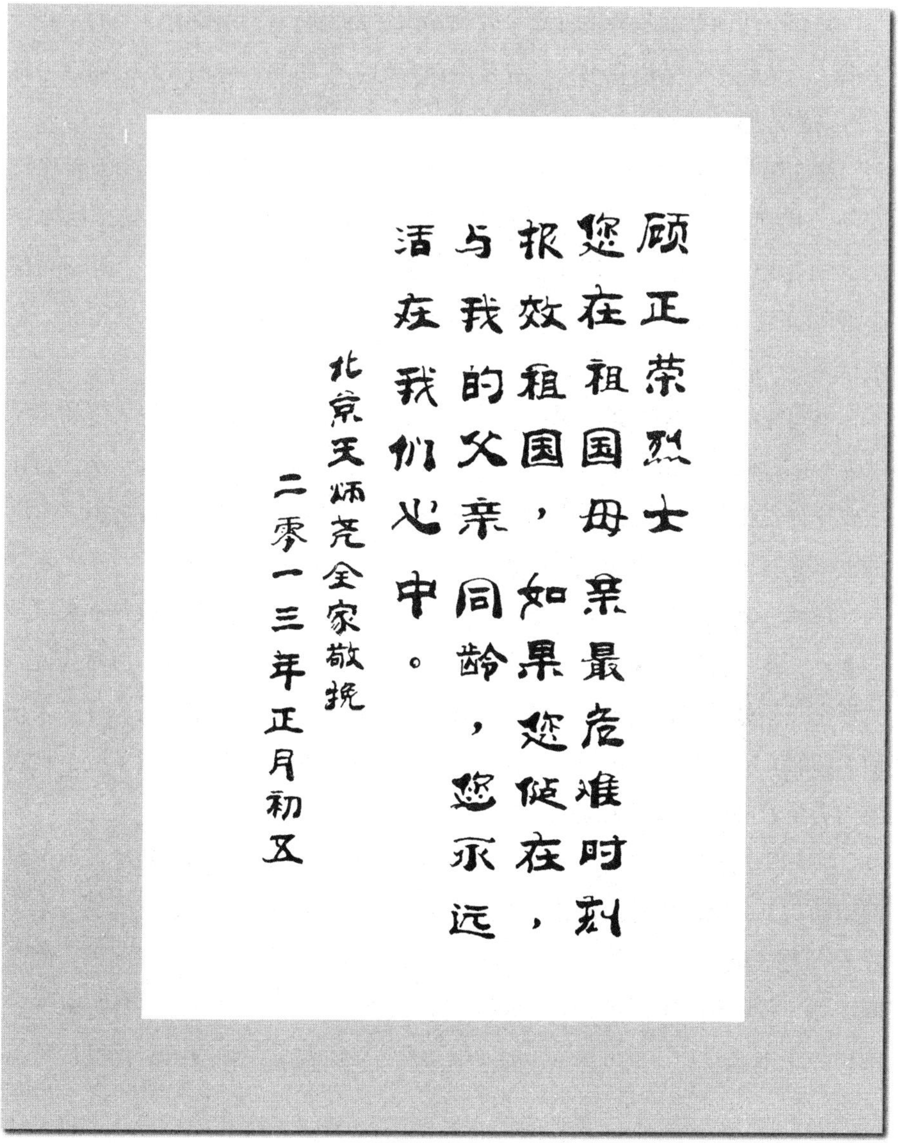

顾正荣烈士

您在祖国母亲最危难时刻
报效祖国，如果您健在，
与我的父亲同龄，您永远
活在我们心中。

北京王炳尧全家敬挽

二零一三年正月初五

书法家王炳尧代表全家为英雄顾正荣写的碑文

王炳尧自述：我为英雄写"魂"字

纪念反法西斯战争暨抗日战争胜利70周年报告会上，摆放着巨大的"魂"字书法。这幅字虽然由我书写，更是由吕吉山、李兆顺、孙铁丑、史丽兰、陈一等众多志愿者的心愿与心血凝结而成。

在曲阳县的一家宾馆，我们几个人举行简短的书写仪式后，在座者保持安静，我到另外一个房间默坐静想，最大限度地沉下心来，想象"魂"字之运笔。15分钟后，我来到书案前，饱蘸墨汁的毛笔悬停空中，所有人宁心静气，注视毛笔毫端，直到停止滴墨，我深深吸一口气，心手相师，笔纸相融。

书写完后，画家李兆顺说："我仔细观察了你的运笔，你最先入笔的不是"云"字，而是"田"字里所含的"土"字，后来补笔写成了"鬼"字，为什么要这样安排？"我说："中国人的习俗是人去世后入土为安，我把田字所含的土字先写出来，是告知先烈让他们入土为安，这是第一要务。"

最后一笔是"鬼"字的一点，书写时，我含着热泪，信笔而成。本来只是一个点，竟然抹成了一个图像，在新闻发布会上，至少三四个人小声对我说："那个点不就是观世音吗？"这个"魂"字制作成大型喷绘作品后，许多人在前面留影。有人对吕吉山说："这个'魂'字越看越有味道，再看就有一种震撼的力量，83位英魂一定能感受到……"

实际上对这个"魂"字的观感，许多人经历了三个阶段：一是直观形象的感动；二是情绪力量的传达；三是心灵深处的震动。可能有人感受到一个阶段，有人感受到三个阶段，虽有差别，心境则一。诚可谓：品之者无极，闻之者动心。书画家的使命，不仅是使书画作品转化为商品，更应当以身心融合于中国传统书画之中，让更多的人品味，感受书画魅力，将中国文化世代传承下去。

附：赴"勿忘国耻·学习英雄"报告会感言*

这次太原之行深感意义重大！因为我们深知反法西斯战争胜利70周年对我们意味着什么。在此次报告会上我们见到了几位特别的嘉宾，他们是英雄宋喜成和王金华的家人。我不知道是不是所有的人都会像我一样，看到他们就会情不自禁地掉下眼泪，就仿佛又回到了那个战火纷飞的年代。那些年轻生命为了捍卫我们国家、捍卫我们民族、捍卫我们劳苦大众而做出了牺牲！他们把自己的命运与国家的命运联结在一起，把自己的人格与国格联结在一起，这正是爱国主义的真谛所在！他们用自己的血肉筑成了我们现在的幸福生活！

70多年了，这些英雄一直不为人知，他们的亲人都不知道他们的下落，他们的英魂就那么孤独地飘荡着。

山西左权的一名叫高乃文的企业家在一个荒坡上的山洞里意外发现了一些死亡证书，整整83位英烈。小的只有15岁、20岁，花样的年华啊！怎不叫人痛心疾首、肝肠寸断！其中有3位烈士居然连名字都没有登记！

吕吉山老师听说了此事，与太原清徐县农民企业家孙铁丑商量，孙铁丑二话没说同意捐赠墓地。没想到筹集过程中资金被骗，但孙铁丑铁了心要支持吕老师，他最终抵押了房产。吕老师得知此事后，除了自己出钱支援还另外向人借了50,000元钱来给孙铁丑做启动资金。大家都知道为了英烈安息贡献自己的力量是有意义的善举，却不知道筹集资金的艰难。孙铁丑共花费500万元开辟了4800亩荒地来为烈士修建陵园。义举啊！令人敬佩！

五行书法家王炳尧老师得知要为83位英雄撰写碑文的消息后内心久久不能平静。他立即放下了手头所有的事情，全身心投入为英雄写碑文这件事上。王炳尧老师随同吕老师、孙铁丑、史姐姐等人到河北曲阳亲自定制墓碑尺寸，然后直奔左权、太原。为了写碑文，他彻夜不眠地连续作战，却不知疲倦。其间

---

*注：本篇是志愿者方宁参加报告会后的感言。她曾是山西省武警总队文工团的一名文艺兵。她认领了英雄王合新，她的亲戚认领了英雄崔珠朝。

冯国良老师、弘秀老师也纷纷帮忙裁纸，冯国良老师还为王炳尧老师提供住处和办公室，并送去一日三餐。他们令人无限敬仰！

此外，史姐姐有个了不起的父亲，她的父亲史国玺先生今年98岁，是黄埔军校16期学员，毕业后加入了傅作义、董其武的绥远抗战大军，身上还留有子弹穿过的伤痕！另外，他还参加过抗美援朝的战役。中国人民抗日战争纪念馆开始筹建时，她爸爸把当时的战利品奉献出来，至今还收藏于纪念馆内。同这83位先烈一样，史姐姐的父亲也是抗日英雄，基于此，史家兄妹五人一致同意把那两位不知道名字的英雄认领成为史家亲人，每年对他们进行祭奠。对此事，炳尧老师还赋诗一首：

> 抗战浴铁血，
>
> 父辈遗弹痕。
>
> 无名两英烈，
>
> 同祭史家亲。

这是怎样的一个传奇故事啊！但它就发生在我身边。我诚心地感谢吕吉山老师、王炳尧老师把我带进这让人激情昂扬的世界，让我感受到民族精神的召唤！让我重拾历史赋予我们的不可推卸的重要责任！让我义不容辞地参与其中！我意将爱国主义精神传承给我所教的孩子们！让孩子们从小就能够知道现在的美好生活是怎样得来的！让他们了解历史，珍惜现在的生活！让他们知道，只有好好学习丰富的知识、懂得感恩，才能够做一个充满正能量的人，才能够展望我们美好的未来！孩子们是祖国的花朵、祖国的希望、祖国的未来！我要用自己满腔的热忱为这个世界的和平美好贡献一份力量，培养出更多更好的优秀人才！让这个世界充满爱！

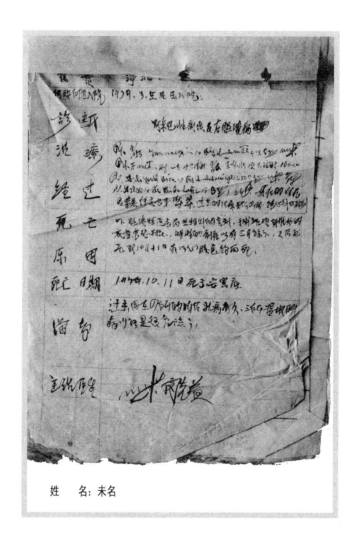

姓　　名：未名

83位英雄之未名（一）新韵

作者／翟存爱（寿阳解愁村农民，县诗会副秘书长，中华诗词学会会员）

黄笺震宇寰，笔墨记心酸。

战乱民生苦，和平社稷安。

倭奴侵领土，志士卫河山。

无奈沉疴重，乘风助左权。

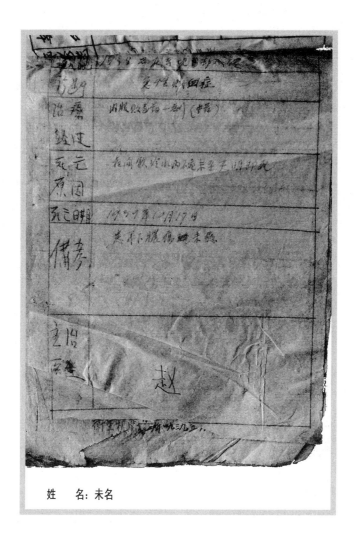

姓　　名：未名

83位英雄之未名（二）

作者 / 祁俊文（寿阳宗艾超限站职工，县诗会副秘书长，山西诗词学会会员）

少年抗日露锋芒，驱寇安邦上太行。

战死辽乡埋侠骨，无名青史又何妨。

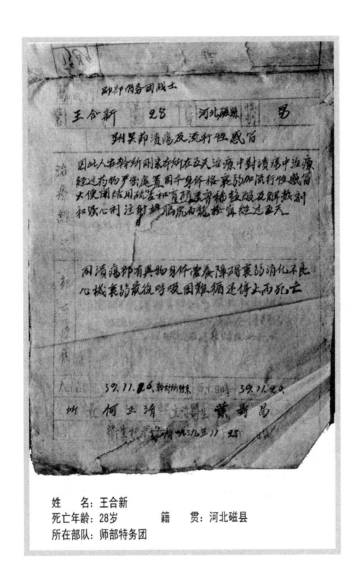

姓　　名：王合新
死亡年龄：28岁　　　　籍　　贯：河北磁县
所在部队：师部特务团

83位英雄之王合新（新韵）

作者 / 韩俊红（寿阳东关小学教师，灵芝诗社社长，中华诗词学会会员）

跗节烂溃疡，感冒更寻常。

抗战情不待，忠魂壮太行。

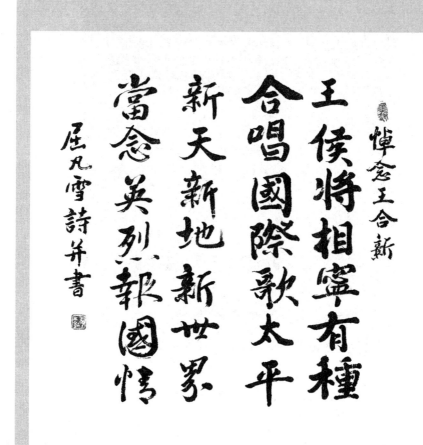

志愿者为英雄王合新创作并书写的悼念诗

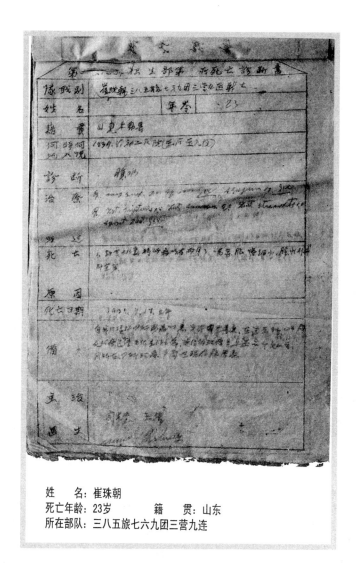

姓　　名：崔珠朝
死亡年龄：23岁　　　　籍　　贯：山东
所在部队：三八五旅七六九团三营九连

83位英雄之崔珠朝

作者／苏宝银（榆社诗词学会会员）

英豪出鲁岱，崔氏少年郎。
珠玉捐国难，朝夕露润乡。

泰山图与竹子图

知名画家李兆顺也参加了此次报告会。李兆顺是右脑潜能激发画的创始人，清华大学美术学院访问学者、副教授，国际右脑科学与艺术研究院常务副院长……他有诸多荣誉称号。他的画作曾在国际上参展，并多次荣获重要奖项。

画家李兆顺向媒体解释自己为英雄创作的画

李兆顺的画作以黄、绿、蓝为主色调，通过颜色的搭配，展现出鲜明的绘画特色，以此开发人的右脑，激发孩子与青少年的智力。2007年，比尔·盖茨到清华大学演讲，校方就把李兆顺的画相送，这从侧面反映了李兆顺的画有其独到之处。

在报告会现场，李兆顺展出了自己的两幅画，一幅画的是山，一幅画的是竹子。山是泰山，表示英雄的死重于泰山。竹子画得很粗壮，直挺挺地矗立着，象征民族气节，他还用墨汁点了许多点，那是我们为英雄流下的泪水，悼念他们的离去。竹子画下方有许多竹笋，那是英雄的后人，是我们，像春笋一样成长，终有一天，也会长得像英雄一样威武不屈。

李兆顺为悼念英雄画的竹子

在市场上，李兆顺的画售价很高，而为了这次活动，他像王炳尧一样，精心创作了一幅又一幅作品。李兆顺说："能够为英雄做点事，我还是觉得非常高兴的。"李兆顺平时工作很忙，时间对他来说极为宝贵，可为了这些英雄，他觉得这么做是很值得的。"英雄用生命换来我们今天的幸福，需要我们去感恩。"

回顾抗日战争时期的那段历史，我们经历过惨败，究其原因，武器装备的落后是一方面，更重要的却是思想出现了问题，让中国在很长一段时间内一败涂地。反思历史，我们要明白团结是多么重要，举办此次报告会，我们悼念英雄，其实正是为了告诉现在的人，要团结，要去感恩。

英雄的亲人会聚现场

活动当天，英雄宋喜成和王金华的亲人共6人，都来到了现场。把他们从几百公里外的小山村接来参会，真不是一件易事。第一是他们所在的山村偏僻难找，第二是缺少前往接人的交通工具。

为此，吕吉山不得不求助于山西金拓国际公司董事长姜宝元出面帮助。姜宝元闻讯，立即派出两辆小车前往。双合成食品有限公司也派出了一位副总和一位人力资源部的经理配合，往返8小时，亲自把他们接了过来。那位人力资源部的经理，正发着高烧，身体难受，可仍然动身前往。吕吉山要他们务必把英雄的亲人接过来，不允许出现任何差错。

英雄的亲人被顺利接过来了，来自偏远农村的他们，没有见过这样的场面，文化水平也不高，不知道应该讲什么，也不太会说话，只是一再地对志愿者表示感谢。他们感谢志愿者，志愿者也感谢他们。

报告会一开始，集体为英雄默哀，人们深深地明白，英雄对一个国家来说是多么可贵，英雄的付出是多么伟大，现在我们为英雄做事，付出的只是一点时间，一点精力，一点财物，而英雄为我们付出的，却是生命，他们更应该得到我们的致谢。

十分巧合的是，4月24日这天正是英雄宋喜成的亲人，宋丙辰的儿子宋长青的生日。活动结束后，志愿者与英雄的亲人一起吃晚饭，大家为宋长青过了一个非常有意义的生日。双合成食品有限公司为他准备了生日蛋糕，众人集体唱生日歌，祝福他生日快乐，他也讲了生日感言，并许了愿。宋长青说："今天是个特殊的日子，我们作为宋喜成的家人，有大家给我们这么多的祝福，我们以后一定能过上幸福安康的日子。"

晚餐过后，赵光晋拿出了3750元钱，这是双合成食品有限公司的志愿者集体捐助的。她把其中的2000元给了宋丙辰，余下1750元给了王金华的亲人张海英。宋丙辰家的生活更加困难些，张海英家也并不富裕，家人在煤矿工作，但相对来说年轻一些，所以较少的一份捐款给了张海英。

志愿者与英雄的亲人们合影

吕吉山自述：《人民日报》采访报道前后

2015年4月15日，《人民日报》一名叫倪光辉的军事记者给我打来电话，他说："2013年2月，你曾经给《人民日报》的记者姜赟寄来1939年去世的83份八路军英雄的死亡档案，过去因为种种原因没有能够追踪报道。但今年中央高度重视纪念抗日战争胜利70周年，习总书记在9月3日还要阅兵。对此，报社高度重视这件事，并准备由一位领导带队，到山西去采访。领导决定对83份死亡档案深入报道，希望您能到报社和我们沟通一下。"我向对方表示抱歉："我今天有事不能脱身。"这位记者说："您在哪里？我过去找您。"

第二天上午，《人民日报》军事记者倪光辉来到我在北京的工作室，详细与我谈了《人民日报》这次要重点报道83份八路军死亡档案背后的故事的情况。今年4月23日，《人民日报》国内政治文化部主任温红彦，带领《人民日报》地方部记者、军事记者、人民网文字摄像记者、《人民日报》山西分社社长等，在发现83份死亡档案的左权县麻田曾经的八路军总部门口，隆重举行《人民日报》发起并展开的《民族记忆·你不知道的抗战故事》系列报道启动仪式，左权县县委、县政府领导出席了启动仪式。

这些我事前并不知道，是在人民网报道后才知道《人民日报》记者采访小组已经在左权开始工作了。代表《人民日报》社长杨振武和总编辑李宝善，在启动仪式上讲话的是《人民日报》国内政治文化部主任温红彦。

4月24日，温红彦带领《人民日报》从北京赶到的记者和山西分社副社长刘鑫焱，以及人民网山西频道几名记者共8人，来到由我总体策划的悼念英雄、学习英雄、感恩英雄报告会的会场。

那是一个小小的会议室，面积50平方米左右，但会场布置得庄严肃穆，四周墙上挂满了王炳尧为83位英雄书写的墓碑碑文书法作品和李兆顺的多幅画作。当《人民日报》的记者采访小组和山西新闻媒体的众多记者走进这个小小的会议室时，音乐指挥家曹克继正激情澎湃地指挥所有参会者高唱《没有共产党就没有新中国》。

上午9时整，我与《人民日报》带队前来采访的温红彦主任就会议议程当场进行协商，之后开始主持会议。会议议程的第一项，是为英雄默哀；第二项是《人民日报》代表向英雄献花；第三项是由我宣布今天到会的所有新闻单位记者名单。

会议现场有几位很特殊的客人，他们是英雄宋喜成、王金华的亲人。

2013年，我带领的志愿者团队到左权后，我请当地人姚李霖帮忙寻找英雄亲人，并成功找到宋喜成的亲人宋丙辰。70多岁的宋丙辰万万没有想到，从太原来的一批志愿者会突然来到他那又小又破旧的家。当志愿者拿出宋喜成的死亡证书时，这位老人不禁失声痛哭。宋喜成是他的二叔，1938年刚刚15岁就加入了八路军，在一二九师卫生部青年团当卫生学员，主要任务是为八路军伤员治疗疾病。宋喜成于1939年在八路军野战医院不幸去世。他们家在抗战中有4个人都是医生。

会议现场还有昔阳县上庄村农民张海英夫妇，他们是英雄王金华的亲人。现如今，他们居住的房子正是当年英雄的住所。

第一位讲话的志愿者是赵光晋，她提前结束在台湾的考察，于当晚急急赶回太原组织这次会议。赵光晋说："83位英雄中最小的只有15岁，最大的50

岁，如果他们还健在，最小的今年也有90多岁了。我们每一个人想起他们就心里难过，想起他们就非常感动。两年多前，我带着公司一批志愿者，找到了两位英雄的亲人。我们志愿者往返几百公里，把他们接到了会场，我代表公司所有职工，向今天到会的亲人们表示最衷心的谢意。"赵光晋还亲自带头组织公司职工现场给英雄亲人们捐款，场面十分感人。

第二位讲话的是四川一名微晶公司副总裁冯平波，他说："当我们听说83位英雄还没有纪念碑时，就有想法，用我们一名微晶最新的科技环保绿色建材，将每一位英雄的死亡档案刻在通体微晶石墓碑上。用通体微晶石制作的墓碑极难风化，象征着英雄精神永存。"

我还邀请了山西省一家著名民营企业山西天星集团的董事长王长青来到现场并在会上讲话。王长青参会后心里很不平静，回去后给其中的7位英雄写了书法作品。

书法家王炳尧在这次会议上发言的内容很少，但他的书法作品是最震撼参会者内心的。会议举行前夜，王炳尧写了一幅习总书记在纪念中国人民抗日战争暨世界反法西斯战争胜利69周年座谈会上的讲话中引用过的诗句。

右脑潜能激发画画家李兆顺，在这次会议上讲话时，把他给英雄创作的两幅画介绍给大家。在河北曲阳县为英雄制作墓碑时，王炳尧书写碑文后，李兆顺给83位英雄画了一幅竹子图。现场记者所有的镜头都齐刷刷地对准了李兆顺和他的两幅画作。

史丽兰，北京人，父亲是黄埔军校第六期学员。她是王炳尧的助手，王炳尧写的每一幅字，都是她来配合完成，或买纸买墨，或写字时帮扶着纸。会议上，吕吉山安排史丽兰讲话，她说："我昨天与几个哥哥商量了，我们家决定，每年清明节到八宝山祭奠这83位中两位不知道名字的英雄。"

郑东方和方宁是中央电视台中学生频道国学儿童剧组编导。她们被吕吉山请来并在会议上发言。郑东方激动地说："过去我们主要拍摄国学儿童剧，今后我们要筹拍纪念抗日战争胜利的爱国主义教育题材的电视连续剧。因为现在的孩子们，对70年前国家的遭遇，对日本帝国主义对中国的蹂躏和苦难，对八路军英雄浴血奋战和赴汤蹈火没有丝毫印象。他们知道和热衷的，以及津津

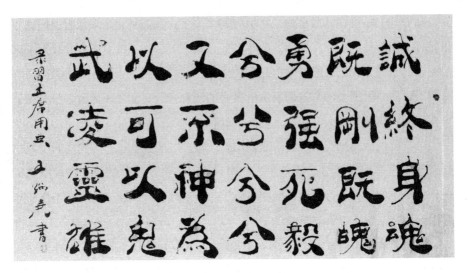

王炳尧书习总书记曾引诗句

乐道的是哪个明星如何如何。最近，我在挑选演员，给孩子们出了一个题目：毛主席是谁？好多孩子不知道，有一个孩子举手说：是唱歌的。少年强则国强。所以，我们开展爱国主义教育不仅要有紧迫感、使命感，更要有危机感，必须从娃娃抓起。"

导演方宁刚上台准备讲话，就泣不成声。后来回忆起那天的经历，她仍然感到很震撼，也由此联想到了现在社会上的一些问题，如食品危机、环境危机等。先烈们打下江山，牺牲了自己，我们若不好好珍惜，怎么对得起他们？

清徐县的孙铁丑是最后一个出场的，他是一个农民，在家乡承包了5000亩荒山、荒坡，经过多年努力，荒山、荒坡已经是郁郁葱葱。我知道后就想在他的承包地里给英雄建墓地，孙铁丑一口答应，而且帮忙到河北曲阳县找他制作墓碑的厂家朋友。一路上，孙铁丑和他的儿子，风尘仆仆开着汽车到北京接上书法家王炳尧和画家李兆顺，几个人直奔河北曲阳县。面对这次很多记者在场的会议，孙铁丑没有什么长篇大论，只讲了几句大白话，实实在在，大概一分多钟就结束了。大家对这位剃着光头的农民很有好感。

　　《人民日报》国内政治文化部主任温红彦也在会议上讲了话，她代表人民日报社向到会的英雄的亲人们表示最衷心的问候和敬意，并简要讲述了《人民日报》举办《民族记忆·你不知道的抗战故事》系列报道活动的重要意义。温红彦说，我们报社的领导和同志们，在我们来山西前为83位英雄折了很多千纸鹤，以表示我们对英雄的悼念。

　　会议结束后，听说当天正是英雄亲人宋丙辰大儿子宋长青的生日，赵光晋带领志愿者在太原市最有特色的三晋会馆给他过了生日。当赵光晋把公司生产的蛋糕为英雄亲人们切开后，现场一片欢呼。宋丙辰忍不住老泪纵横，宋长青也感动得无以言表。

　　大家原来不知道，宋长青还是一位民间画家，他平时给民间红白喜事作画，也是村里有名的手艺人。王炳尧提议，由李兆顺和宋长青当场给英雄联手作画，由他写一幅书法。当得知宋长青还没有刻自己的印章时，王炳尧还在北京给他制作了一方。

　　今年5月7日，《人民日报》的头版显赫位置和第六版用超大整版篇幅隆重刊登了《83张抗战英烈死亡证书背后的故事》。《人民日报》编者按：自今日起，本报推出"民族记忆·你不知道的抗战故事"专栏，由本报记者组成若干采访小分队，挖掘新发现的史料，重访重要抗战纪念地，寻访健在的抗战将士及亲属，通过他们的讲述，重访抗战历史，深化民族记忆，将一个个不为人知的抗战故事，以鲜活的方式、全媒体渠道报道呈现给读者，为的是铭记历史、缅怀先烈、珍视和平、开创未来。

王炳尧自述：与英雄后人宋长青合作书画有感

　　2015年4月24日，为悼念83位抗日战争英雄，我与吕吉山、李兆顺、孙铁丑、史丽兰等人来到发现83位英雄死亡证书的山西省晋中市左权县莲花岩景区。赶到时天色已晚，正是这浓浓的夜色，给我们带来如梦如幻的感觉。周围一片沉寂，伸手不见五指。高空中孤独的一些彩灯，与星星相伴，让人恍惚觉得置身于天宫中。莲花岩，70多年来，默默地珍藏着83位英雄的死亡档案，等待着我们来这里结缘。

莲花岩旅游公司董事长高乃文热情好客。宋长青作为英雄宋喜成的侄孙，和父亲、兄妹参加了在双合成食品有限公司举行的纪念抗日战争胜利70周年的活动，他和我们一起在莲花岩宾馆住下来。这一住，不期然促成了与英雄后人宋长青在创作字画上的合作。

第二天早上，宋长青来到我住的房间，希望我为他题五行养生书法。我根据他的生日推衍出其五行气血周流的吉祥穴是阳辅，延伸为书法则是金阳辅鹤。没想到宋长青说："咱们可以试试，合作一幅字画，我来画仙鹤。"五六分钟以后，活灵活现的仙鹤跃然纸上。

高乃文董事长提供纸笔，宋长青画鹤，李兆顺画山水和金阳，我题写书法，在离开莲花岩前的半小时，一幅没有印章的书画就这样完成了。这幅书画的意义不仅仅是与善于作画的抗日战争英雄的后人进行了合作，还有之后给我的心灵震撼。

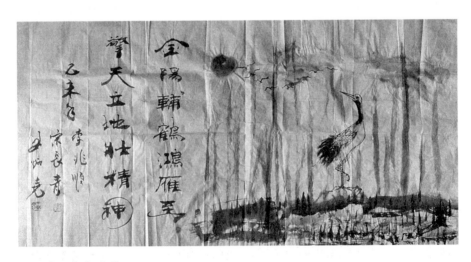

几人共同完成的作品

　　寡言少语的宋长青与我交流只有半小时，他言语很少，说的话不足百分之五，我何德何能在英雄后人面前夸夸其谈呢？长青是个孝子，早晨吃饭时他把粥盛好，连筷子一起放到他父亲面前，专注地看着父亲的表情，只要父亲需要什么他马上送到面前。他父亲更是一言不发，《人民日报》记者和他合影时只是在默默落泪。

　　多年来，长青默默地为村里村外乡亲的红白喜事画画，可是坚持绘画二十几年的他，居然刻不起一方书画印章。他和他父亲经历了几十年艰苦岁月的考验，对国家，对社会没有抱怨，只有真诚。他们的言语实在太少，写在脸上的真诚实在太多。

　　我把这幅字画带回北京，决定为长青刻方书画印章，印章刻好后补盖在他的落款下面。从那以后我一直没机会再见长青，却看到了《北京日报》、新华网等关于84份未发出的阵亡通知书的报道。发现这些阵亡通知书的王艾甫也是山西左权县人。1996年他在太原旧货市场发现这84份阵亡通知书，在月工资只有200元的情况下，他毫不犹豫地用3000元的高价买了下来，作为一名复员老兵，他历经15年，辗转15个省，行程30多万公里，陆续为137位阵亡烈士找到了亲人。王艾甫知道这84份阵亡通知书涉及866名在太原战役中阵亡的将士，72岁的他仍然没有停止寻找的脚步。

　　相比之下，我做了什么呢？当时我一次刻了三方印章，一方是亲戚的，一方是朋友的，另一方是长青的，前两方我毫不犹豫地在名字后面多了一个印字，刻长青的印章时，我犹豫了，为了省几十元钱我少刻了一个“印”字，这一多一少，暴露了我的真实心理活动，为亲戚朋友制印多花点钱值得，与长青只有一面之缘，少刻一个字也没关系。看到王艾甫的事迹，良知质问我：你这就是不忘国耻学习英雄的行动吗？你不是经常提到修炼自己、提高层次吗？你的言行一致吗？你是在骗别人还是在骗自己？

　　我不由得想起一件事，30年前我住在北京郊区的平房里，夜里上厕所看见七八个人挑灯夜战，帮助一个邻居盖房，干到天亮，主人让大家每人吃两根油条，吃完就走了，谁也没说一个“谢”字。自从调到城里工作后，我发现周围许多人“谢谢”二字挂在嘴边，甚至一天说几十次，却没有一点点真诚。20多年过去了，见到宋长青和他父亲我才知道，自己也变成了"谢谢"挂嘴边、行动不沾边的伪君子。

我曾在练习书法时认真抄录毛主席的文章《为人民服务》，有朋友印制了上百份赠送好友，为了传播正能量，提倡全心全意为人民服务。许多人，首先是我自己，已经完全习惯于生活在口号中，别说全心全意动真格的，有百分之一吗？有千分之一吗？作为书写者，连千分之一为先烈后人着想都做不到，还能传播正能量吗？

感恩莲花岩，缘结长青君。我没有资格再唱高调，而应当老老实实地从自身做起，从小事做起，为实现中国梦做点实事。

附：读尘封70载83位抗日英烈之死亡档案有感*

在那烽火连天、山河破碎的战争年代，为了保家卫国，抗日英烈们走出家门，血洒疆场，却与年迈父母、手足兄妹、贤良娇妻、襁褓儿女即成永别。

83位英烈，83个破碎的家庭，七十几载的等待，巍巍太行山，静静见证着英烈的亲人无尽的思念、无尽的等待和苦苦的追寻。

2015年是伟大的中国人民抗日战争胜利70周年。"国家兴亡，匹夫有责"，吕吉山老师、王炳尧老师、史丽兰老师等一行七人自发为2009年发现于山西省左权县莲花岩崖居里的83份死亡档案中记载的抗日英烈挑选墓碑材料、书写碑文、捐地修墓，他们不辞劳苦、连日奔波，用实际行动践行民族精神，用实际行动纪念那段要永远铭记的历史。

吕吉山老师从2013年看到83位英雄的死亡证书开始便常年为帮助英烈寻亲、修建陵园奔走呼号，舍小家为大家；挥毫泼墨，听起来好像不费吹灰之

---

*注：本篇出自志愿者李雅洁。在王炳尧的倡议下，她和儿子王国栋各自认领了一位英雄，分别为莫义和与张富贵。

力，然而王炳尧老师的每一幅字无不运气、运力、用心、用情，赋予每幅字生动的内涵，耗费大量心血；冯国良老师为写碑文裁纸手指磨出泡，并且为志愿者提供吃住，日夜操劳；农民企业家孙铁丑出资捐地为英雄建陵园；史丽兰老师认无名三英雄为亲人并将年年祭拜；赵光晋老师为帮助英雄寻亲组织志愿者分队；方宁老师及时跟踪报道83位英雄……

每位志愿者的倾情付出，无不彰显着民族气节，承载着历史使命。

如果说尘封70多年的83位英雄的死亡证书是中国人民抗日战争史上又一壮丽底色，那么志愿者的义举将会更加激励人们对这段历史的寻找、探究和尊重，将更加激励后人以国家民族之使命为己任。英雄先烈，国家没有忘记他们，人民不曾忘记他们。志愿者们虽都为普通人，但每个人都愿尽一己之力，弘扬英雄精神，共同铸造人间大爱，为中华民族的和平崛起尽绵薄之力！

无手书法家用嘴写书法祭奠英雄

山西报告会的事情结束后，吕吉山来到北京。他有一个新的想法，要以缅怀这83位英雄为主题，办一个书画巡展，以此弘扬爱国主义精神，让更多的人能够从中感受到社会的正能量。吕吉山还是找了王炳尧参与此事，机缘巧合下，他又结识了屈凡雪，一位没有手的有肢体障碍的年轻人，他的出现让吕吉山深深地震撼了。

屈凡雪是由王金良引荐的，北京有一位名叫徐五的人，整合周边资源，建了一个公益服务平台。王金良和吕吉山都加入了这个平台，他们通过微信相识，两人平时会有一些互动。王金良是一名公益慈善导演，四五年来一直热心公益，得知吕吉山所做的事，非常支持。

王金良以前在煤矿工作，受过3次伤，致胸和后背落下残疾。后来他在工地工作，从17楼摔落至15楼，双腿粉碎性骨折，施工方不管救治，最后因无钱治疗，未打钢钉，留下了后遗症。两年来他一直与施工方打官司，然而至今无果。不过对于生活，王金良仍然乐观，对于社会，他还是愿意奉献。四五年来，他为公益活动奔走，自掏腰包，还要负担演员、歌手的食宿费用。有一回他好几年未回家，想回家看望父亲，结果承办了一场公益活动，花费数千元，回家的梦想又成泡影。

王金良到吕吉山家的时候，把屈凡雪也带了过去。屈凡雪老家在山东济宁，30岁的时候，因事故，双手截肢至手肘处。如今他漂泊在北京，住在通州一个月租金450元的小房间里，平时靠卖字为生。他双手被截去，是用嘴咬着笔写字的。王金良第一次见屈凡雪的时候，他正在桥下卖他写的字。

看到屈凡雪的那一刹那，王金良被深深地震撼了，当时就给屈凡雪留下了联系方式。接触下来，王金良感到屈凡雪绝对是一个具有正能量的人。这次到吕吉山家中，便把屈凡雪也带了过去。屈凡雪很愿意为这样的公益事业出一份力，这也不是他第一次参与公益事业，以前在厦门，他经常参加残联和红十字会组织的义卖活动。

吕吉山说到要为这83位英雄做点事，屈凡雪极为赞赏，这正是国家需要的，应该去支持、去推动，他说："如果不能激起民众对战争的反思，对英雄的缅怀，那么，我们还将重蹈历史的覆辙。"看看我们现在的社会，毒奶粉、地沟油、贪污腐败等，已经不是别人在伤害我们，而是自己在伤害自己，每一个有良知的人，对此都感到切肤之痛。若我们的国人没有民族意识、公民意识，只顾自己，冷漠对待他人，那么，社会将会变得非常可怕。

屈凡雪知道自己力量微薄，不过，为英雄写几幅书法，他还是能够做到的。所以，他积极响应吕吉山的号召，约定第二天一起前往北京周边的燕郊的张润生处，去完成悼念英雄的书法作品。结果，第二天屈凡雪迟迟未来，大家足足等了他40多分钟，很多人感到恼火，觉得他不讲诚信，没有时间观念。

屈凡雪到了后，跟大家道歉，解释自己迟到的原因："我没有坐地铁过来，而是坐公交车过来的，因为我有残疾证，坐公交车可以免票，地铁却享受不到这待遇。尽管只有区区几块钱，对大家来说可能无关紧要，可是对我来讲，却是1天的饭钱。"大家听了这话，纷纷为自己刚才的急躁感到羞愧。

王炳尧给屈凡雪的赠言

无手书法家屈凡雪用嘴完成悼念英雄们的书法作品

到达燕郊后，屈凡雪便开始认真投入创作中，一连3天，不停地写书法。他弯着腰，用嘴咬着笔写，总共写了四五十幅。写完之后，他手肘处的皮都磨破了，腰疼得走路时几乎直不起来，得弯着腰走。"真的非常累，那几天躺在床上后，根本就不想再起来了。"屈凡雪却仍坚持完成了这些书法作品。

王金良不会写书法，那几天在燕郊就为屈凡雪和王炳尧铺纸研墨，他一再说，他做的只是微不足道的小事，不值一提。从事情大小上看，或许王金良做的只是小事，可是能够接连几天花费自己的时间，帮助书法家共同完成悼念英雄的作品，这种毫无怨言的付出精神，同样也是非常伟大的。

英雄的事就是自己的事

王炳尧、屈凡雪和王金良等人在燕郊创作悼念英雄的书法作品期间的日常生活，都是由张润生安排的。张润生开办的山西省晋中市榆次博桥英语培训学校，收费较低，学生最多的时候有400多人，后来传言高考时要取消英语考试，学生骤减一半，之后学校的收入几乎没有盈余。目前张润生的主要收入来源是带旅游团出国旅行。为了给83位英雄做点事，张润生放弃了挣钱的机会，当时正好有几个旅行团要去欧洲。

在燕郊，张润生租了一套一居室的房子，当要安排书法家为英雄写书法时，吕吉山就想到了他在燕郊的房子。张润生一口答应下来，并立即去给书法家们张罗宣纸等物品，总共花费了1000多元。一开始张润生不懂书法，不知道怎么选纸，想花7000多元买更好的宣纸，最后问了王炳尧，才减少了这笔开支。

忙到晚上10点多，张润生终于回到燕郊，一天的奔波让他非常疲惫，但他还不能休息。第二天书法家们就要过来了，他得为他们安排好住的地方。吕吉山的意思是，把他们安排在张润生那间一居室的房子里，可那房子狭小，根本住不下这些人，写字的地方也显得拥挤。如果无法给书法家提供良好的创作和休息环境，张润生会觉得自己做得不够尽心和周到。

基于这样的考虑，晚上10点多回到燕郊后，张润生又出门找宾馆，仔细地对比了3家宾馆，每一家都到房间里面实地看，最后选定一家，房费一天400多元，订了3间房。他为书法家们订的房间，仅仅一天的费用就比他一个月的房租还要多。此外，张润生还负担了大家吃饭和购买物件的花费。哪怕有时他要出门办事，如果饭点无法回来，他也会留下钱给大家吃饭用。

书法家们在燕郊创作期间，山西神州投资有限公司的董事长郝泽峰和山西蕴曼女子学院院长杨小红等志愿者也赶到现场，与大家一起商谈如何参与和支持这次行动。

当吕吉山到了燕郊，看到张润生给书法家们订了那么好的房间，特别感动。张润生却觉得，这本身就是他分内的事，应该付出。

后来，张润生又跟吕吉山到了山西，把所有英雄的死亡证书和所有为英雄

志愿者张润生

写的书画作品全部装裱了起来，这又花了他很大一笔钱。

在山西，吕吉山到处奔走，张润生随时开车接送，帮忙提东西。现在一提起张润生，吕吉山就有无限的感慨："这样一个小小的培训学校的校长，在金钱上，付出的比许多大企业老板还要多，更别提他所花费的心血。"

通过做这样一件事，张润生希望能够由此多少影响和改变社会的风气，让社会的浮躁气息和一味追名逐利平息下来。他的专业是英语，但还学习过法律，曾经多次为亲戚和朋友们提供一些法律上的咨询和援助，亲历过很多不公平的事。

发生在张润生自己身上的，更有一件刻骨难忘的事。10多年前，他还在上大学，家人发生车祸，因处理不公，一家人几乎遭受灭顶之灾。他的父亲和他的哥哥，抗争8年，到了北京的时候，身无分文，只能乞讨度日。8年的折磨，给他们家造成了太大的伤害。最后张润生的父亲和哥哥费尽千辛万苦，事情才算得以解决。

　　这件事给张润生的人生留下了深刻的印记，他之所以想要改变社会的不良风气，正是因为这种风气让他感到切肤之痛。痛苦已经过去，可这风气还在，那么下一次还会有别人遇到。推己及人，张润生不希望任何一个人有类似的遭遇，所以，他要努力去改变。哪怕在自己的生活并不富裕的情况下，他也毫不犹豫地出钱出力，贡献着自己的力量。张润生的爱人戴兰女士对丈夫作为志愿者的行动鼎力支持。张润生在北京接待书法家时，她连夜从太原坐车到北京，帮助丈夫。他们的女儿张苏棋今年12岁，理想是当一名模特，她很爱她的爸妈，为她爸妈的爱国精神感到自豪和骄傲。

　　在山西太原的那几天里，正赶上女儿张苏棋12岁生日，张润生抽了一天时间给女儿办了生日宴会。很多亲戚朋友都来了，他的父亲、母亲和哥哥也来了。生日宴会由吕吉山主持，当吕吉山把话筒交给张润生的父亲，请他讲话，他只说了一句："希望张润生能够做一个正直的人。"直到后来，我们知道了他们家的情况，再想到张润生父亲的这句话，才感受到里面的分量有多重。

张润生的爱人戴兰女士

张润生在接受采访

志愿者孙云龙

　　志愿者孙云龙，他是一名"90后"策划人，曾策划出版过影响颇大的杂志，并多次成功策划画展和读书会等活动。书法家为英雄创作，他得知需要写一些纪念诗，立即写了10多首，并于2015年9月25日在家乡承德组织开展了纪念抗日战争和反法西斯战争胜利70周年的活动，到场人数超过千人。

"00后"为英雄创作书画、剪纸

关于悼念83位英雄的书画巡展正在紧锣密鼓地筹备中，有一天，山西太原市第二外国语学校的李可然随父亲李军到吕吉山家做客，了解到了志愿者们为83位英雄做的事。李可然从小学习书画，有一定的艺术功底，又喜欢手工艺，自学了剪纸艺术，她也想为英雄做点事。她今年15岁，而83位英雄中，牺牲时年龄最小的恰恰也是15岁。吕吉山说："现在的15岁的姑娘为以前15岁的英雄做书画、剪纸，这个太有意义了。"

其实李可然以前对抗日战争方面的事并不是很了解，历史书上虽然有相关知识，她学了也就过去了，并未将其放在心上。但是听说那么多志愿者自发地集结起来，共同为英雄做一点事，这种奉献精神让她非常感动，因此她也想参与其中。

得知83位英雄中有人牺牲时正是她这个年龄，李可然受到了很大的触动，也让她发自内心地想要做出些改变："我的生活现在很幸福，却总还是希望得到更多，而忘记了去感恩，感恩我们的国家，感恩那些为后人牺牲了的英雄。"感恩并不只是口头上说说的，李可然表示："我会一直关注并传播这件事。"

原本在这个暑假，李可然计划去美国参加夏令营，已经在办签证了。她从未去过美国，出国的诱惑力对她来说不小，可是现在她改变主意了，要留在国内，为英雄尽一点自己的力量。她的父亲李军听她这么讲，表示支持，特地陪她到安徽找老师，指导她给英雄创作书画和剪纸作品。

李可然出生于2001年，属于"00后"，有人说"90后"是一群非常自我甚至是自私的人，当"00后"慢慢长大，人们总觉得他们的情况会进一步加剧。可是谈到这些，李可然说，她相信情况并非如此，"00后"也会宽容地对待别人："我们会吸收'80后'和'90后'的优点，然后把更先进的东西融入进去，努力证明自己。"李可然觉得，"00后"在社会中会很棒。

谈起书画和剪纸创作方面，李可然说，以前她画画，更多的是画一些建筑，画一些美的事物，剪纸也是如此，以后她会做出改变，关注一些社会正能量，用自己的画、书法和剪纸去表现人与人之间的爱。艺术不仅仅是视觉美的

志愿者元正集团公司董事长李军

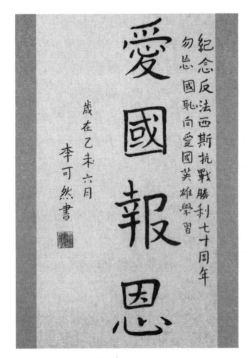

李可然的书法作品

李可然为悼念英雄写书法作品

体现，还应该拥有伟大的灵魂。

李可然也开始反思抗日战争那段历史，不过她还是希望能够放下仇恨。我们反思历史，不是为了延续仇恨和使民族间对立，而是为了化解仇恨，避免重蹈覆辙。"我们当时是受害者，日本对我们造成了很大的伤害，可是这责任并不应该让现在的日本人民来承担。"李可然希望，民族与民族之间能有更多的爱，大家能够化解心中的仇恨，铭记历史，创造未来。

吕吉山：我眼中的李军

在我为83位英雄寻找亲人的过程中，遇到了一位"可遇而不可求"的老板，他就是从贫困地区的山沟里走出去的山西省晋中市寿阳县农民李军。今天的李军，已经不是一个农民，他已经成为国内少有的十分有特色的企业老板，尤其在走正道经营方面，他为全国商人做出了一个榜样、一个样板。

这就是：他经商30年来，不管是在他的家乡寿阳县，或是整个晋中市、太原市，还是整个山西省，抑或是他深入经商的的广东、广西、新疆、海南，迄今几乎没有一个官员是他的朋友。

当李军遇到经营纠纷，他唯一的做法就是请对方到法院按照程序去处理事件。李军总是说："由法院说了算。"有人说："你要赶快找人说情。"他说："由法院判决最合理。"这样，对于他在多省的大量地产经营当中出现的一些纠纷，李军处理的依据永远是一个标准：判决书。还有人说："你不请法官吃饭喝酒，也不给人家送礼，你的亏就吃大了。"但这个李军就是"一根筋"。对此，李军说："我吃亏不要紧，但坏了社会风气是大事。"

我经常与李军彻夜长谈，说起李军为什么不在官场找靠山，他回答："给官员送礼既害自己又害了官员和法官。"几十年来，李军认准了一个理："礼"大了就是行贿，就是犯罪。尤其是当你送礼之后就会送钱，开始送小钱，以后就会送大钱。送的次数越多，数额越大，你的罪就越重。

在公司，李军经常反复地给大家讲这个道理。有一次，李军在一个中部省份遭遇一起涉及欠他数额很大的债务纠纷，他的友人出于关心帮他请了法院领导与他吃饭，李军闻讯后婉拒。如果不是我亲身经历，根本不会相信世界上还有这样的"傻瓜"。

李军不以为然。他这样认为：吃饭很简单，吃饭过后你自然不会仅仅是付饭钱，你要办成事就要想办法给领导送红包。红包会越送越大。按照刑法，收钱5000元就触犯法律。但你要送礼仅仅是送5000元吗？所以，做人要有底线，底线就是不犯法，不触高压线。

跑官场不如跑市场，这是李军经商30年秉承的一则经典道理。李军有经营天赋，他到一个地区，站在一座楼前或一块地盘前，就能大概知道这处地产和楼盘能不能挣钱，或大概能挣到多少钱。截至现在，李军做地产生意没有赔过钱。

李军在多个省的分公司，从来没有给员工发不出工资的现象。在企业规模很小刚起步时，他的眼睛总是盯着市场上的每一个机会。当初他打工洗碗3年后觉得每天洗碗总不是办法，就去蹬三轮车卖菜；卖菜不赚钱时，他就批发水果；卖水果收入不佳，他就从天津买卖自行车。

李军不给官员送礼，不行贿，但李军帮助乡亲时却是很舍得。他的儿子结婚时在太原五星级酒店摆宴席，当天李军雇了几辆大轿车，浩浩荡荡地开进他出生的贫困山村，把只要能出门赶到酒店的老大爷、老大娘们，全部接到酒店吃大餐。饭后，李军又把他们带到太原最有名的晋祠公园去旅游了一圈。白发苍苍的老人们激动地说："要不是李军，我们这一辈子也不会吃到这样的好饭喝上这样的好酒，更不会到这么好的地方去。"

我给李军送的礼物不是金钱，而是建议他的宝贝女儿李可然在课余时间由我帮助学习新闻写作。我给李可然出的第一个人物写作对象是已经90多岁高龄并自费义务植树的劳动模范袁克良和他的儿子袁兵生。李可然饶有兴趣地到山上去采访这位90老人，给老人拍了一张又一张生动的照片。不久，李可然写袁老父子的文章就发表在了《山西商报》和《太原日报》上。

2015年6月左右，李军给女儿来北京办假期到美国旅游的护照。在我北京的工作室，我请李可然看我收集的一张张83位八路军英雄的死亡证书，李可然在这些死亡证书前沉思良久。我告诉李可然，今年9月3日，习近平总书记要在天安门广场阅兵，还要把抗战老兵请到北京参加阅兵。同时，又告诉她我和一批志愿者要在今年8月14日在山西晋中举办英雄死亡档案全国巡回展览和书画展，包括"勿忘国耻·学习英雄"报告会。

李可然听说筹集到的书画作品没有一个是中学生的作品，她当时就对她爸爸说："我不去美国旅游了，我想利用假期为83位英雄写一些书法和画一些画，用自己的行动悼念、学习英雄。"

李军没有想到，已经办好护照的女儿竟然会放弃自己期盼已久的机会，他似乎不相信女儿的决定。但李可然已经下定了决心，她说："爸爸，你给我找一个很安静的地方，让我专心去为英雄创作。"

一个多月的时间里，李军和女儿住在安徽的大山里，一日三餐吃着庙里住持做的素食，为英雄写了5幅字。第一幅是：和平万岁；第二幅是：自强不息；第三幅是：从我做起，从现在做起；第四幅是：中国梦。第五幅是：爱国报恩。还画了1幅以梅花为主的画。

8月10日，李军为了和女儿参加8月14日的抗日战争展览，就回到山西帮助女儿做参会准备。之前，李军把女儿的作品专门带到北京装裱最好的地方进行了装裱。8月14日，李可然不仅参加了展览展示，而且进行了演讲。

附：《邯郸日报》2013年2月22日报道

83份八路军牺牲证明尘封74年
32位英雄为河北籍，7位为邯郸籍

今年1月，山西左权县农民高乃文在整理荒坡时，从桐峪镇莲花岩久已废弃的崖居中发现了一沓发黄的档案。这些档案共有83页，是1939年在八路军医院的一二九师伤员的牺牲证明书，距今已有74年。山西退休职工吕吉山获知此事后，自费搜集一二九师老八路的线索，寻找这83位英雄的家人。在这些牺牲证明中，有32位河北籍英魂，其中7位是来自大名、武安、永年、磁县、涉县等地的邯郸人，他们是否还有亲人健在？家乡的亲人是否还在苦盼那一去不回的征人？

1. 发现山洞中留下历史的足迹

这83名一二九师战士的牺牲证明是农民高乃文在山西左权桐峪镇莲花岩废弃多年的崖居中发现的。喜欢研究八路军历史的山西退休职工吕吉山说，这里曾是八路军医院的所在地，所谓的"崖居"，通俗讲就是山洞。

从吕吉山拍摄的照片来看，这些崖居是在山洞的基础上简单修葺而成的。据吕吉山介绍，一二九师司令部曾驻扎在左权县5年之久，一二九师卫生部及其医院就设在桐峪镇。在抗日战争形势最严峻的年代，八路军卫生条件极其艰苦，为躲避日寇的炮火，医院就建在只通羊肠小道的悬崖峭壁上。

经过74年的尘封，这些牺牲证明的纸张已经发黄变脆，但是上面的字迹清晰可辨。每张牺牲证明上都记载着死者的姓名、职别、年龄、籍贯等基本信息，尤其引人注意的是，上面还详细记载了诊断、治疗经过和死亡原因。为保护好这些珍贵档案，高乃文把它们小心翼翼地保存在保险箱里，并准备适时捐献给国家。

2. 不能忘了那些抗日英雄

吕吉山一直对在抗战中牺牲的英雄特别崇敬，也对我国的抗战史有着浓厚的兴趣。大年初一，吕吉山带着复印资料来到北京，开始四处奔走搜寻线索，并通过《北京晚报》刊登了发现83份牺牲证明的消息。

北京晚报记者王琪鹏经过查阅大量资料，连夜从这些八路军伤员的牺牲证明中整理出了一份名单，并初步查证了这些伤员的籍贯和年龄。通过名单发现，这些八路军伤员主要来自一二九师三八五旅七六九团、三八六旅七七一团、七七二团，以及后勤保障部门。据史料记载，三八五旅和三八六旅均是一二九师的主力，其旅长分别为陈锡联和陈赓。

王琪鹏说，虽然绝大部分牺牲证明上都详细标注了这些伤员的籍贯和年龄，但是要找到他们的亲人并非易事。在这83位伤员中，有近五分之一的籍贯仅仅写到了省，大多数能写到县，能精确到乡、村的少之又少。另外，由于记录时有的伤员无法说清自己的籍贯，再加上有的用了简称、字迹不工整、笔误以及保存不当，都给"寻亲"工作带来不小的难度。经过粗略统计，这83名伤员牺牲时大多数是20岁左右，如果他们生前有孩子，到今天也要70多岁了。

3. 讲述多数伤员死于寻常疾病

"总修械二所修械组组长崔利霞，男，36岁，籍贯河北深县，诊断为右下腿炸伤左手炸伤，入院日期：1939年9月3日，死亡日期：1939年9月11日。一二九师卫生部干部所，1939年9月15日。"这是一份字迹仍然十分清晰的牺牲证明表。

记者查看了所有牺牲证明后发现，这83位八路军伤员的入院和牺牲时间均位于1939年8月到12月。吕吉山说，1939年，正是抗战的艰苦时期，当时日军3万兵力分9路进攻左权县（时称辽县），一二九师在师长刘伯承、政委邓小平的指挥下打退了敌人的进攻，但也付出了巨大代价。

吕吉山说，很多八路军战士在战场上受伤后，或得不到良好救治，或在极其恶劣的条件下因饥寒交迫而牺牲。据他统计，除了枪炮伤，夺去这83位八路军伤员生命的大多是急性肠炎、痢疾、感冒等寻常疾病。

在一位名叫张德朝的伤员的牺牲证明上，医生的诊断是流行性感冒。这份牺牲证明是这样记录的："此人来时就不会说话，来的时间不够二十四小时就牺牲了，所以连队职别都不知，也未经治疗。"

经过对这些资料整理记者发现，牺牲的83名伤员中，年龄最大的50岁，最小的仅15岁，多数是二十几岁。据多年研究八路军抗战史的吕吉山介绍，级别最高的是营教导员，"这些伤员虽然有名字，却是'无名'英雄，我要做的，就是找到他们的家人，让英雄回家"。

然而，关于这些"无名"英雄的相关资料很少，他们牺牲后忠骨埋葬在何处，都已不可考。唯一能证明这些生命曾经存在过的，只剩下一张发黄的牺牲证明。根据牺牲证明上的记载来看，这些"无名"英雄的籍贯大多是山西、河北、河南等地，有的虽然注明了是哪个村的人，但由于行政区划数次变革，如今查找起来也很困难。

在这些牺牲证明中，有两人甚至连名字都没有；有的伤员籍贯一栏就直接写了"不知到"（原文）。"有的伤员到了之后就已经昏迷不醒，很快就牺牲了，就没有留下名字和籍贯。"吕吉山说。

在这些牺牲证明的最下方，分别签有卫生所所长和主治医生的姓名。"签署这些证明的有一位是五所所长何正清，在网上能够查到，解放后他去了四川省任职，但2009年去世了。"吕吉山不无遗憾地说。记者看到，签署这些证明的还有二所所长汤正兴、四所所长杨朝宗，但在网上并没有查到这两个人的相关信息。

4. 有知情者可拨打热线96399

吕吉山和高乃文一个共同的心愿，那就是寻访这些英雄的故乡，让英雄回家。"如果有条件，我们想呼吁为他们修一座墓，立一座纪念碑。"日前，吕吉山分别到抗日战争纪念馆和解放军档案馆查找资料，目前正在焦急等待馆方回复中。

如果你有相关线索，可拨打热线电话96399。让我们一起寻找英雄的亲人，让英雄早日回家！

尚燕华　张静雯　马冬胜　王彬

第四部分

我的参与

中国的衰落从500年前开始

2015年，我才与吕吉山结识，这要从我加入徐五的"亦家人"平台说起。刚开始加入徐五建的微信群，与他聊了几句，后来有一天我到北京，正值中午，就给徐五打了电话。他在宣武门地铁站附近开了一家名为"谷舍谷香"的餐厅，我到那里时，他正与几个朋友一起吃饭，其中有一位名叫胡中海。

胡中海从事教育培训工作，是著名的亲子教育专家、成功励志导师，我与他非常聊得来，他在亲子教育方面的理念，让我深深地折服。更重要的是，他所做的事让我十分敬佩。10年来他演讲超过3300场，辐射人数超过500万，激励了无数的孩子，让他们拥抱梦想，在人生之路上奋勇前行，也化解了许多家庭的矛盾，让对立变为和解，让仇恨转化为彼此的关爱。

认识胡中海之后，第二天我又去找他，给了他我创作出版的几本书，请他批评指正。正好那天吕吉山约了胡中海和徐五，早上我在胡中海那边，徐五过来，准备带胡中海去吕吉山工作室，看到我在，就邀请我一起去。

就是在这样的机缘巧合下，我认识了吕吉山。他向我们介绍他最近在做的事情，我向他介绍了自己，当他知道我是个青年作家，感到非常惊讶。"'90后'，高二退学写作，至今已有7部作品出版上市，包括《佛是你心中的一朵莲花：释迦牟尼佛传》《王小波传》等，这太不可思议了！"吕吉山立即表示："我要和你合作，希望由你来写追寻83位英雄这件事的报告文学！"

吕吉山说出这个提议之后，问我好不好，我回答说："好。"之后我回了趟昆山的家里，做了一点准备，没过几天就与吕吉山联系。当时他已经去了山西太原，我便辗转到他那里，开始了一系列的追踪采访。

那次和我一起前往吕吉山家的胡中海，也十分关注此事，并表示如果他有空闲，很愿意在吕吉山办书画巡展的时候做公益演讲，讲述那段烽火岁月，讲述抗日战争历史，讲述中国的兴衰与当下社会的种种。

他要从500年以前开始说起，因为中国的衰落不是从近代才开始的，500年前，就已经埋下了失败的种子。通过追溯这段历史，胡中海希望以此探明中国失败的原因，从而使我们认识到自己过去所犯的错误，改正错误，然后让自己的国家强大起来。

病中继续动员社会力量

我到山西之前联系了吕吉山，看他有什么安排。那时候他正因出现了脑梗的征兆在医院接受诊疗。他对我说，他在住院，不过没什么大病。而事实上，他在医院足足待了十多天，若真如他所说是微不足道的问题，他不会在医院住那么久。出院之后，吕吉山立即开始为悼念英雄的事奔波。

那几天我天天和吕吉山在一起，主要做两方面的事：一方面他为我做好安排，采访志愿者，让我掌握第一手资料。另一方面，继续动员社会各方面的力量参与其中，扩大事情的影响力，让更多的人知道。我们常常一天要见好几个人，忙到深夜12点才收工是常有的事。

当时吕吉山刚出院不久，身体还没完全恢复，左后脑经常疼痛，程度不轻。他在医院做过CT，检查出来没什么问题，所以不去管。但他的左后脑还是经常会痛，他忍着疼痛继续奔走。其中有两天，吕吉山实在痛得受不了了，早上忙完，中午去医院治疗，完了之后也不休息，晚上再去拜访朋友，希望得到大家的支持。短短几天，我们就找了十几位非常有能力的朋友，并且都得到了他们的肯定与支持。

我与志愿者接触时，他们都提到了吕吉山的付出和用心，他进行着全程、全方位地指导。吕吉山患糖尿病已十多年，身体并不是很好，却日夜操劳。平时他习惯午睡，中午不睡的话晚上就特别累，身体受不了。而有了更多力量的参与，他完全顾不上午睡休息。

在太原，我、张润生和曹克继，每天在吕吉山身边，常常劝他注意休息，不要太累，吕吉山却说："我觉得一点都不累，身体的累不是累，心灵的茫然和无措才是真正的累。有的人整天不知道做什么，哪怕身体在休息，他们也是累的，我虽然在奔波，可做着这样一件伟大的事，根本不累。"

对于我追踪采写长篇纪实，吕吉山给我提供了非常有力的后勤保障，我在山西的食宿，他都安排好了，要采访的人，也都由他联系。为了让我写的内容更具深度，他带着三四个人到北京西单图书大厦，花费近万元，一共买了200多本关于抗日战争的书籍，只要是不重复的，他就都往家里搬。吕吉山笑着对我说："你看，我这个助理还不错吧？"让我感动得无言以对。

战争中的人性光辉

在吕吉山给我购买的书中，《南京大屠杀：第二次世界大战中被遗忘的大浩劫》是他一再向我推荐的。这本书是由美籍华人张纯如所著，在她很小的时候，就听父母讲过南京大屠杀的事。他们一直没有忘记日军侵华的恐怖，也希望张纯如不要忘记，特别是不要忘记南京大屠杀。因此，童年时张纯如就关注到了这一历史事件。

20世纪90年代，张纯如开始了该书的写作。那个时候，日本并不承认关于南京大屠杀的事实，美国等西方国家对此也很少提及。他们都知道第二次世界大战时德国对犹太人的屠杀，却不知道日寇对中国犯下了同样的罪行。张纯如写这样一本书，就是希望用事实和证据，向世人揭示南京大屠杀的真相。

为了写作这本书，张纯如翻阅了大量的史料，并到各地采访，搜集相关资料。在渐渐了解这一事件的过程中，看到记载中日本犯下的种种惨绝人寰的暴行，张纯如受到了巨大的震撼，开始失眠、厌食，不过她仍然坚持要写完这本书："作为一个作家，我要拯救那些被遗忘的人，为那些不能发声的人发言。"

阅读《南京大屠杀：第二次世界大战中被遗忘的大浩劫》这部不朽之作，我们同样会为字里行间的描述震撼，为中国同胞当时所受的伤害感到痛心疾首。可是，当我慢慢地读下去，我看到张纯如还写到了，在地狱般的罪恶弥漫于世间的时候，人性的光辉始终没有泯灭，看到了外国人甚至是日本人，不惜生命地追求正义。

南京沦陷之后，仅仅20多个外国人，建立起了一个安全区，保护了数十万中国难民免受日军伤害。这些外国人不过是传教士、医生、教授和企业主管，他们没有武器，可是他们挺身而出，冒着生命危险与日军周旋，穿梭于枪林弹雨中运送粮食，为照顾难民殚精竭虑。

约翰·拉贝是一名德国商人，也是纳粹在南京的领袖，而当日军占领南京后，他成为国际安全区委员会主席。看着日本军人犯下的滔天罪恶，他不断给日本大使馆写信抗议，还到南京城巡逻，试图以一己之力阻止日本的暴行。当他看到日本军人强奸妇女，就会不顾自身安危上前制止，还开车在危险的道路上运送粮食。在安全区，中国难民里新出生的男孩，通常都会为其取名为"拉贝"，女孩则取名为"多拉"（意为拉贝夫人），他就像是"中国的辛德勒"。

罗伯特·威尔逊，在南京出生，生长于卫理公会传教士家庭，南京沦陷后，他成为唯一留下来的外国医生，他夜以继日地为受伤的中国人医治。每天都有新的病人被送进来，仅靠他一个外科医生根本忙不过来，于是他不断地延长工作时间，甚至以牺牲自己的健康为代价，只求医治更多的病人。"近60年后，幸存者仍然记得他无私的奉献精神，提及威尔逊，他们都会满怀崇敬之情。"

这样的例子太多太多了，就算是日本民众，也并非一味地站在自己的国家一边。第二次世界大战后，日本否认侵略的历史，并在教科书中隐瞒事实。日本历史学家家永三郎起诉日本政府，经过了长达30多年的斗争，终于取得胜利，迫使日本教科书做出改革。20世纪末，南京大屠杀还被遮遮掩掩时，很多海外的日本人也会参加关于南京大屠杀的会议，他们说："我们同你们一样想了解更多真实的历史。"

当我看到书中提及这些事情，不禁想到，这83张死亡证书中，很多证书是由外国医生开具的。在卫生条件那么差的战地医院，他们从自己的国家远道而来，为素不相识的中国军人贡献自己的力量。他们身上所展现的善良和正义，是人性最珍贵的东西。战争，或许不是一个民族与一个民族的战斗，而是人性的邪恶与善良的争斗，是一批正义的人和一批邪恶的人在争斗。民族只是一个狭隘的划分，善良与正义，才应该是我们真正的国籍和归属。

关注文化的力量

《南京大屠杀：第二次世界大战中被遗忘的大浩劫》一书出版后，立即登上了畅销书榜，并被译成十多种文字，产生了广泛影响。在前言中，张纯如讲到，日本对历史的否认让她深感写作这本书的必要，可是，通过这本书，她还希望能揭示文化的力量。"本书无意批判日本的民族性格，也不想探究什么样的基因构造导致他们犯下如此暴行。本书要探讨的是文化的力量，这种力量既可以剥去人之为人的社会约束的单薄外衣，使人变成魔鬼，又可以强化社会规范对人的约束。"

当时的日本，孩子从小就被教育成战争机器，被告知他们的使命就是征服亚洲，为此，他们接受残酷的训练，甚至被无缘无故地殴打，这种教育方式无疑会扭曲他们的性格，让他们将侵略当作必然，让他们把生命看得无足轻重。

文化的重要性在中国同样也得到了验证。清末，列强在神州大地上恣意横行，中国的政客和知识分子，不断地思考着解决问题的方法，一开始以为中国缺少的是西方的坚船利炮，所以花巨资购买武器装备。甲午战争的惨败让大家明白事情不是这么简单的，坚船利炮背后的东西，才是国家强大之所需。

于是有了戊戌变法，志在改革政治制度。可惜改革只持续3个月便宣告失败。看来，在政治制度的背后还有根源性的东西。最后，陈独秀和胡适等人，抓住了根本——中国的问题是文化的问题，因此发起了新文化运动。《新青年》杂志创刊后，随之而来的一系列文化运动，的确给社会带来了显著影响。

一个人的观念或许无法推动社会朝理想的方向发展，可如果是一群人的观念，整个民族的观念，那么这将变成一种强大的力量。而对观念的塑造，在于教育，在于我们给下一代传递什么样的理念。孩子的思维是不成熟的，如果我们告诉他们，学习只是为了能找到工作，挣钱过好生活，那么社会很可能会变成一个只追求功利的社会，人们会为了利益不择手段。而如果我们告诉他们，铭记历史是为了记住仇恨，那么这将导致更可怕的后果，甚至会为以后的战争埋下种子。

这次，我们以83位英雄为载体，推广爱国主义教育，用吕吉山的话说，

"是为了寻找民族之魂"，而这民族之魂，其实就是文化的力量，是能够让社会人心得以改变的力量。我们所做的这一切，不过就是想让大家明白，有一些观念是好的，我们应该去践行。我想，这种观念，可以用3个词来总结和概括：感恩、责任与和平。

山西等各地志愿者的参与

在山西，我采访的第一个对象是双合成食品有限公司的董事长赵光晋，那天赵光晋出差回来，到公司已是深夜了，我与吕吉山一起赶过去，在她的办公室聊到11点多。接着我还采访了《山西晚报》的记者王小强、《车友生活》的副主编李海、博桥英语培训学校的校长张润生等，此外就是号召更多的人参与。

由吕吉山带领，我们还前往山西省妇联，去找妇联主席王维卿。其实吕吉山并不认识王维卿，事先又没有约好，我们就冒冒失失跑了过去。吕吉山拿出了给王主席写的请求报告，希望她从妇联的角度，组织动员全省妇女书法家、画家参与为英雄写书法、作画的行动。王维卿主席很客气，并耐心地与大家商量如何把这件事做好。

我们还去了山西黄河少儿艺术团，见到了郭琪团长，他们的少儿艺术团下面约有两三万个孩子，如果郭琪能够动员这些孩子创作爱国主义书画作品，为83位英雄写字作画，那一定是一件非常有意义的事。郭琪与吕吉山是多年好友，再加上这件事本身具有正面的教育意义，郭琪团长一口答应了下来。

此外，太原市台湾同胞投资企业协会我们也找了，同样是希望他们组织书画爱好者创作爱国主义题材作品。接待我们的是协会的焦金梅主任，她请我们吃了饭，然后邀请我们去她公司商谈。对于这件事，焦金梅非常认可和支持，我们把情况跟她说明之后，她表示将和他们的曾新慧会长汇报并商谈此事。

山西神州投资有限公司的董事长郝泽峰，在吕老师处得知83位英雄这件事，连工作都放下了，跟着我们一起去山西省总工会、山西省妇联、山西省文联和山西省书法家协会，动员他们参与。那天下午他要坐飞机去外地，时间很紧，但仍然陪了我们一个早上，跟着我们跑东跑西，传递资料。

事实上，在几个月前，当书画家到北京周边的燕郊创作的时候，郝泽峰就已经参与了。那天晚上，因为没有买到太原到北京的高铁票，他开车十多个小时赶过去支援志愿者。在郝泽峰看来，为社会尽一份力是公民的责任，自己有能力就应该去承担。现如今，他已经开始筹备一个公益项目，在社区建"为人民服务站"，以实实在在的举动为大家做一点事，这也是他学习英雄精神的具体落实。

山西蕴曼女子学院院长杨小红，和郝泽峰一起从太原前往燕郊，支援志愿者的行动。回到太原后，她在全省妇女界掀起学习英雄的活动，还请吕吉山帮助她到山西省妇联找省妇联主席，希望得到支持，省妇联常务副主席亲自在办公室接待了她，向她表示要给予最大力度的支持。

深夜，志愿者在燕郊讨论为英雄创作书画作品，左起为：山西神州投资有限公司董事长郝泽峰、书法家王炳尧、志愿者吕吉山、山西蕴曼女子学院院长杨小红。

　　吕吉山不辞劳苦，到太谷县找到了香港籍山西省政协委员、山西中远威药业有限公司的董事长钟志孟，这位老总听了吕吉山的介绍后，提到他即将新开一家酒店，非常希望能够以这83位英雄为主题，在酒店中挂上他们的死亡证书影印件和为英雄创作的书画作品，让每个人进来都能够感受到英雄的气息。

　　四川有一家绿色建材企业叫一名微晶科技股份有限公司，也做出承诺，愿意用公司最好的材料微晶石，给英雄们做墓碑，刻录为英雄创作的书画作品。微晶石是比花岗岩还要好的石材，不易风化。而且，刻录的书画将尽可能地与创作在纸上的一样，一笔一画，任何细节，都可以很好地呈现出来。

　　加拿大华裔科学家、北京大学量子科学方面的著名专家武华文教授，也为英雄写了书法，还动员他远在黑龙江上学、年仅12岁的侄孙女武若彤写了两幅。武华文教授在我国量子科学领域是领军人物，被评为科学中国人2010年度人物，他的科研工作十分繁忙，但听说了关于83位英雄死亡档案的事情后，仍然积极支持并参与。

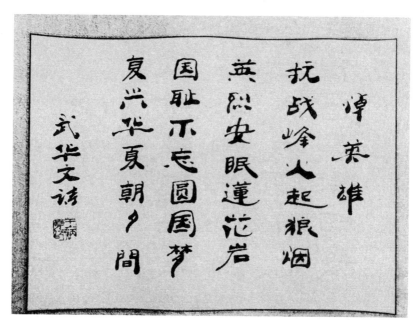

武华文诗王炳尧书悼念英雄的作品

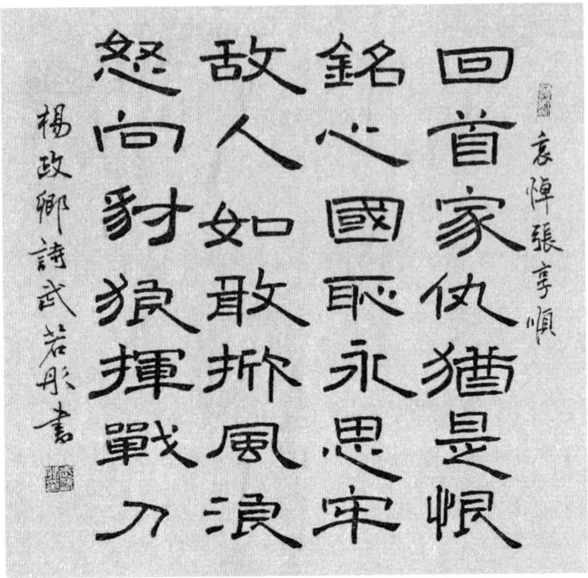

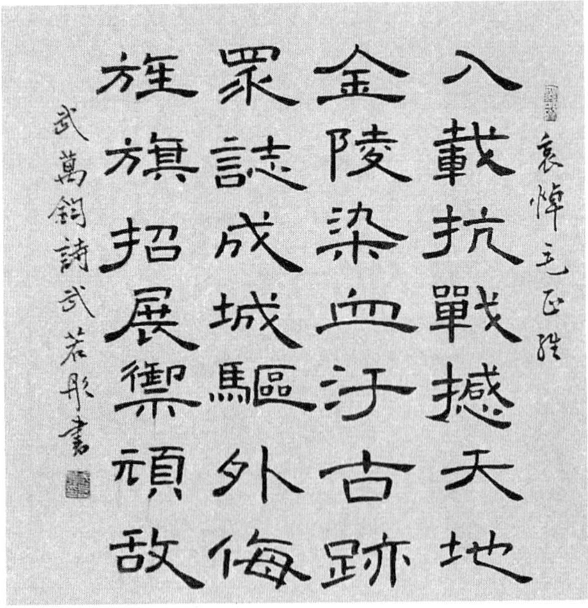

回首家仇猶是恨
銘心國耻永思牢
敵人如散掀風浪
怒向豺狼揮戰刀

哀悼張亨順

楊政卿詩 武若彤書

八載抗戰撼天地
金陵染血汙古跡
眾誌成城驅外侮
旌旗招展禦頑敵

哀悼元正財

武萬鈞詩 武若彤書

武华文侄孙女武若彤为英雄写的书法作品两幅

今年83岁的河南退休外科医生韩欣老人,通过王炳尧联系,一口气为英雄写了8幅书法作品。这位老人先后两次通过特快专递给吕吉山寄来作品,每一次都有老人的亲笔说明信。

王炳尧还碰到一个生命危在旦夕的癌症患者张文才,他知道了英雄的死亡档案后,委托王炳尧代他给英雄写一幅字。这幅字的内容是:芸芸大世界,活法各不同,英雄杨黑蛋,心中探照灯。

北京的一名公共汽车司机杨宪听说了大家给英雄写书法的事情后,也想请王炳尧写一幅字表示心意。这幅字的内容是:杨家又出将,上有敌无双,甘愿洒热血,后昆奔小康。

为英雄写书法的志愿者中年龄最大的是88岁的北京市民李永泽,他写完字后没有印章,王炳尧专门给老人刻了一方印章。

北京市民杨桃荣,上有老,下有小,他收入微薄,日子过得很紧,而且他的父母亲住院需要日夜陪侍。但她先后两次为志愿者悄悄地捐款,反复叮咛吕吉山,不要告诉别人。音乐指挥家曹克继,他的母亲已是82岁高龄,并且身患癌症,住在医院准备做手术,但他还是安排他的妻子张美玲医生和在大学教书的女儿曹艺,帮助张润生校长在会展地日夜加班布展。

附:《广元晚报》2013年2月28日报道

3位广元老八路长眠山西　山洞里意外发现死亡证明

都是在战场上负伤后因治疗条件有限而牺牲;发现者托晚报寻找英雄家人

反映抗战时期中条山战役的电影《咆哮无声》,讲述了800名八路军战士被数千名日寇逼着跳崖殉国的壮烈故事。因800名烈士全部阵亡,无一幸免,导致62年来竟无人知晓该段悲壮的历史。

2013年1月,中条山战役发生地山西左权县的一位农民高乃文,在打扫荒废已久的山洞时,发现了记载着83名一二九师的八路军战士的死亡证明,

其中有 3 名英烈为广元籍。74 年之后的今天，此份档案的发现者高乃文和吕吉山希望通过媒体，帮英烈们找到亲人，使其能魂归故里，两人还将为他们建造墓穴和纪念碑，让后人缅怀、祭奠。

意外发现

83 份八路军死亡证明 其中有 3 名广元人

高乃文是山西省左权县的一位农民企业家，今年1月，他在家乡购买了一块地，准备恢复地里山洞的原貌。"这个山洞曾是八路军一二九师的野战医院所在地，住过许多伤员。"打扫山洞时，高乃文意外发现了一沓厚厚的用麻绳捆扎得十分结实的发黄的纸张。

高乃文不懂这些纸张堆是啥东西，但他从资料被保存在悬崖的特殊位置判断，"这东西肯定十分重要。"于是，他将这沓纸锁在保险柜中，直到年前山西省的退休工人吕吉山到左权县考察时，这些资料才重见天日。

"纸上的字迹十分潦草，不易辨别。"吕吉山说，每张牺牲证明上都记载着死者的姓名、职别、年龄、籍贯等基本信息，尤其引人注意的是，上面还详细记载了诊断、治疗经过和死亡原因。他仔细翻阅后发现，资料中的83名战士均属八路军一二九师三八六旅、三八五旅，其中5名四川籍的战士中有3名广元人。其余两人分别是成都人向天成，巴中通江人杨中年。

发现者心愿

希望媒体帮忙　寻找英烈的亲人

吕吉山将这些珍贵的资料复印了30份，大年初一，他就带着这些资料前往北京，吕吉山告诉记者，国内很多抗战纪念馆内很少见到有如此珍贵的资料，他决定帮这些英烈找到亲属，让其能够早日魂归故里。

"我给民政部写信，希望获得他们的帮助。"吕吉山说，寄了几封信后都未获回复后。吕吉山又将希望寄托在媒体身上，并通过《北京晚报》刊登了发现83份牺牲证明的消息和烈士名单。

吕吉山告诉记者，他一直想联系四川的记者，"资料中有5名四川籍战士，其中3人是广元的。"吕吉山大胆地猜测，八路军一二九师的政委是四川人邓小平，这些四川籍战士可能是跟随他一起到山西参加抗战的。

资料记载

因未得到及时救治　3名广元籍英雄牺牲

通过这些死亡证明的资料上已变得十分模糊的字迹，记者了解到广元的3名英雄的最后时光，他们都是在战场上负伤后，因野战医院条件有限得不到及时救治而牺牲的。3名英雄的牺牲日期1939年7月至8月间。

"高天益，三八五旅七六九团三营教导员，广元县人，牺牲时年仅27岁。王家田，三八六旅七七二团一营二连班长，广元宝轮泗河人，牺牲时24岁。梁松元，三八六旅二团班长，广元县人，牺牲时23岁。"

吕吉山告诉记者，1939年正是抗战的艰苦时期，当时日军3万兵力分9路进攻左权县，一二九师在师长刘伯承、政委邓小平的指挥下打退了敌人的进攻，同时付出了惨重的代价。"资料中的多数八路军战士在战场上受伤，或得不到救治，或在恶劣的条件下因饥寒交迫而牺牲。"

事件进展

英雄高天益的资料　目前已有眉目

据《北京晚报》记者王琪鹏介绍，此事经《北京晚报》报道后，报社发起一场主题为"让英雄回家"的活动，不少读者主动提供了大量的有价值的线索。

有一名读者给王琪鹏爆料称，在左权县武乡南郊村一处小山坡上有几座坟。据当地老百姓告诉他，这些坟墓都是抗战时阵亡战士的墓，几年前每个墓前都有块小木牌刻着死者的姓名，后来小木牌不知去向，也无法确认墓主人的身份。

王琪鹏说，他在解放军档案馆和中国抗战纪念馆内查阅了大量资料后，发现一名叫"高天益"的烈士的年龄和牺牲日期与广元籍的高天益十分吻合，但他们两人的职务却不同，这令他的工作重新陷入迷宫。"其余两名广元籍英烈的资料却无从查起。"

市民政部门

烈士名录中　未查到3名英雄的记载

市民政局社会优抚安置科的一名简姓科长告诉记者，25日，应省民政部门要求，他们已翻阅了广元所有有关烈士的记录档案，均未找到高天益、王家田和梁松元的记录。"连老广元县的资料也查遍了，没有找到半点信息。"

没能找到这3名英烈的任何记录，也无法联系到英雄的后人或亲属。记者希望，若有知情者可拨打广元晚报新闻热线3999999，让我们一起寻找英雄的亲人，让他们的英魂早归故里。

记者　赵权军

实习生　王梓菡

尘封百年，光照千秋

纪念抗日战争胜利70周年是2015年我国的一件大事。有一本书的书名叫《中国战场之共赴国难》，在社会上影响很大。这本书写的就是抗日战争时期，共产党、国民党及其他军阀在国难当头时的各方心态。作者名叫李骏虎，吕吉山说，写作本书时，很有必要与李骏虎聊一聊。通过《山西日报》一位领导，吕吉山联系上了李骏虎。

李骏虎是山西省作家协会副主席、山西省青年联合会副主席。他的新作《共赴国难》出版后，山西的各大媒体都有关注，吕吉山也注意到了这本书。吕吉山在书店里没有买到，但看过书的介绍，十分赞赏。我与吕吉山刚刚认识的时候，他就一再跟我提到这本书，没想到这次终于有机会能够见到作者本人。

吕吉山对李骏虎早有关注，早年李骏虎写农村乡土类文学作品时，吕吉山就注意到他了。这次见到李骏虎本人，吕吉山很兴奋，见面前还整了整衣服，甚至梳了梳头。见面之后，在交流过程中，吕吉山问李骏虎："据我所知，你早年写乡土类作品，怎么会想到写《中国战场之共赴国难》这种历史类题材的作品呢？"

李骏虎回答说，随着年龄的增长，他的文学之路也在不断地变换方向。初时他非常喜欢王小波，受其影响很大，多写都市类作品，讲述的是自己的情感。后来觉得，作家只写自己还不行，得写大众，写芸芸众生，便突破自己，开始写作乡土类作品。可是最终他又发现，作者要写现在，写当下的社会民众，必须对当下的社会与当下的问题有所了解才行，而要做到这一点，就得有历史的眼光。因此，他开始致力于研究历史，并通过创作历史类题材，进一步提升自己。

《中国战场之共赴国难》这本书李骏虎整整构思了3年，正式写作又花费了8个多月的时间，耗费了巨大心力。吕吉山问起他的创作历程，李骏虎给他讲述了自己写作过程中的经历。刚开始写作那会儿，李骏虎就给朋友打电话、发微信，告知自己要闭关写作，不参会、不应酬，取消一切社会活动。8个多月里，他吃了整整6箱挂面，不过他觉得，创作的过程充满乐趣，比起吃喝玩乐来说，这才是真正的享受。

历史题材类作品的写作，要先搜集足够的资料才行，为此李骏虎潜心做了很多研究。为了写这部书，他至少看了几百本书，到处购置参考资料，还托朋友从台湾带书回来。书中写了近200个人物，对他们每个人他都做了研究。为对历史有更多的了解，他还实地走访，只为看一看那里的生存环境、民风民俗。吕吉山特别重视作家写作要深入生活，李骏虎的这一创作态度，让他赞不绝口。

此次拜访李骏虎，有两件事：一是请他讲一讲《中国战场之共赴国难》的创作历程，二是希望他能为83位英雄写一幅字。李骏虎的硬笔书法非常好，毛笔字多年未练，略有生疏，所以他有点为难。吕吉山说："最重要的不是这幅字写得多好看，而是因为它是由《中国战场之共赴国难》的作者写的，这有不一样的意义。"这理由说服了李骏虎，他铺纸研墨，写下了"尘封百年，光照千秋"之句。

我们遇到了哪些困难

到了山西后，吕吉山总是不停地为我联系采访对象。有一天，他带我走进《山西日报》的报社办公大楼并敲开了山西日报报业集团副社长李蜀昌办公室的门。吕吉山与李蜀昌过去并没有见过面，但见到后如老熟人一般。说起83位英雄，李蜀昌显得很激动。他说："我老父亲过去就是打日本人的老革命。"李蜀昌还特意为我们推荐了一位对写作这一题材特别有帮助的老人，并当即打电话为我们预约。最后，吕吉山向李蜀昌提出请求：希望《三晋都市报》能够派出记者做一个专访。

很快，《三晋都市报》文教部副主任李尚鸿联系到我，约定到我下榻的宾馆进行专访。前一天我们已经在《山西日报》的办公楼里交流了一个多小时，这次的专访是个补充。李尚鸿与她带的实习编辑李文鑫一起前来，李文鑫还是个大二的学生，今年7月份才进报社实习，不过很专业，很认真，采访前做了很多功课。

　　李文鑫问了我很多问题，关于之前的人生经历、创作情况，还有这次追踪采写志愿者追寻英雄的亲人的事情。她还提到了很多细节问题，其中让我印象非常深刻的是，她问我："你在追踪采写志愿者的故事时，有没有遇到过什么困难？"之所以这个问题让我印象深刻，是因为我也常常这么问志愿者。

　　在我采访的志愿者中，他们大多是这么回答这个问题的：首先说，他们没遇到过什么困难；其次再说，如果一定要说有什么困难的地方，或许就是整理资料的烦琐，追寻过程中的奔波劳累，这就是他们遇到的最大困难了。面对李文鑫的问题，我也是这么回答的，事实上我并不觉得这一路有什么困难可言。

　　采访结束后，李尚鸿因为有事先回了报社，李文鑫与我一起去了一趟榆次区。为英雄创作的书画作品已经全部装裱完成，准备在双合成食品有限公司展出，那将是我们全国书画巡展的第一站。那几天，张润生以及曹克继全家都在那里布展，他们悬挂书画作品，设计背景，已经忙了好几天。

　　我和李文鑫到了之后，帮一起做事。我爬梯子挂书画，李文鑫则给每幅作品系上绳子，便于悬挂。为了使悬挂的书画保持整齐，绳子的长度必须一致，因此，每一幅书画，在系的时候都得测量绳子的长度，并不断地进行调整。书画家们为英雄创作了近两百幅作品，都得一一系上绳子。

　　李文鑫到了之后，埋头工作，毫不埋怨，但在回去的路上对我说，尽管只工作了一会儿，她已经觉得非常累了，不过对早上问我的问题，她也有了更多的感悟。我们的确没遇到什么困难，就如系这个绳子，只是一项很简单的工作，并不困难，但是不断地系绳子，系一百两百根绳子，其实是非常累的活。

　　在志愿者追寻英雄的亲人的过程中，他们整理了尘封几十年的档案，他们在民政局翻阅浩如烟海的资料，他们走进自己毫不熟悉的报社、档案馆，这些事其实都不困难，但这些事一件件做起来其实还是很困难。

　　李文鑫深切体会到了这些困难，不过给她更多感触的是志愿者的付出，是志愿者团队的正能量，是大家的爱国情怀。这些深深地触动了她，她说："一开始接到采访任务，我只把这当成工作，但是现在我不这么想了，我决定了，一定要把这篇稿子写好！"

附：
寻魂著书颂英雄 *
访"让英雄回家"志愿者、青年作家乐文城
本报记者　李尚鸿　实习生　李文鑫

还没听够山涧小溪潺潺的水声，还来不及享受下一个红叶纷飞的秋，他们年轻的生命就这样定格在了岁月的长河里，70余年来无人知晓，鲜有问津。拂去厚厚的尘埃，翻开历史的影像，战争的硝烟虽已飘远，英烈们的灵魂却还未安息。

有这样一群人，他们自觉踏上了"让英雄回家"的旅途。他们有的艰难筹措资金，自发四处问询；有的挥毫泼墨，只为给英雄写一首赞歌；还有的认真研读所有资料，各处访问，决心用自己的生花妙笔忠实记录这段动人的故事……

83位英雄来自何处
7月底，记者在山西太原见到来自江苏的志愿者、90后青年作家乐文城，听他讲述了83位英雄以及为英雄寻亲的志愿者故事。

2009年，山西省左权县桐峪镇莲花岩景区的两名清洁工人，在景区一间崖居里，意外地发现了83份发黄的八路军战士死亡证书。岁月的侵蚀早已让证书字迹模糊，但开具的部门，依稀可见是八路军一二九师卫生部，时间为1939年。从这83张死亡证书来看，他们来自晋、冀、鲁、豫、川、陕、甘等7个省

---

*注：本篇为《三晋都市报》对乐文城的访谈。

份，其中山西籍的就有32人。他们的死亡年龄大多在20岁左右，最小的只有15岁。（后经民政部优抚局证实，其中有18名战士已被定为烈士。）

回望过去，1939年前后，八路军总部、一二九师司令部等在左权县驻扎，曾与日军进行了艰苦卓绝的战斗。1939年7月，一二九师司令部等移驻左权县东南的桐峪镇，在师长刘伯承、政委邓小平的指挥下，多次打退日军进攻，但也付出了巨大的代价。死亡证书显示，83位英烈的入院和死亡时间大多在1939年7月到12月。从时间和地点来看，他们很可能就是在这些战役期间患病、受伤，最终牺牲的。

当时，一二九师的卫生部及其医院就设在附近的桐峪镇一带。由于日军扫荡频繁，又地处太行山区，为了防止日军突袭，各医院都分散成几个医疗所，以便及时转移。医疗所又分散于民居中，莲花岩崖居可能就是医疗所设的一个点。

"我写的长篇纪实暂定叫作《寻魂之路》，这本书将在今年9月左右问世，由曾经出版过《花千骨》和《杜拉拉升职记》等畅销书的博集天卷图书公司出版发行。"乐文城告诉记者。

作为90后青年作家，今年25岁的乐文城已出版了7本著作，如《王小波传》《佛是你心中的一朵莲花：释迦牟尼佛传》《哲人王：心学大师王阳明传》等，受到了读者们广泛的关注和好评。此次参与到志愿活动中，为英雄们写作，他有着很多感触："那些英雄之中，很多都是我们的同龄人，有的比我们还小，在国难面前就敢冲上前线，尤其是在当时战争如此残酷、卫生条件等如此恶劣的情况下，而现如今的我们，在他们这个年龄，往往还依赖于家庭，缺少担当。"

"死亡证书"印证历史

记者在乐文城处，看到了这些英雄的死亡证书的影印版。在翻看一张张死亡证书时，我们仿佛看到了抗日烽火在太行山上燃烧的场景，英雄们奋勇向前的身影、患病医治乃至死亡的情形，在资料的叙述中渐渐清晰起来……

崔半根，三八六旅七七二团四连副班长，山西屯留人，24岁，死因是胸部贯通，炸伤共九处，伤势沉重、流血过多。

陈秀山，民兵，山西人，19岁，死因是败血脓毒症（大腿贯通），心脏麻痹。

韩金吾，游击支队一大队三营三连战士，山西平定人，32岁，死因是炮伤，大肢全部失去知觉和瘀血。

…………

能证明这些鲜活的生命在这个世界上存在过的，只剩下这一张张发黄的"死亡证书"。

记者发现，这83份死亡证书，死因除了枪炮伤以外，大多是急性肠炎、痢疾、伤寒、感冒等疾病。

在张德朝的死亡证书上这样记载："诊断：流行性感冒。1939年8月15日于南郊村入院，8月16日早三点钟牺牲。此人来时就不会说话，来的时间不足24小时就牺牲了，所以连队职别都不知，也未经治疗。"

那是个严重缺医少药、缺吃少穿的时期。八路军战士大多营养不良、身体虚弱，加上超负荷的行军打仗，得个感冒、肠炎，就可能被夺去一条鲜活的生命。

乐文城给记者看了他的书稿，他指着书稿的名字说："这本书的书名是志愿者吕吉山老师想出来的，'寻魂'一来是指这次志愿活动中我们在寻找英烈们逝去的灵魂，二来也是指寻找我们中华民族在抗战时期那种坚韧不拔、勇往直前的民族之魂。"

只想为他们寻个家

"2013年2月，随着83名八路军战士死亡证明名单曝光，一场寻找英烈亲人的行动在山西和河北两地展开。此后，两地志愿者及媒体根据死亡证明提供的线索，先后找到四名八路军战士的亲人。"乐文城告诉记者，"2013年3月7日，山西的志愿者们在左权县上庄村找到一二九师卫生部青年队学员宋喜成的侄子宋丙辰。宋喜成是家中二儿子。他参军走后，家人就跟他失去了联系。他牺牲时只有16岁。"

乐文城说："当时志愿者们为宋丙辰带去'宋喜成死亡证明'影印件，告诉他宋喜成的死亡原因时，74岁的宋丙辰老人无法克制自己的感情，就在志愿者们面前失声痛哭。"

当时宋丙辰告诉志愿者们，他的奶奶（宋喜成的母亲）生前总和他说起二叔，自他参军后再无音信，老人在家里苦思儿子，"现在知道了二叔的情况，爷爷奶奶在地下有知也该安心了！"

2013年3月13日，志愿者们终于找到了九团二连班长王金华的亲人。王金华是昔阳县上郭庄村人，是家中的二儿子，牺牲时28岁。王金华牺牲后，他的亲人曾得到消息，但是一直不知道他的尸骨葬在何处。如今终于有了下落，亲人们悬了许多年的心也有了归宿。

对于这些烈士的后代，志愿者们在找到他们的同时，还送上了公益慰问金和礼品，并帮助安排有劳动能力的家人到爱心企业工作。

为了英雄甘愿付出

志愿者们的活动不仅于此，还有许多书画家参与到了活动中，为逝去的英雄们题字作画，决心在全国各地办巡回展览及报告会。

乐文城告诉记者，书画家们都是义务题字作画，由于需要的作品很多，他们每天忙于书写，只求能为英雄们做一点事，"例如王炳尧老师，他以前每天只写一幅字，给再多钱都不会写第二幅的，这回为了给英雄们写墓碑和题字，都快写疯了"。

还有北京的一位书法家屈凡雪，他是一个没有双手的残疾人，只能用嘴巴叼着毛笔写字，平日以在天桥下卖字为生。就是这样生活艰难的他也加入了为英雄们写墓碑和题字的活动中，为了能写出更多的作品，他不分昼夜地写着，直到用于支撑身体写作的伤臂都磨出了血迹……

"还有一位15岁的小女孩，当时已经办好了去美国夏令营的签证，听说了这件事，连美国都不去了，一心想着为英雄们写字。英雄中最小的也只有15岁，15岁的女孩为15岁的英雄写字，这太有意义了！"乐文城补充道。

采访结束后，记者又随同乐文城一道，赶往位于晋中市榆次区双合成园区内的"纪念反法西斯抗战胜利70周年"——勿忘国耻·学习英雄报告会暨展览之太原站展厅。展厅里，志愿者们忙碌着为已经装裱好的书画系上绳子，将其整齐地挂在展厅两侧。这件工作看似简单，但实际上为了能让书画挂得高度一致，看起来更加整齐，所系的绳子必须用尺子量好固定的尺寸，其实是一件颇为烦琐的工作。

记者了解到，这些装裱的费用都是志愿者自己担负的。为了布置展厅，他们不顾暑热难耐，已经在这里工作了将近一周时间。而这些，只是志愿者很小的一部分工作。

乐文城告诉记者，为了让这本书写得更加生动厚重，志愿者吕吉山还出资为他购买了200余本关于抗战的书以备参考，"我想在书中重点展现志愿者们追踪这83个英雄时所发生的一系列事情，我觉得他们的所作所为凸显的精神是非常可贵的。"

谈起寻找八路军牺牲战士后代的意义，吕吉山告诉记者："我们并不觉得自己有多么伟大，只是觉得我们这个社会中，有责任感的人应该站出来，去做一些应该做的事情。"

我家在昆山

在山西采访的情况，我每天会在微信朋友圈里及时发布进展情况，昆山电视台《新闻夜报》栏目的杨烨看到后，就联系想要采访我。不过采访那天杨烨有事没来，由她的同事杨燕妮和摄影记者冯千里代替，后来节目在"七七事变"纪念日当天播出。

采访播出后，昆山电视台《文化昆山》栏目的管芸找到了我，想做一期关于我撰写抗战题材作品的专题节目。《昆山日报》的记者金晶也采访了我，刊发了一篇报道。一年前，金晶写了一篇对我的专访，登在了《昆山日报》上，从那以后，昆山本地的媒体才关注到了我。后来我和金晶一直有接触，互相加了微信。昆山人民广播电台主播陈崔艳也打电话给我，想要做一期节目。

抽了个时间，我还去了一趟昆山市文联，跟主席莫全明汇报，希望他能支持我在昆山办爱国主义书画展的事。他让我写了一份材料，之后申报到市委宣传部了。

昆山市美术家协会主席、昆山市侯北人美术馆馆长霍国强跟我也很熟悉，我书房的斋名就是他提写的，因此我转道也去了一趟他那边，把纪念83位英雄的事情跟他说了。

他觉得这是件非常好的事，说如果需要他做点什么，直接跟他提就好了。他的儿子霍子辰，正在我所住的张浦镇上任团委书记，也是昆山市志愿者协会的分会会长，之前我办一个公益讲座时还把他拉来，帮了不少忙。一直以来霍子辰持续不断地在参与公益活动，了解到我做的事，非常感动，要一起参与。弘扬正能量需要全社会每一个志愿者、每一个热心人士一起去参与和付出，他很愿意成为活动的推动者和传播者。

我还找到了昆山市市委宣传部宣传科科长钱笠，他也是我的老朋友，我到他办公室跟他讲了半个多钟头，把《人民日报》等媒体的报道给他看，然后他就直接带我去见宣传部副部长朱叶华。朱部长见到我非常热情，也很真诚，后来我还找过她几次，她一边听我说，还会一边记录下来。

我家所在的张浦镇的宣传办主任严婷婷和张浦文联主席顾晶晶也都支持我的工作。她们一直对我非常支持，之前我办一些活动，场地、宣传，她们都尽力为我提供。张浦镇前文联副主席、现于组织人事与社会保障局任职的龚惠强，正在建一个抗日战争题材的纪念馆，他多次与我联系，愿意随时给我提供帮助。

几个月前，我报名参加了2015年昆山十佳好青年评选，并最终入选。颁奖当天，我结识了华脉智能化工程有限公司的孟亮，他同样入选了年度好青年。

孟亮的公司主要做智慧教育这一块，昆山很多学校的硬件设施就是他们公司提供的。经商之余，孟亮对传统文化非常热爱，一直在学习和践行，正好我出的书中有一套儒释道系列人物传记，所以一见之下，我们就非常聊得来。

从山西回到昆山没多久，孟亮特地为我引荐了他非常要好的几位朋友，分别是苏州艾乐信息科技有限公司的陈海峰、昆山市锦溪镇最年轻的村书记宋磊、中威科技有限公司的陆敏岳，他们都是在各自领域事业有成的年轻人。那天聚在一起，谈起我最近在山西采写83位英雄相关素材的事，他们都很支持，还建了一个微信群，约定把身边的朋友都邀请过来，一起出力，共同为英雄做点事。

一天，昆山动漫协会的主席吴赵清打电话与我联系："书快出版了，昆山动漫协会能为此出点什么力？"吴赵清原本在昆山市张浦镇文联任职，一年前调任其他岗位。昆山动漫协会主席是他的另一个社团身份。我俩在2013年就已经相识了，正是由于他的推荐，我成为昆山市文联下属作家协会的会员，后来又加入了昆山动漫协会，成为其中一分子。

我与吴赵清相识两年多来，我在家的时候，几乎三天两头彼此见面。吴赵清在新闻宣传、文化创意和文艺创作等一线岗位工作了整整20年。其间，他还前往南京大学研究生院历史系进修了3年，主修考古和非物质文化遗产专业。他的经验、阅历、学识给了我相当多的指导和启发。在交往过程中，他也时常提到需要弘扬爱国精神的问题，因此，他会主动联系我，要加入志愿者的行列，我一点都不感到奇怪。

吴赵清知道我在山西写长篇纪实准备出版，最初问我是否需要在书中配一些漫画，考虑到书中将附上英雄的死亡证书，与漫画风格不符，我们否定了这一提议。不过他想到了另外一个更好的构思，把83张死亡证书背后的故事做成动漫短片，在全国推广。我拍手称赞，跟吕吉山说了后，他同样十分高兴，连声叫好。吴赵清正准备申请休年假，他要亲自去一趟山西，为做动画片进行实地考察，以使内容更加生动写实。

在心中祭奠英雄

从山西到北京，我又见到了"亦家人"的徐五，跟他讲了我参与追寻83位英雄的情况和进展。我们从寻找英雄的亲人、为英雄立碑，到现在举办爱国主义书画巡展，一步步推进着这件事。可让人怅惜的是，很多英雄的亲人没有找到，就如王炳尧所描述的一样，他们的灵魂仍然在云外漂泊。让英雄安息，让他们得到后人的祭拜，是埋藏在我们所有人心中共同的愿望。

当初王炳尧发出倡议——把未找到亲人的英雄认领回家，不忘英雄，每年祭奠，在他们付出生命后，得到我们后辈的感恩。史丽兰、李雅洁及其儿子王国栋、方宁、张美花等，积极响应王炳尧的号召，各自认领了英雄，徐五也表示想认领英雄，只是那段时间他比较忙，一直没有跟进，在我与他说了之后，徐五便开始构思着，怎么把这件事落实好。

最终，徐五认领了一位和他同姓的英雄，名叫徐金荣，是一二九师三八五旅七六九团特务营侦查连战士，因急性胃炎逝世。他问我说，还有多少位英雄未找到亲人没人认领？我告诉他，除了找到亲人的几位英雄外，其他的英雄，只有寥寥几人有人认领，大多数英雄还没人认领，约70人。徐五听闻沉思了起来，他觉得应该发出倡议，鼓励大家认领英雄，让他们知道后辈没忘记他们。

有了这样的想法后，徐五开始构思详细的方案。现在英雄的陵园还没有建起，认领英雄之后，每年大家并不清楚要到哪里祭拜。如果陵园建在左权，让身处外地的人到那里祭拜，也会有很多困难；在家中设立牌位祭奠，又会让很多人觉得难以接受，担心家人不理解，产生不必要的麻烦。对于志愿者来说，一定要让他们理解这件事的意义，并且在操作上较为容易实施才行。

我跟徐五讨论：我们认领英雄的出发点是什么？我想，出发点并不是立碑祭奠这种形式化的东西，在方便时我们当然应该前往祭奠，表达心意。但更多时候，认领英雄应该是精神上的，祭奠即是铭记，铭记英雄，铭记这一段历史，时刻反省自己是否承担了相应的社会责任，是否有愧于心。认领英雄是激发我们的爱国心，是督促我们做对社会有益的事。

徐五非常赞同我的看法，那天他与我住在一家宾馆，两人聊天至很晚。第二天早上，徐五便开始到处找人发出倡议，连自己平台的工作都暂且放下了。以前徐五在部队服役，对军人有着不同一般的感情，因此对这件事格外尽心。让英雄安息，他认为是他的责任所在。在以后的工作中，他也会尽力为此贡献自己的力量，他说："爱国应永久装在我们心里，落实到每一天的生活中。"

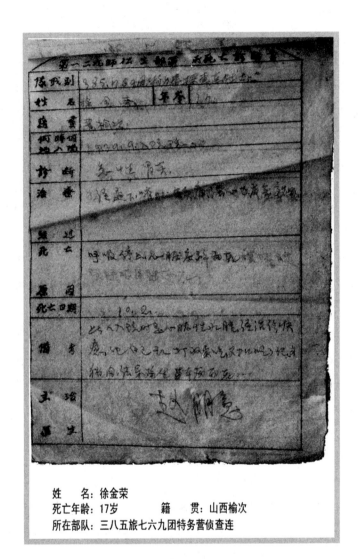

姓　　名：徐金荣
死亡年龄：17岁　　　　籍　　贯：山西榆次
所在部队：三八五旅七六九团特务营侦查连

83位英雄之徐金荣（新韵）

作者 / 陈春玲（阳泉交运职工，《寿川诗苑》编辑，山西诗词学会会员）

心存大爱有担当，勇立潮头为救亡。
驱寇何惜身早逝，探查特务卫家邦。

悼念徐金榮

徐家自古出賢達
金縷不䄂愛中華
榮宗顯祖捍大業
榆次青史映朝霞

徐安傑诗　屈凡雪口书

志愿者为英雄徐金荣创作和书写的悼念诗

六旬老人为英雄剪纸落泪

15年前，魏丽饶来到昆山，在富士康工作至今。她的家乡在山西农村，著名的"土落截击战"和"磨盘垴战役"便发生在那里。可作为那个地方的儿女，魏丽饶深深了解家乡的历史，从小听着抗日战争那段岁月的故事，让她对这段历史有着不一样的感受。因此，当她得知我在为83位抗日英雄奔走时，提出也愿意为英雄奉献一份力。

在富士康，魏丽饶隶属于工会宣传部，她先跟工会主席李红汇报为英雄做一些事的想法，李红马上让工会下面的书画社团社长罗涛联系，建议他号召社员，倡导他们创作爱国主义书画作品。罗涛说："我想到了那个年代的军人，他们很多都战死了，对我的触动很深，于是便为英雄写了一幅书法——《军魂》。"

"军魂"这两个字是罗涛灵感突现想出来的，源于他当时的感受。写这两个字时，他下笔非常重，"我想突显那种力量感，这样象征着英雄的意志力，也象征着国家的团结和民众的众志成城"。罗涛把倡议书发出去了，社团的社员魏晓峰也写了3幅书法，录的是朱德元帅和叶剑英元帅的诗。魏晓峰说："听闻这件事，我的心情很激动，所以一连写了3幅书法，以此表达对先烈的怀念和崇敬。"

富士康党委宣传部部长王荣芝回家后跟她妈妈也提起了这件事。她妈妈名叫刘彦英，老家在山东，是个老党员，以前在村子里当过村支书，一干就是20多年。对党和国家，老人有着不一样的感情。当她听女儿说起志愿者们追寻英雄的亲人的事情时，顿时情难自已："革命老区的精神还有人在传承，这太让人激动了！"

老人目前在昆山，帮女儿带孩子，空闲时会剪纸。为了缅怀83位英雄，她也特地剪了一幅作品。剪纸的时候她想到了小时候母亲对她讲，抗日战争时期，有一回母亲回她的娘家，当时刚发生过一场战斗，八九里地，尸横遍野，地上都是鲜血，走路甚至是蹚着过去的。想想那时是多么艰辛，再看现在的生活，更觉来之不易，需要珍惜。想到这些，老人剪纸时，不禁流下了滚滚热泪。

昆山台商——让军人不再落寞

结束了山西的采访后，我回到昆山。一天，我来到了朋友开的一家藏式素食火锅店，朋友名叫崔舒涵，我是通过昆山儒鸿商务咨询公司的陈轩平认识她的，相识已有数月。以前，崔舒涵经营一些红酒礼品之类的东西，久在商界，使她身心疲惫。或许是想要抽身商界，平静生活，所以她开了这样一家店。

我到店里，陈轩平也在，他已经62岁了，但仍然精神抖擞。陈轩平祖籍广东，于台湾出生长大，父亲是国民党的少将，小时候母亲想让他学木匠手艺，不过陈轩平坚持读书，后来参军，因为有一定的文化，在部队从文官做起，渐渐成了少将。陈轩平说："我觉得我父亲是一个落寞的人，以前我不懂，我小时候不懂，到了中年还是不懂，老了之后，我才开始明白我的父亲。"

在台湾的那段岁月里，陈轩平的父亲很少讲他的军旅生涯，他的母亲不懂这些，夫妇两人很难交流，他也不跟陈轩平讲。陈轩平知道这些事，很多是通过他母亲零星的讲述，不过那都是碎片化的记忆。后来，他的父亲生病住院，在逝世之前才跟他聊到了一些。从那之后陈轩平就开始想他的父亲，体会到他作为一个军人，面对着与周围的格格不入，心里滋生的落寞感。

我和陈轩平以及崔舒涵都是微信好友，我最近在山西采写83位英雄的书，他们也都知道。参与之后，我不单单只是一个作者，也跟政府部门对接，积极促成在昆山开办纪念反法西斯战争胜利70周年书画展，实现昆山与山西的文化交流。崔舒涵很愿意支持这件事，陈轩平也表示要参与，他出身于军人家庭，对之前的那段历史有更深刻的感受，所以很乐意提供力所能及的帮助。

陈轩平说："我父亲作为一个军人，那段特有的经历我们无法了解，使他感到很落寞。这83位英雄，牺牲后70多年，我们也不再记得他们，如果他们知道，也一定会感到很落寞。我觉得自己在这件事上愧对我的父亲，所以我很希望能够弥补之前的过错，通过自己的一点绵薄之力，使大家关注到这些抗日战争英烈，关注到现在还存活于世的抗日战争老兵，记得他们，让他们不再落寞。"

把追思英雄的活动一直办下去

时间到了2015年的8月10日，距离悼念抗日战争英雄的活动日已经临近。经过许多个日夜的努力，志愿者们为83位英雄创作的83份英雄墓碑碑文和悼念书法与绘画已经全部布置就绪。展厅内由吕吉山撰写的前言字字句句铿锵有力，王炳尧书写的"魂"字放置在展厅正中央，给人以震撼。

8月10日晚上7点，吕吉山给张润生打电话，请他尽快赶到元正集团太原公司，吕吉山决定在8月14日上午举行久经酝酿的"全国抗战珍贵史料巡回首展暨勿忘国耻·学习英雄"首场报告会。70年前的这一天，正是日本投降前一天，把首展和首场报告会的举办时间定在这个日子，具有非同一般的意义。

吕吉山认为，这次活动最难的问题，是在如此短的时间内能不能请来参加活动的社会各界人士。8月10日这一天，吕吉山心急如焚，他患有轻微脑梗，不能长时间写作，由吕吉山口述，请张润生执笔记录，这一夜，他们在太原元正集团公司董事长李军的办公室里彻夜撰写策划方案、新闻通稿、会议议程和需发给记者及各界被邀请参会人士的请帖。

第二天，吕吉山请来了赵光晋和山西省诗词协会的几位诗人讨论策划方案。活动时间已经一天天临近，能不能请来参会人士成为最大的问题。吕吉山想到了山西省诗词协会，一位诗人告诉他协会会长时新的手机号码，吕吉山立即给时新会长打电话。时新会长派来了诗词协会的常务副会长兼秘书长郑福太，这位领导被吕吉山请到晋中榆次的活动现场。郑先生看过后连说："确实很震撼！很震撼！"但他也说："时间太紧了，全省的诗人就不要参会了，可以为英雄写诗。"

这让吕吉山很失望，但诗词协会领导答应能够为83位英雄写诗，吕吉山也感到一丝欣慰。转眼就到了8月12日，再请谁来或确认谁能来还没有着落。为了能够请到尽可能多的参会单位，吕吉山用一上午时间亲自给山西黄河少儿艺术团总团长郭琪写邀请信，并在晚上连夜到太原给郭琪团长送去。

郭琪团长答应亲自带领分团几十个人参会。此外，吕吉山认为到会希望最大的应该是太原钢铁集团公司，他亲自给他们的工会主席、党委宣传部部长、团委书记写信。他希望太原钢铁集团这样的国有特大型企业的相关领导干部可以来纪念活动现场观摩。

除此之外，吕吉山还邀请了山西天星集团和太原市公交公司的相关人士。山西电视台得知情况后，也联系到志愿者，他们要带领小记者团队来参加活动。转眼到了8月14日，一大早，前来参加活动的人便络绎不绝，《没有共产党就没有新中国》的嘹亮歌声响彻会议大厅。

山西省著名的民营企业天星集团由董事局主席王长青带队，连同董事局副主席张玉枝、副总裁张玉胜和张小卫、集团工会主席宋俊文、监事长王长禄、总经理助理张卫龙等50多人来到会场。

太原市公交公司第四分公司在党委书记郭根喜的带领下，一行身穿公交公司工作服的汽车司机、售票员60多人也从太原来到了会场。因为只有一辆车，很多人就一路从太原站着到了榆次。

山西电视台的26位龙城小记者也来到了会场，他们一个个佩戴着龙城小记者红色绶带坐在最显眼处，成为这个会场最亮丽的一景。

山西黄河少儿艺术团在总团长郭琪带领下，有不少分团团长也来到会场。

百年老企业太原矿机集团公司的总经理纪木春此时在上海出差，派来了代表参会。

太原双合成食品有限公司的高管们身穿鲜艳的红色企业制服都来了。

《人民日报》山西分社派来了人民网山西频道的记者，新华社山西分社派

王长青与吕吉山

来了记者，《山西日报》派来了记者，《三晋都市报》派来了记者，《山西科技报》派来了记者，香港《大公报》的记者也来了，记者们一大早就赶到吕吉山指定的集合地点。

纪念活动有条不紊地展开，山西黄河少儿艺术团郭琪团长、天星集团董事长王长青、双合成食品有限公司董事长赵光晋、博桥英语培训学校校长张润生等，分别发表了演讲。无臂书法家屈凡雪连夜从北京赶到山西，现场创作了书法作品"勿忘国耻·纪念英雄"。天星集团董事长王长青被其精神感动，当场动员企业工会为屈凡雪捐款5000元。

活动结束后，媒体记者争相采访志愿者，面对镜头，吕吉山说："这是纪念英雄的作品首展，我们会要把追思英雄的活动一直办下去。"

山西天星集团董事长王长青在报告会上发言，见到无臂书法家屈凡雪后，为之深深感动，并捐赠其5000元善款（中国梦和爱国报恩书法作品由15岁的太原市外国语学校中学生李可然书写）

让英雄回家活动持续进行中

我先后几次前往山西、北京等地进行采访，采访结束后，我投入到了书稿创作中，我把书名定为《英雄归来》。确定该书名有双重意思：一是83张死亡证书重现世间，那些为了我们而牺牲的英雄归来了；二是通过这83张死亡证书，唤醒我们内心的良知和爱国情怀，我觉得这也是另外一层意义上的"英雄归来"。

几年来，志愿者为追思这83位英雄做了一些事：寻找他们的亲人，为他们立碑，办纪念他们的书画展和报告会……每一件事，志愿者的投入和付出都非常大，他们一个个也是英雄。加入到志愿者的行列中后，我感受到大家抱着极大的热情。

他们也确实做到了很多事情，那么多媒体报道，好几场隆重的纪念活动，已经形成一股洪流。当然，路还很远，还有很多事要做，很多困难要去面对。但是当我问及志愿者，没有一个说要退出的，只说他们要好好想想，怎么才能把事情做得更好。

书稿写完后，我很快与出版方签订了出版合同。当初吕吉山邀请我参与，只是希望我能够为整个事情创作一部长篇纪实作品，现在我已经完成了他所布置的"任务"，可是我不会停止前行。

另外，关于书稿还有一点说明。83位英雄来自全国各地，除了山西，还有陕西、河南等地的英雄，我们还没有能力去寻找他们的亲人，希望社会各界有能力的人一起参与，如果有英雄亲人线索，也可以与我们联系。

最后，书稿若有不到之处，还请大家批评指正。

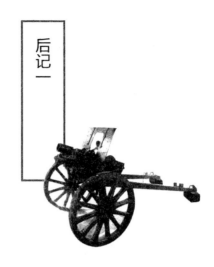

后记一

排了一小时的队，终于轮到我了。只觉得棉签在我左边胳膊上划了几下，凉飕飕的。因为是夏天，省略了捋袖子的场景。像彩排过一样，时间掐得很准，针扎进我血管的同时，我收到了一条QQ留言："后记麻烦吴老师啦。"

每年这个时候，我们都要集中组织献血，去年我没能"过关"，没献成。说实话，看到身边这么多熟悉或陌生的面孔，我心里热腾腾的，不仅仅因为我们的鲜血将注入病人的体内。QQ留言是乐文城发来的，严格说他是督促我"交作业"——写后记的。

对于83位抗日英雄，我的印象是模糊的，除了在扫描件上看过一页页发黄的死亡证书，我基本没有更多关于他们的信息。而从乐文城口中，我陆陆续续知道了吕吉山、赵光晋、王炳尧、李兆顺、张润生、曹克继等人。一连串的名字背后，都有着各自的事业和岗位，然而出于对抗日英雄的崇敬，他们走到了一起，组成了坚强的志愿者团队。搞公益、做慈善，干一些别人暂时不太理解和不太明白的"傻事"。我感觉自己与83位英雄幕后的志愿者成了神交。

终于，我被乐文城"拖下了水"。

河北大名、四川广元、河北武安、甘肃武山、陕西汉中……又是一连串的地名，他们来自大江南北，来自山区、平原，他们从四面八方统统拥进山西晋中，汇聚在左权县桐峪镇。当时的场景，不知怎样复原，只是凭自己在电影中看到的类似片段猜想：马夫病倒了，炊事员揭不开锅了，卫生员的药箱空了……日寇进攻了，我们的英雄在和敌人肉搏。瞬时，炮火声、厮杀声……随处的弹片、倒塌的房屋……我听到中国军队吹响了冲锋的号角，号声嘹亮。

70多年就这样过去了。

山西的吕吉山们和江苏的乐文城们，跃过了几十岁的年龄界线，打破了1000多公里的地域阻隔，并肩前行。缅怀先烈，并非要记住仇恨，更多的是要让中华儿女团结一心，弘扬正能量，让每一个中国人生活得更加精彩。

同样令人欣慰的是，就在我献血的现场，也有来自全国各地，相识或不相识的志愿者，为我们的血库输送着自己的满腔热情。虽然我们只是一个小小的点，但千千万万个点，必将组成一个大大的圈。

我想，许多人会和我一样，与更多的志愿者成为神交，与83位抗日英雄成为神交。

吴赵清（作者系昆山市动漫艺术家协会主席）

2015年8月5日

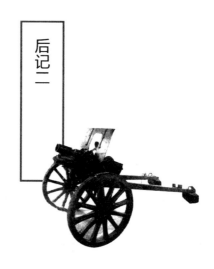

后记二

文化的力量

我名叫乐文城，来自江苏昆山，是一个很普通的青年作家。除了粗浅的写作能力，我也没有别的才能，所以一直觉得，加入志愿者中后，我的贡献太少了，付出太微不足道了。我做的还远远不够。

机缘巧合，我认识了吕老师，听他讲起83位英雄的事，非常感动，于是加入到志愿者团队中，决定撰写一部长篇纪实作品，让英雄的故事传播出去，让英雄的精神传承下去。我先后几次往返于北京、山西和昆山等地，听志愿者讲述两年来大家做了哪些事情。随着采访的深入，我有了越来越多的了解，也一次又一次地受到感动。

新中国成立以来，战争离我们远去，作为一个出生于20世纪90年代的青年人，我对此缺少直观的感受，我想大多数年轻人会和我一样。"七七事变""九一八事变""南京大屠杀"，最初都是从教科书中得知的。教科书里的描述，让我对日军的残暴感到无比愤怒，我相信这种愤怒在每一个学生心中都会滋生。

然后，现在我已经不满足于知道当时发生了哪些事，更想探究明白这些事情为什么会发生，日军为什么会如此残暴。我们可以从很多角度来解释日军侵华的原因，可背后更重要的，我认为是"文化的力量"。吕老师一再向我推荐的《南京大屠杀：第二次世界大战中被遗忘的大浩劫》一书，该书作者想要揭示的，同样也是文化的力量。"文化的力量可以规范社会对人的约束，也可以剥去这些约束，使人变成魔鬼。"

这次办爱国主义书画巡展，包括我写长篇纪实，正是希望通过文化的力量，来改变当下社会的不良风气。通过悼念英雄、感恩英雄、学习英雄，让大家拥有感恩之心，找到责任，倡导和平。我们要感恩，因为英雄为国家奉献了宝贵的生命。我们要负起责任，建设我们伟大的祖国，因为我们是从先烈的手中接过这样一份事业的。我们要让世界和平，因为战争的残酷历历在目。

在中国人民抗日战争暨世界反法西斯战争胜利70周年之际，中国包括世界上其他很多国家都在举办各种纪念活动，为了让人们铭记历史，避免重蹈覆辙。纪念战争，是为了远离战争，纪念战争，是为了和平。我在书中写到了一个15岁的女孩李可然，她为了给英雄创作书画作品，放弃了去美国参加夏令营的机会。采访她的时候，她也提到，反思历史不是为了延续仇恨，当时的中国民众是受害者，当时的日本民众同样也是受害者，历史的罪责更不应该让现在的日本民众来承担。我们应该忍痛去宽恕、去和解，让战争的阴霾不再笼罩大地。

回到昆山，我还联系了相关政府部门和一些当地企业，我甚至有一个近乎天真的想法，想去动员日籍人士也参与到我们的活动中。后来经朋友介绍，我认识了一位台湾的朋友，姓林，是一位50岁左右的老师，她是一名企业家。日本占领台湾期间，她家隔壁就住着一户日本人家，他们相处得非常融洽，那家人在日本政商两界都有很大的影响。林老师说，她可以帮我联系那家人，但我得有充足的理由先说服她。

后来我给林老师写了一封邮件，跟她说明我们办这些活动的主旨。在邮件里，我还对林老师说："相信您一定读过西班牙作家塞万提斯的不朽名著《堂吉诃德》，那位瘦小的老先生，试图凭自己的一己之力恢复人类的黄金时代。

他穿上粗制的盔甲，扛着一杆枪就出门了，一路上他从来没有取得过胜利，可是他也从来没有放弃过自己的梦想。我们的志愿者，每一个人都怀着堂吉诃德式的勇敢，尽管我们只是民间力量，尽管我们的能力是那么有限，可我们还是义无反顾，我们从不放弃，因为这是善良和正义的所在。"

我们的志愿者中，像吕吉山老师，身体并不是很好，却日夜为此事奔波；像赵光晋老师，她的企业如此艰难，却毫不犹豫地付出；像王炳尧老师，耗费心血，为每一位英雄写碑文，写了那么多书法作品，去了美国后还始终牵挂着这件事；像张润生老师，放弃了带团出国的挣钱机会，反而自己出钱又出力支持这件事；像曹克继老师，家人在布置纪念英雄的报告会会场时，母亲正在医院接受手术；像屈凡雪老师，失去双手，在桥底下卖字为生，却为英雄连着写了3天的书法，以至于双肘磨出了血泡……还有许许多多的志愿者，太多太多了，每当想到他们的奉献精神，都让我感动万分。

我的书，记录了这些志愿者的故事，我想通过这些故事告诉大家——感恩、责任与和平是我们每时每刻都可以践行的。哪怕我们能力有限，我们也总还可以去做一些事，而每个人都奉献一分力量，这个社会就会有很大的改变。本书的出版对我来说，暂且算是完成了一项阶段性的任务，但我不会停止作为志愿者的步伐。我们也希望有更多的社会力量能参与进来，一起用文化的力量，建设国家！

附

对话吕吉山：寻找失去的灵魂，撬动信仰的力量

当这本书即将完稿之际，我与吕吉山老师展开了一次对话，重新回顾了英雄的死亡证书被发现后大家进行的一系列行动的整个过程。下面是我整理的对话录音。

我：从2013年1月在左权县发现83份死亡档案，迄今为止这几年来，您为什么一直要做这件事？

吕吉山：应该说是源于一种触及灵魂的碰撞而后激起的火花，并想把这种火花点燃的愿望。这是一种什么样的火花？我以为：83位英雄是不愿做奴隶的前辈先驱，以自己的血肉之躯前仆后继，他们用自己的鲜血和生命，筑起中华民族新的长城。这83位英雄没有活到抗日战争胜利日本投降那一天，更没有活到1949年10月1日开国大典那一天。也没有能够获得勋章、奖章，或者得到什么职位，他们中的绝大多数战士，没有娶妻，没有生儿育女。这83份死亡档案里，有3位英雄的年龄只有15岁。15岁的年龄，对今天的孩子来说，是什么概念呢？也就是正在上初中三年级。今天有太多15岁的孩子可以说过着衣来伸手、饭来张口的生活。不仅是15岁的孩子，就是18岁考上大学以后，好多孩子还是需要父母带着行李送到学校，这样的情景在我国大学校园早已经不是新闻。甚至就连大学毕业以后，硕士或博士毕业以后，"啃老族"也有的是。至于学到本领以后，愿意到艰苦的地方去、到祖国最需要的地方去的人更是微乎

其微。以北京地铁为例，就说早高峰，如果不是你亲身体验，你想象不到有多么拥挤。如果是一名孕妇，那是绝对不能在此时乘坐地铁的，那会十分危险。我叙述这么多，主要想表述的是，今天的学生毕业以后，不管你是什么学历，似乎都在说找工作难。实际上，现状是：在很多地方，大量的事没人干，大量的人没事干。而在北上广，则聚集了过多的人才。而1939年去世的这83位英雄，他们在国难当头时，不管年龄多大，即使只有十三四岁，也都奋不顾身地冲上前线去了。过去我们国家曾经大力倡导青年到祖国最需要的地方去，那时能够到祖国最需要的最艰苦的地方去会成为一种光荣、一种自豪，那样的青年将成为先锋模范人物。到今天，如果有一个人这样去说或去做，社会上就会有人说他是傻子。那么，这83位英雄赴汤蹈火、为国捐躯，也是傻子吗？肯定不是。但今天有谁去把他们这种精神再弘扬起来？我感觉，这是我作为一个公民的责任。

我：您认为83份英雄的死亡档案背后具有什么样的教育意义？

吕吉山：回答这个问题之前，我首先要回顾一个供奉在日本靖国神社的日本战犯，他叫板垣征四郎。日军侵略我国时，在日军第二师团干部会上，他讲了一段我们中国人今天必须牢牢记住的话。他说："中国是一个大不相同的国家，一般民众的国家意识是很淡薄的，无论是谁在掌握政权，谁掌握军队，这都无碍大局。"可以说，这个日军指挥官对中国当时现状的了解极深，这也许是日本敢于乘虚而入并发动"九一八"事变、卢沟桥事变、淞沪战役等侵略行动的其中一种资本。作为一个公民，想想、看看今天之社会，今天之国家，不知道还有多少人具有国家意识？在工厂，我看到一些企业的工人不太喜欢做工，更愿意到股市去炒股或做买卖赚钱。在2015年8月14日前后，我组织的纪念抗日战争胜利70周年报告会上，有一批大学生听了我的演讲，现场我提问了3位大学生他们的理想是什么。第一位答："赚钱。"第二位回答："赚大钱。"问到第三位时，这位大学生还是回答"赚钱"。报告会结束后，有上百名大学生加了我的微信，但会后，没有一位大学生就报告会的内容与我进行交流或沟通讨论。当天却有一位大学生的家长给我打来电话，这位妈妈说她的孩子晚上给她打电话，要她加我的微信。我问后才知道，这位大学生的妈妈热爱剪纸和书法，那位学生希望妈妈也通过剪纸和书法参与纪念83位英雄的活动。此外，参会者中有一位已经70岁高龄的山西省总工会退休老干部，我请他现场朗颂了他写的纪念南京大屠杀的一首长诗。晋中市委统战部一位副部长参会后异常激动，回家后不仅一口气写了多首悼念英雄的诗词，还立即组织了几十位诗人到左权县发现英雄死亡档案的地点采访、采风。在她的影响带动下，全省有83位诗人用写作的方式悼念英雄，包括山西省诗词协会会长。从以上两个事例看出：同一场英雄报告会，参加的人都在听，最后反映出的国家意识却大不相同。所以，我就想通过更多这样的报告会，去唤醒更多人的国家意识，这是我的社会责任和使命。

我：我看到当时报告会上大屏幕上的标题主要意思是抗日战争珍贵史料全国巡回展和"勿忘国耻·学习英雄"报告会，即一方面是巡展，另一方面是组织学习英雄的报告会，这样策划和安排，是要体现什么？

答：在20世纪20年代，陈独秀、李大钊等我国的革命先驱创办了《新青年》杂志，其主要用意是要用一种先进的思想影响社会、影响人们，唤起更多人不做亡国奴的精神。我策划举办这个展览和报告会，目的很简单，就是影响更多的人，多一些正能量，多一些"国家意识"，激发更多的人在英雄死亡档案面前有一些忏悔之心和感恩之念。我看到，今天我们的好多宣传工作，尤其是属于爱国主义题材的教育内容，苍白说教比较多，生动鲜活的少。一个重要原因，我认为就是缺少创新教育。我觉得，把1939年去世的83位英雄的死亡档案，原原本本地搬上展览展室，搬入会场，本身就是一个震撼。因为死亡档案没有经过任何包装，它们诉说着一个又一个鲜活的生命在残酷的战争时期，不是因为病得很重无可救药，更多是因为那个时候缺医少药，是残酷的战争让英雄眼巴巴地死去。可以说，只要是一个正常人，只要看到这些死亡档案，没有不为之动容的。关于忏悔话题，我也有一些感想。我有一个朋友，能力特别强，过去是一个县的县委书记，在他担任县委书记3年期间，他用辛苦和智慧在那个县创造了辉煌，让老百姓过上了比过去好很多的日子。在他被提拔以后，我再三请他把一些关于当地清官的历史素材改编成电影或电视连续剧，但他没有认真采纳或并没有把它当回事去做。因为他的骨子里并没有把震撼心灵的教育当作一件必须去做的事情，只是整天忙于与政绩相关的事。结果，他历来因为没有克制自己贪婪的欲望而锒铛入狱。如果这位友人也能够在英雄死亡档案面前对自己的灵魂进行反思和忏悔，至少会多多少少触动他，减少一些贪婪的念头。我不敢说任何一个人看一看这些死亡档案就会有忏悔之心，但至少会受到一次深刻的教育。所以，我办这个展览，一个重要原因是让更多的人在英雄面前能够有些许忏悔之心。

我：在2015年4月24日，您策划的"悼念英雄·感恩英雄·学习英雄"报告会，我觉得在会上特别强调了"感恩"二字，您如何看待今天我们对早已经去世的八路军战士的感恩的？

吕吉山：我到书店买了一本书，是作家张纯如的《南京大屠杀》。读了这本书对我最大的启发就是：如果你软弱，你就会灭亡。由于缺少抵抗，日军对南京守军和市民进行了惨无人道的大屠杀，被杀死的人血流成河，有人做过计算，流的血大约有2500吨。被杀死的人如果手拉手站在那里，等于从南京到杭州的距离，那些尸体可以装满2500个火车皮。看了这本书，就会知道什么是亡国奴的结局。只因为国家有这些八路军英雄，他们不怕抛头颅洒热血，为了民族、为了国家不受屈辱，他们豁出去了，他们一个个献出了自己宝贵的生命。所以，今天我们过上如此幸福的生活，对这些英雄感恩是做人最基本的要求。

我：我看到在展览现场主席台两侧有两句话很醒目：天下兴亡，匹夫有责；从我做起，从现在做起。请您说一下为什么要把这两句话在此次展览和报告会上隆重突出呢？

答：办这个展览和报告会，我的初衷和最主要的目的，就是要把学习英雄的活动落实到每一个参观过、听过报告会的人身上，希望此次活动对他们能起到一定的教育作用。活动效果的实现已经有很鲜活的事例。前面提到的15岁的太原市外国语学校女中学生李可然，就是受到83位英雄的影响，放弃去美国旅游而自己创作绘画和书法作品来悼念和讴歌这些英雄。参加这个展览并亲自创作了相关作品的志愿者，有年龄最小的写了"学英雄"书法作品的6岁孩子，有年龄最大的93岁的老人，还有癌症患者。一位83岁老人的接二连三写了8幅书法纪念英雄。山西民营企业天星集团的董事长领导着一个一年销售额20多亿的企业，他参加了两次纪念活动后，一口气写了7幅书法赞扬英雄的精神，并且带领企业的50多名高管参加报告会并当场为残疾人捐款。

我：距习近平总书记阅兵已经过去了一个多月，纪念抗日战争胜利70周年的活动是不是已经进入尾声？您还计划把关于83位英雄的展览和报告会继续办下去吗？

吕吉山：其实，我们身边学习英雄的先进个人比比皆是。只是由于种种原因，我们对他们似乎看到的不多。比如，最近我在内蒙古阿拉善沙漠地带，就看到了这样一个群体，他们是国内一批十分爱国、有爱心、有社会责任感的企业家。早在2003年，就由原北京首创国际集团公司总经理刘晓光率先倡导并发起，在内蒙古阿拉善地区创办了阿拉善生态协会，参加协会的会员需要每人缴纳10万元人民币，并定期到阿拉善等地去自费进行环保公益活动。刘晓光今年60岁，他曾经跪在一个当地人称"兔子不拉屎"的荒漠地带，对天发誓，要尽毕生精力，动员更多的人参与到改善生态环境的队伍中。他给柳传志、王石、任志强等著名企业家打电话，要求大家全部响应并参与到他倡导的生态保卫战当中去。从他担任第一任会长以来，迄今已经10多年，他们一直在接力。2015年10月13日，刘晓光、任志强，还有高度残疾的韩震寰等100多位企业家，从祖国的四面八方来到阿拉善，他们在沙漠里挑水种植梭梭。他们在1016亩的沙漠地带种上了节水小米，并命名为"任小米"向市场出售。我想，这个学习英雄的报告会，最应该让刘晓光们在全国演讲，我们去做各种准备工作，为他们向全社会传播正能量做好铺垫准备工作。民间涌动着太多的正能量，只是没有更多的发现和宣传。灵石县侨联主席王豪文，是他默默地在过去的两年中自觉地参与到刘晓光、任志强等人的环保公益事业中。王豪文在阿拉善沙漠默默地在水车上用水桶接水，默默地与志愿者挖坑种梭梭。王豪文还在阿拉善沙漠现场，无数次地向任志强、刘晓光等人请教，如何在他的家乡开展阿拉善生态协会山西系列活动。元正集团董事长李军，在过去的4年来，在新疆吐鲁番投资旅游地产，遭遇人为的恶劣投资环境，企业和他个人在经济上遭受惨重损失，好多人怂恿他组织职工去集体上访，到当地政府门口去围堵。但李军坚持没有这样去做，他说，新疆是一个少数民族聚居的地区，我们作为商人不能仅仅考虑自身的利益，更要考虑大局，考虑国家的安定团结，把国家的利益放在第一位。李军是这样说的，也是这样做的。4年后，李军的先进事迹被新来的市委书记知道了，市委领导亲自接见企业主要负责人，对他们的高风亮节深表敬意。目前问题已经得到初步解决。所以，我下一步要把刘晓光、李军这样的好人和他们做的好事，尤其是那些鲜为人知的好人好事，讲给大家听：今天我们该如何学习英雄？

附

83张死亡证书对应的英雄的完整名单

职别	姓名	年龄	籍贯
三八五旅七六九团一营一连战士	张双义	25岁	河北赵县
三八五旅七六九团二营九连战士	高起考	28岁	山西昔阳
三八五旅七六九团三营机关连班长	安学珍	33岁	河北邢台
三八五旅七六九团特务营侦查连战士	徐金荣	17岁	山西榆次
三八五旅七六九团炮兵连马夫	张双林	43岁	山西
三八五旅七六九团二营五连	杨金□	20岁	（字迹已无法辨识）
三八五旅七六九团一营二连班长	杨上有	23岁	河北任县
三八五旅七六九团二营七连战士	李德仁	34岁	河北元氏
三八五旅七六九团二营八连战士	刘保林	22岁	河南
三八五旅七六九团三营教导员	高天益	27岁	四川广元
三八五旅七六九团七连排长	张世孙	25岁	陕西汉中
三八五旅七六九团三营九连战士	崔珠朝	23岁	山东
三八五旅七六九团特务连班长	向天成	31岁	四川成都
三八五旅九团战士	王金马	22岁	山西辽县杨家庄
三八五旅九团三营十一连战士	吕喜林	22岁	山西和顺
三八五旅九团团部炊事员	马传山	39岁	河北
三八五旅补充团炊事连班长	翟正江	36岁	河北武安

三八五旅一团新兵连战士	魏狗子	34岁	河北
三八五旅一团一营一连战士	毛正维	22岁	山西
三八五旅二团三营七连排长	李满仓	24岁	河北束鹿田家庄
三八五旅二团十一连伙夫	石中油	45岁	河北束鹿
三八五旅新二团十一连文书	李芬明	32岁	山西
三八五旅电台饲养员	王金水	38岁	山西武乡朱家庄
九团二连班长	王金华	28岁	山西昔阳县上郭庄
九团三营十二连战士	范规树	34岁	山西和顺
三八六旅七七一团号员	张岐顺	16岁	山西盂县
三八六旅七七一团四连战士	段书同	18岁	河北大名
三八六旅七七二团一营二连班长	王家田	24岁	四川广元四河
三八六旅七七二团四连副班长	崔半根	24岁	山西屯留
三八六旅七七一团团部管理班长	闻胜隆	27岁	河北永年
三八六旅七七二团二连班长	杨子云	25岁	甘肃武山
三八六旅七七二团三营九连副班长	原守金	42岁	山西陵川
三八六旅七七二团二营五连班长	李昌好	22岁	山西长治
三八六旅七七二团九连战士	崔永清	23岁	河北威县
三八六旅补充团炊事员	张富贵	43岁	山西平顺县其己村
三八六旅补充团公务	李其家	15岁	山西黎城
三八六旅补充团战士	李全生	26岁	山西潞城
三八六旅部运输班长	杨中年	26岁	四川通江
三八六旅七团三营八连战士	宋大营	27岁	山西太谷
三八六旅二团班长	梁松元	23岁	四川广元
三八六旅二团二营班长	赵小丁	24岁	山西黎城县北坡村
一二九师政治部民运部工作员	祁一林	20岁	山西平遥
一二九师卫生部青年队学员	李景荣	17岁	河北磁县彭城
卫生部青年队学员	宋喜成	16岁	山西辽县东乡上庄村
卫生部三所医生	高振起	36岁	河北获鹿

卫生部护卫连战士	王玉贞	29岁	河北沙河
卫生部青年队副班长	张士堂	17岁	河北
卫生部青年队战士	张双保	15岁	河南内黄县澎古村
青年队战士	顾正荣	15岁	河北束鹿三区北乡北口营村
师供给部合作管理排长	张德朝	30岁	未知
供给部炊事员	董存德	20岁	山西武乡洪水镇
供给部教育干事	王有声	28岁	河北南郭县北马村
总部供给部工人	徐文维	20岁	河南孟津
总修械二所修械组组长	崔利霞	36岁	河北深县
政治部炊事员	杨黑旦	29岁	河北涉县杨家庄
骑兵团副班长	李超群	23岁	河北巨鹿进虎寨
总工厂工人	周代章	29岁	未知
总工厂工人	张洪礼	24岁	山西晋城
总工厂工人	牛双孩	20岁	山西黎城
总兵工部工人	李永福	不详	不详
随营学校学员	贾浦江	32岁	山西平顺
师医务训练队员	秦庆普	18岁	河北青县廖庄
一兵站炊事员	莫义和	45岁	山西比县
游击支队一大队三营三连战士	韩金吾	32岁	山西平定
独立旅第三团战士	董结贵	23岁	山西壶关
随校马夫	李少荣	20岁	山西襄垣
师部特务团战士	王合新	28岁	河北磁县
军区司令部通讯（信）员	张享顺	17岁	河北沙河
司令部随营学校学员	牛福庆	28岁	山西陵川县蒲水村
军区独支二大队一营一连连长	刘文炳	20岁	河北武安
先遣支队第二大队一中队一连战士	张凤岗	31岁	河北任县
先遣支队第二大队战士	吴青章	24岁	河北唐山

先遣支队特务营一连通信员	白云山	27岁	河北武安
清纵三团三营教育干事	张荣祥	24岁	河北邢台
清三团一营二连战士	杨文海	36岁	河北
清三团二营三部夫伙（伙夫）班	誉马夫	41岁	山西
清三团二营六连战士	李福营	41岁	河北
清三团三营九连战士	赵林保	23岁	山西
清三团供给处通信员	陈保山	17岁	山东
民军	陈秀山	19岁	山西
不详	张富门	50岁	河北宁晋
未名（一）			
未名（二）			

附录　更多英雄的死亡证书
和悼念他们的书画作品

　　83位抗日英雄的死亡证书被发现后，志愿者、媒体，还有许多的热心人士和诸多单位都参与到了寻找英雄的亲人、发扬英雄精神的行动中。经过大家的努力，其中几位英雄终于得以"回家"，亲人将会年年祭拜他们。但很多英雄的亲人依然等待着他们的消息，而这些战士也在等待着重归故里。我们将本书前文未提到的英雄的死亡证书和悼念他们的书画作品附于书后，让更多的人了解这83位英雄，让我们铭记他们。同时，如有英雄的亲人看到，请尽快联系我们。

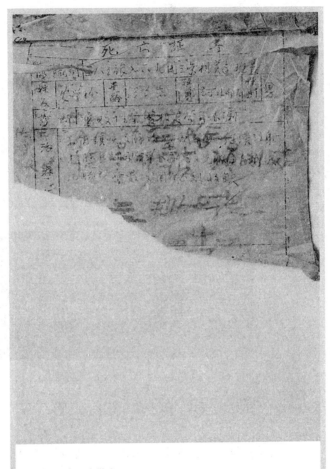

姓　　名：安学珍
死亡年龄：33岁　　　　籍　贯：河北邢台
所在部队：三八五旅七六九团三营机关连

83位英雄之安学珍

作者／郭玉恩（榆社县诗词学会副会长）

炮火起清漳，英雄战太行。
山崖存档案，河北好儿郎。

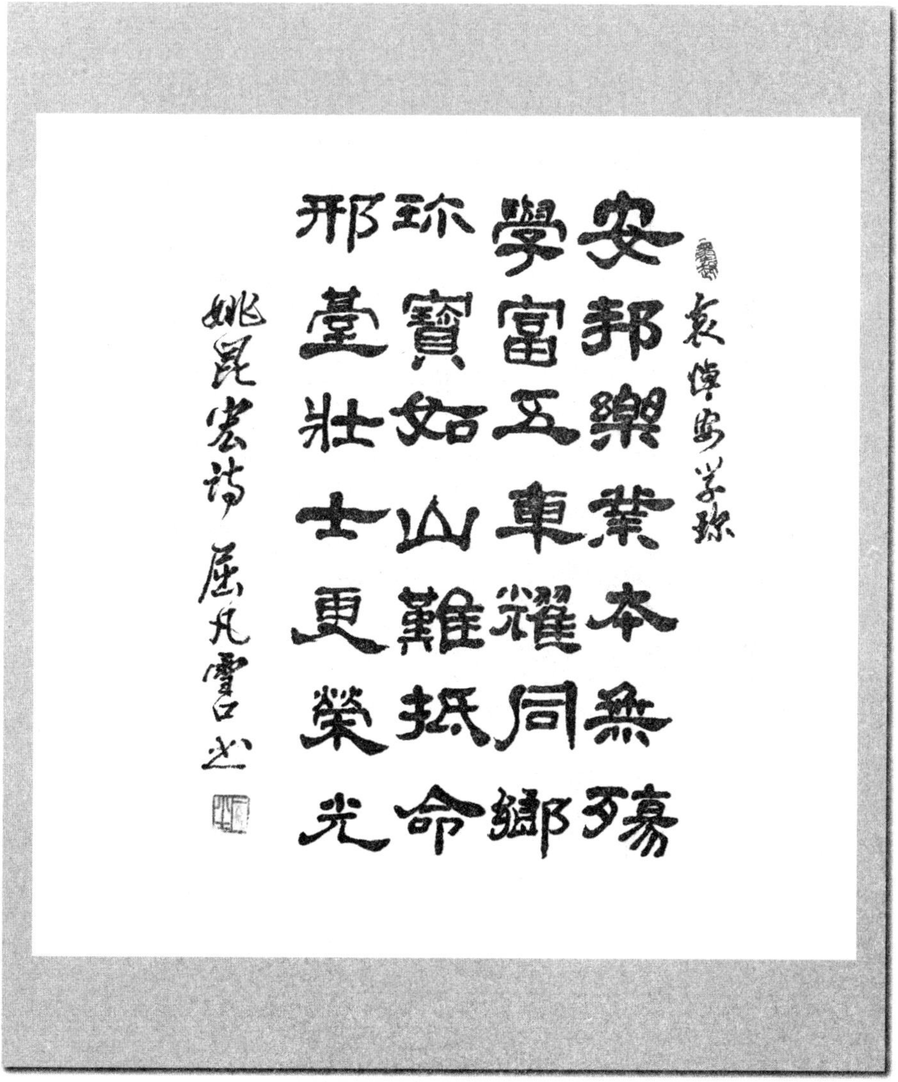

安邦乐业本无殇
学富五车耀同乡
珍宝如山难抵命
邢台壮士更荣光

哀悼安学珍

姚昆宏诗 屈元宝书

志愿者为英雄安学珍创作和书写的悼念诗

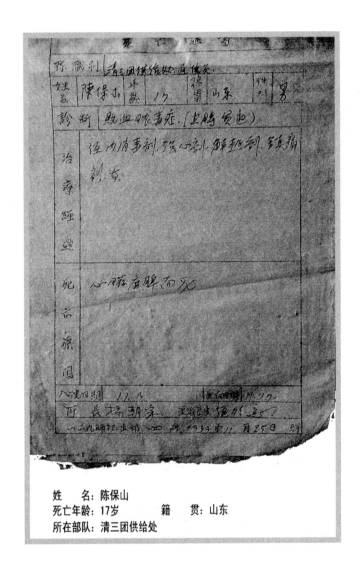

姓　　名：陈保山
死亡年龄：17岁　　　　籍　　贯：山东
所在部队：清三团供给处

83位英雄之陈保山

作者/尹昶发（中华诗词学会会员，山西诗词学会顾问）

山东大汉气昂扬，报国离家上太行。
埋骨何须桑梓地，莲花岩下姓名香。

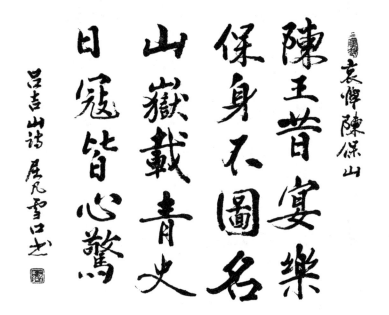

志愿者为英雄陈保山创作和书写的悼念诗

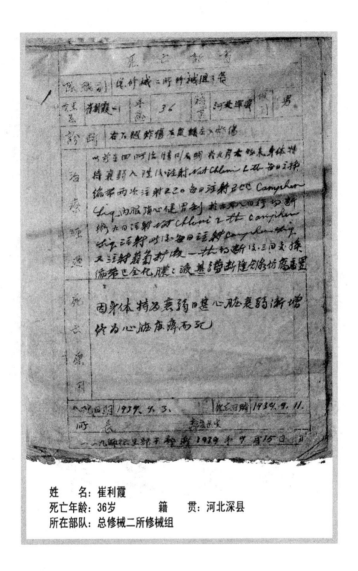

姓　　名：崔利霞
死亡年龄：36岁　　　籍　　贯：河北深县
所在部队：总修械二所修械组

83位英雄之崔利霞

作者 / 韩鲜芬（榆社诗词学会会员）

男儿有志保边疆，热血一腔洒太行。
七十风寒犹未冷，魂归故里慰爹娘。

志愿者为英雄崔利霞创作并书写的悼念诗

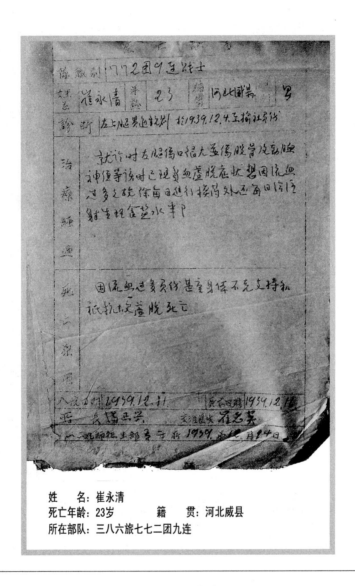

姓　　名：崔永清
死亡年龄：23岁　　　　籍　　贯：河北威县
所在部队：三八六旅七七二团九连

83位英雄之崔永清

作者/郝金樑（中华诗词学会会员，山西唐槐诗社《唐槐吟苑》常务副主编）

清风起太行，细雨惹秋凉。
抗战依依事，遗存历历张。
嗟乎哀阵雁，叹哉哭崔郎。
此证流芳久，扬名为国殇。

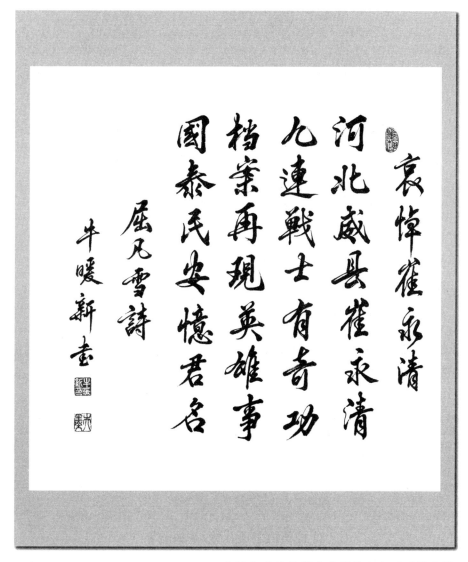

哀悼崔永清

河北威县崔永清

九连战士有奇功

档案再现英雄事

国泰民安忆君名

屈凡雪诗

牛暖新书

志愿者为英雄崔永清创作和书写的悼念诗

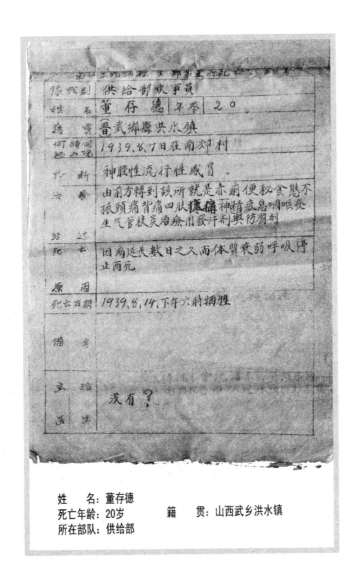

姓　　名: 董存德
死亡年龄: 20岁　　　　籍　　贯: 山西武乡洪水镇
所在部队: 供给部

83位英雄之董存德 （新韵）

作者 / 常保玉（榆社诗词学会会员）

旧纸记沧桑，英名分外香。
军魂归故里，大地换新装。

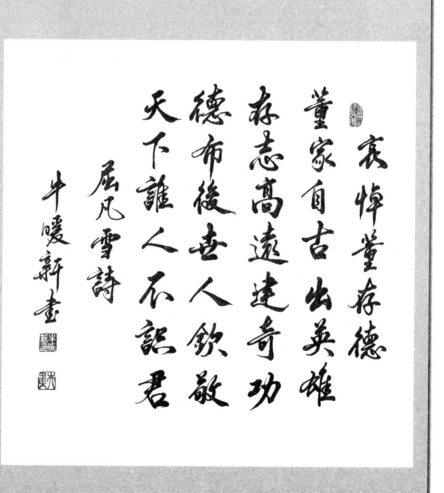

哀悼董存德

董家自古出英雄

存志高远建奇功

德布後世人钦敬

天下谁人不识君

屈凡雪诗

牛暖新书

志愿者为英雄董存德创作和书写的悼念诗

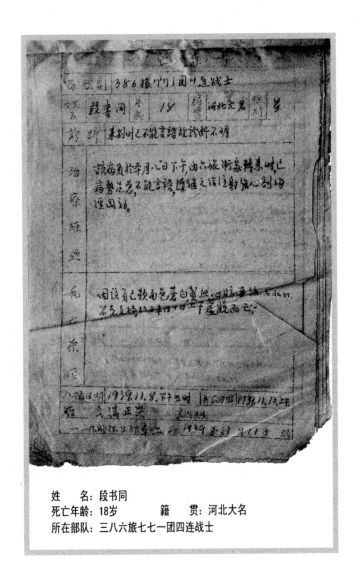

姓　　名：段书同
死亡年龄：18岁　　　籍　　贯：河北大名
所在部队：三八六旅七七一团四连战士

83位英雄之段书同（新韵）

作者 / 孙玉芳（榆社诗词学会会员）

燕蓟男儿扛起枪，英雄浴血战豺狼。
魂归故里迢迢路，唯愿亲人早返乡。

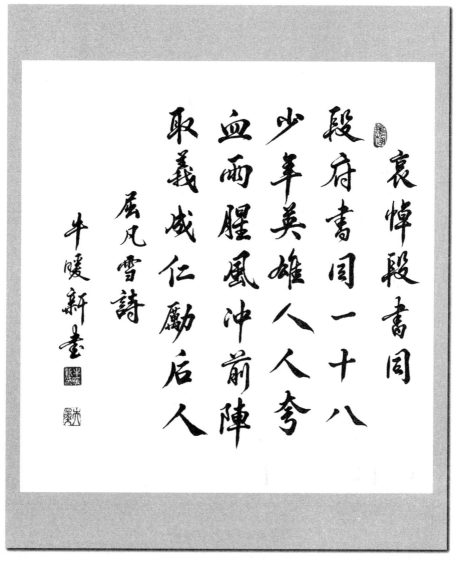

志愿者为英雄段书同创作和书写的悼念诗

姓　　名：范规树
死亡年龄：34岁　　　　籍　　贯：山西和顺
所在部队：九团三营十二连

83 位英雄之范规树

作者 / 常立英（中华诗词学会会员，榆社诗词学会副秘书长，晋社社员）

峰碧层林静，溪明荡血痕。

长眠从此处，自可慰英魂。

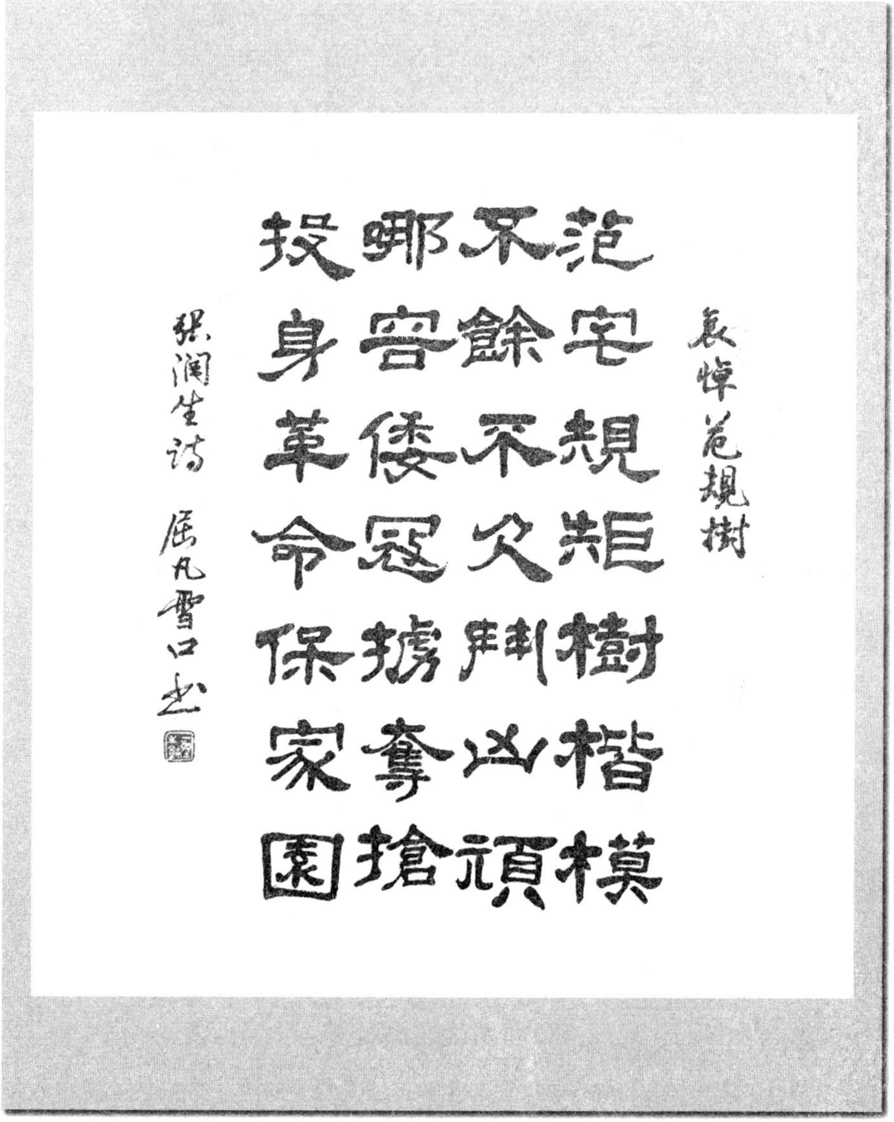

长悼范规树

范宅规矩树楷模
不馀不欠斗凶顽
哪容倭寇掳夺抢
投身革命保家园

张润生诗 屈凡雪口书

志愿者为英雄范规树创作和书写的悼念诗

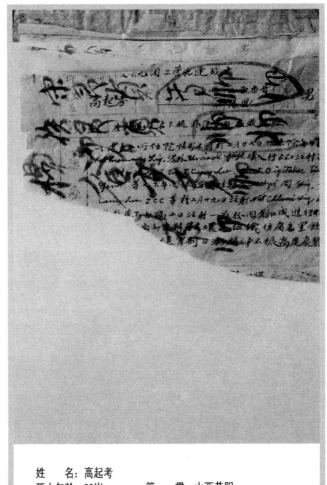

姓　　名：高起考
死亡年龄：28岁　　籍　　贯：山西昔阳
所在部队：三八五旅七六九团二营九连

83位英雄之高起考

作者/李爱莲（中华诗词学会会员，榆社诗词学会副秘书长，榆社《文峰》杂志编委，晋社社员）

崖岭黯然别，埋名七十秋。
风前数行泪，拾叶写清讴。

志愿者为英雄高起考创作和书写的悼念诗

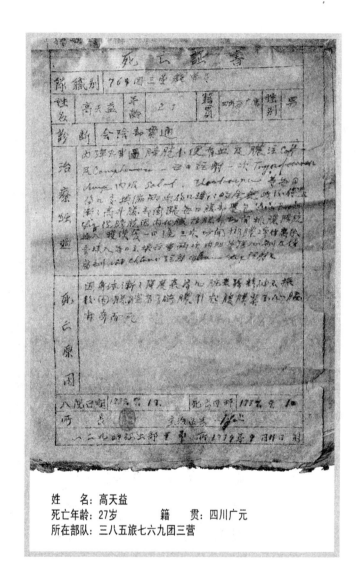

姓　　名：高天益
死亡年龄：27岁　　　　籍　　贯：四川广元
所在部队：三八五旅七六九团三营

83位英雄之高天益

作者 / 田晓珍（榆社诗词学会会员）

片纸藏山记国殇，莲花血染更芬芳。
弹穿肉体身虽去，魂系高天益我疆。

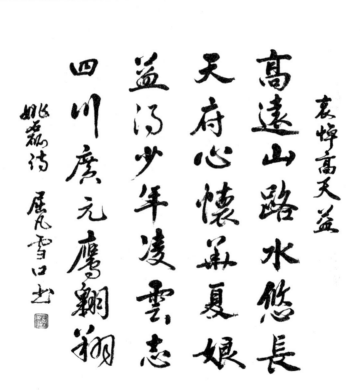

哀悼高天益

高远山路水悠长
天府心怀华夏娘
益泗少年凌云志
四川广元鹰翱翔

姚磊诗　展雪口书

志愿者为英雄高天益创作和书写的悼念诗

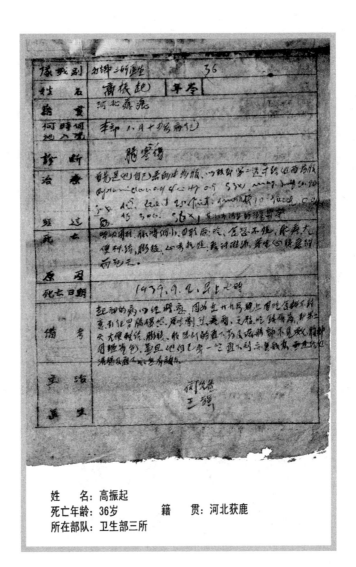

姓　　名：高振起

死亡年龄：36岁　　　籍　　贯：河北获鹿

所在部队：卫生部三所

83 位英雄之高振起

作者 / 岳贵春（榆社诗词学会秘书长）

冒死扶伤日夜忙，风餐露宿结寒肠。

国仇未报身先逝，石隙当棺万古扬。

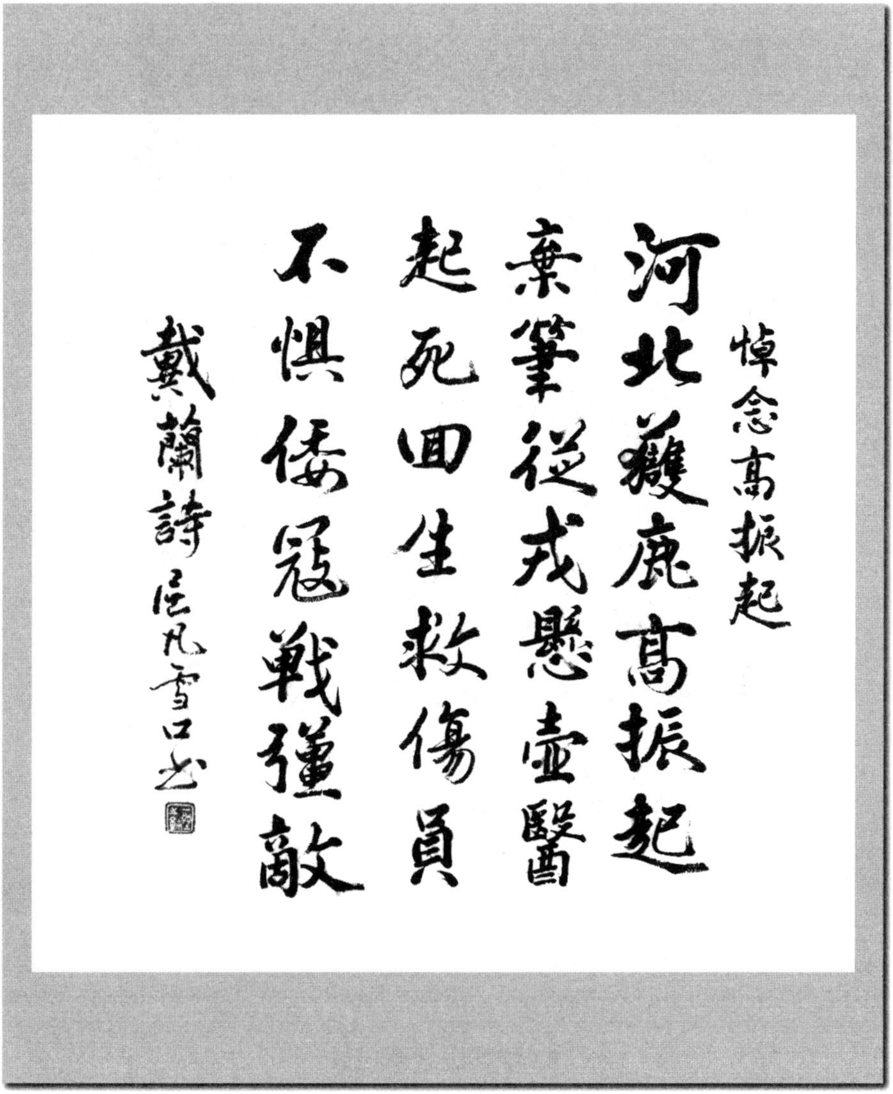

悼念高振起

河北獲鹿高振起

棄筆從戎懸壺醫

起死回生救傷員

不惧侵寇戰殭敵

戴蘭詩　屈凡雪口书

志愿者为英雄高振起创作和书写的悼念诗

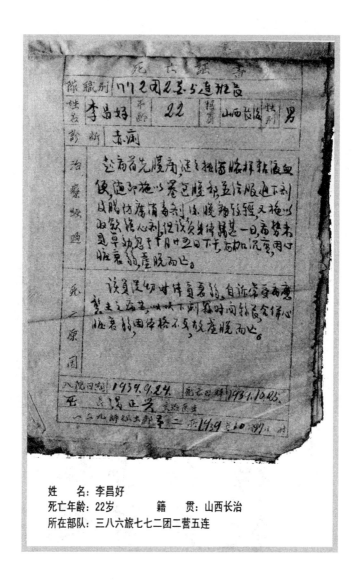

姓　　名：李昌好
死亡年龄：22岁　　　　籍　　贯：山西长治
所在部队：三八六旅七七二团二营五连

83位英雄之李昌好

作者 / 韩志清（榆社诗词学会会长）

仙吕·青哥儿

苍松崖下栖身，七十年后逢春。再率当年这伙人，赶赴东瀛索游魂。旌旗奋！

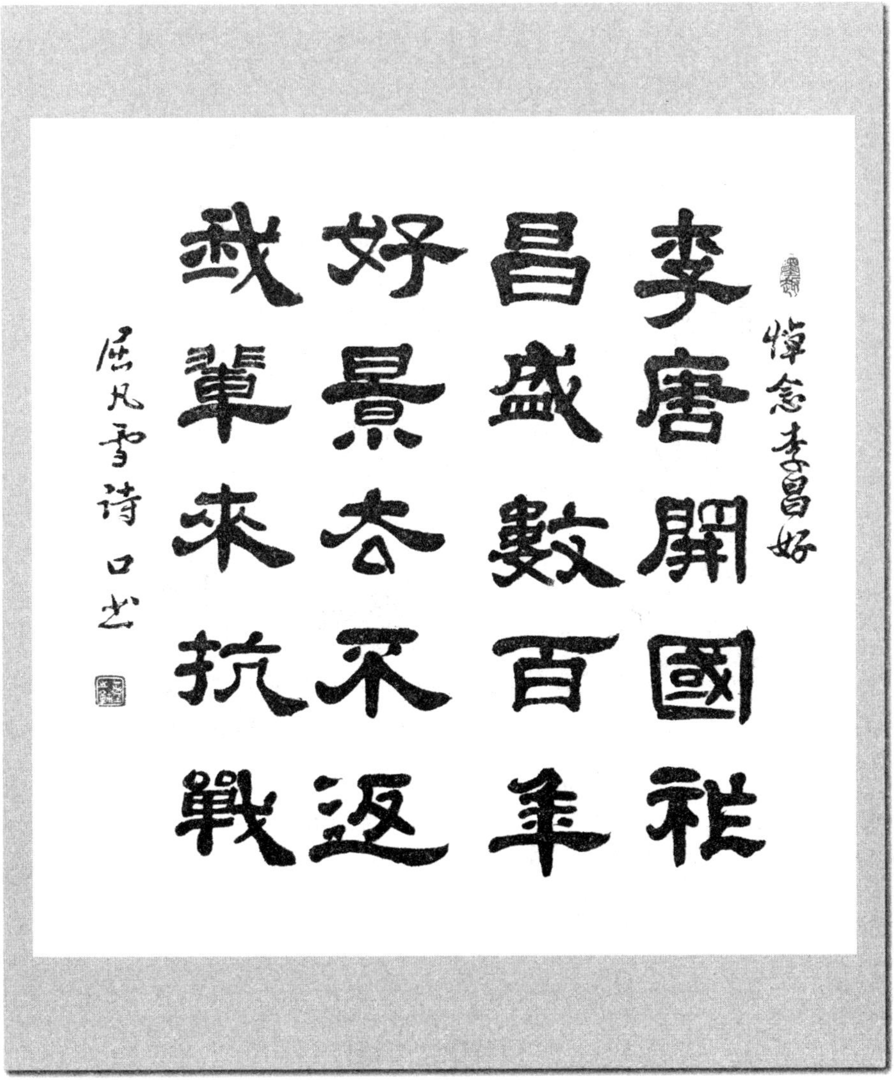

李唐开国祀

昌盛数百年

好景杳不返

戎辈来抗战

悼念李昌好

屈凡雪诗口书

志愿者为英雄李昌好创作并书写的悼念诗

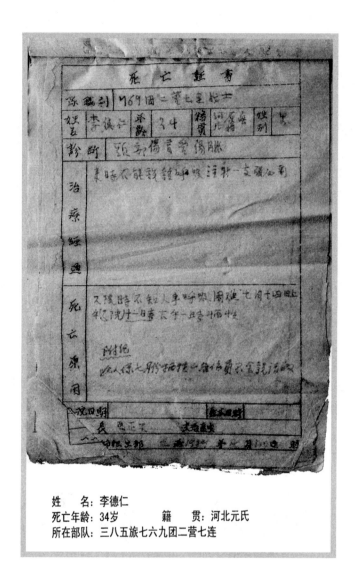

姓　　名：李德仁
死亡年龄：34岁　　　　籍　贯：河北元氏
所在部队：三八五旅七六九团二营七连

83位英雄之李德仁

作者 / 周更生（山西榆社诗词学会副秘书长）

血战太行头，雄风震敌酋！
为君寻故里，捧信泪横流。

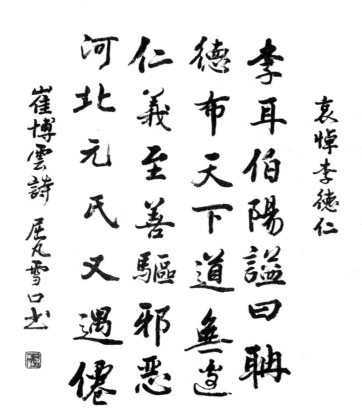

哀悼李德仁

李耳伯陽謚曰聃
德布天下道無遺
仁義至善驅邪惡
河北元氏又遇儔

崔博雲詩　屈凡雪口書

志愿者为英雄李德仁创作和书写的悼念诗

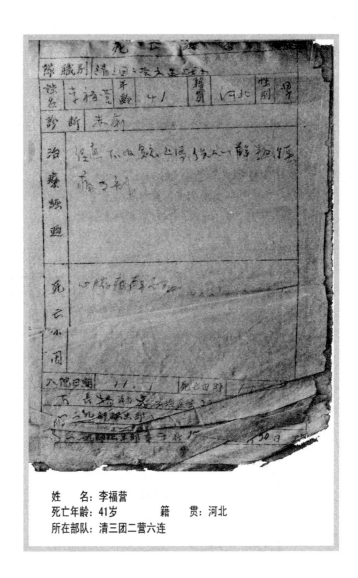

姓　　名：李福营
死亡年龄：41岁　　　籍　贯：河北
所在部队：清三团二营六连

83位英雄之李福营

作者 / 王爱芬（诗词作品散见于《朔州日报》《马邑诗词曲》等刊物）

笑看吴钩多少愁，奈何赤痢上眉头。
已将碧血轩辕溅，身老英雄气岂休。

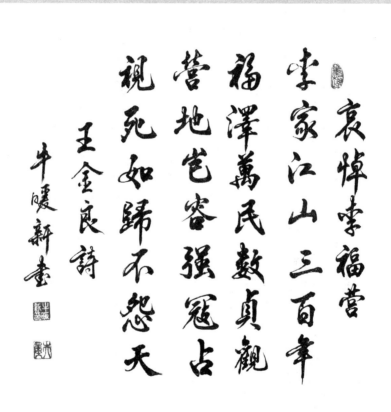

哀悼李福营

李家江山三百年

福泽万民数贞观

营地包容强冠占

视死如归不怨天

王金良诗

牛暖新书

志愿者为英雄李福营创作和书写的悼念诗

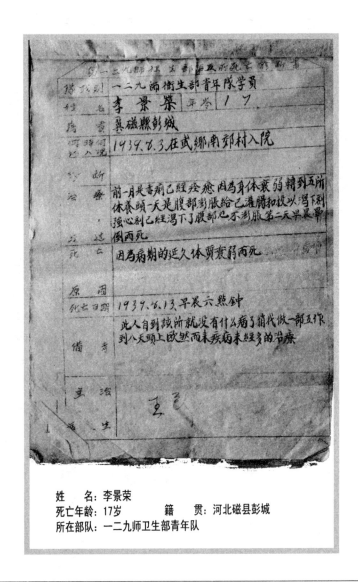

姓　　名：李景荣
死亡年龄：17岁　　　　籍　　贯：河北磁县彭城
所在部队：一二九师卫生部青年队

83位英雄之李景荣

作者 / 李荣辉（寿阳诗词学会会长，中华诗词学会会员）

长相思（新韵）

村崖边，念复年，一位娘亲望眼穿。和衣盼子还。
太行巅，冤复缘，一沓黄签跃眼前。和声抗战篇。

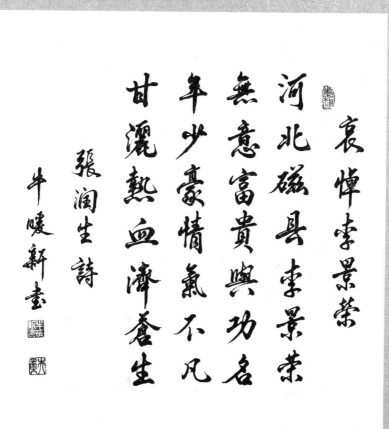

哀悼李景荣

河北磁县李景荣

无意富贵与功名

年少豪情气不凡

甘洒热血濟蒼生

张润生诗

牛暖新画

志愿者为英雄李景荣创作和书写的悼念诗

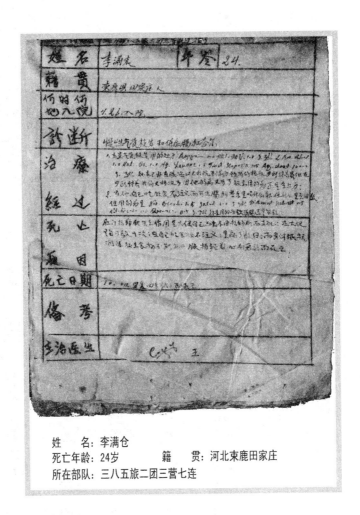

姓　　名：李满仓
死亡年龄：24岁　　　籍　　贯：河北束鹿田家庄
所在部队：三八五旅二团三营七连

83位英雄之李满仓

作者/付晓霞（寿阳松塔镇团委书记，潇河诗社社长，中华诗词学会会员）

一叶落（新韵）

日色暗，风尘漫，少年背井赴国难。眼前弹雨急，身旁烽烟乱。烽烟乱，早逝魂犹战！

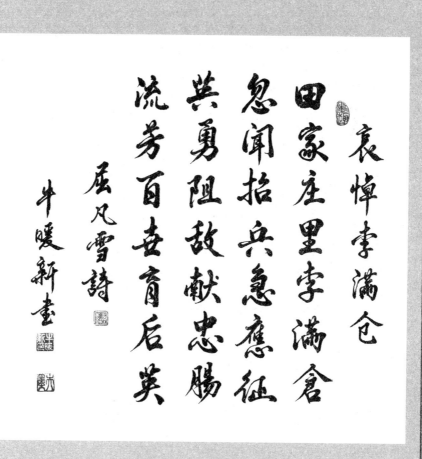

志愿者为英雄李满仓创作和书写的悼念诗

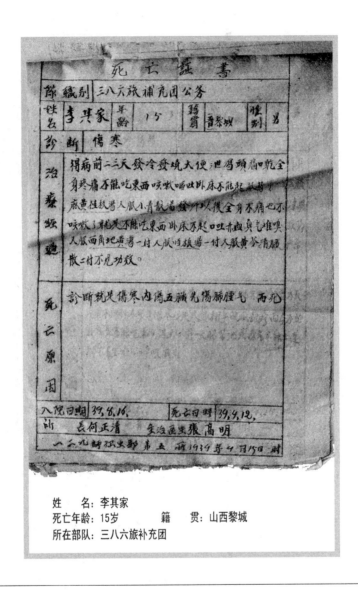

姓　　名：李其家
死亡年龄：15岁　　　籍　贯：山西黎城
所在部队：三八六旅补充团

83位英雄之李其家

作者／张吉平（中华诗词学会会员，山西诗词学会会员，汾水诗社社员，山西杏花诗社社员）

志学当年勇出征，为娘忍泪送儿行。
谁知此去杳无讯，一纸亡书伴鹤鸣。

志愿者为英雄李其家创作和书写的悼念诗

姓　　名：李全生
死亡年龄：26岁　　　　籍　　贯：山西潞城
所在部队：三八六旅补充团

83位英雄之李全生

作者/张吉平（中华诗词学会会员，山西诗词学会会员，汾水诗社社员，山西
杏花诗社社员）

一抔黄土埋忠烈，唯见年年绿草生。
莫道无亲人寂寂，太行草木亦含情。

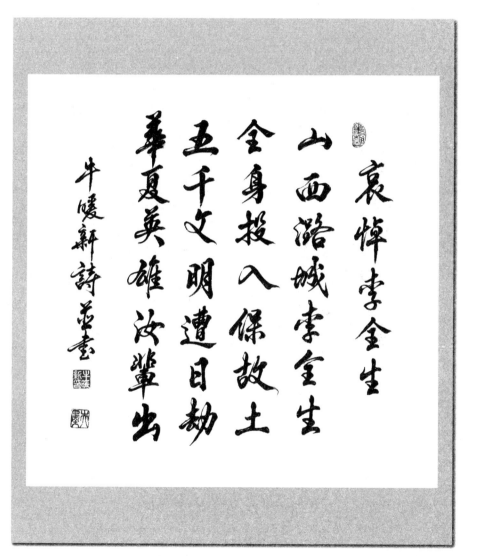

志愿者为英雄李全生创作并书写的悼念诗

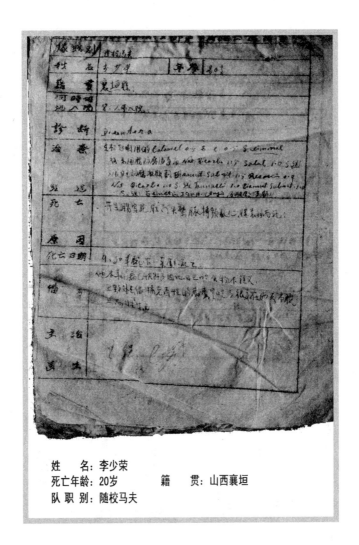

姓　　名：李少荣
死亡年龄：20岁　　　籍　　贯：山西襄垣
队 职 别：随校马夫

83位英雄之李少荣（新韵）

作者/吴爱秀（寿阳一中教师，山西诗词学会会员）

年少军中度，忠心久未知。
草添银月下，马浴碧流西。
猴怒嫌官小，君勤乐位低。
病魔双羽断，魂化翠松栖。

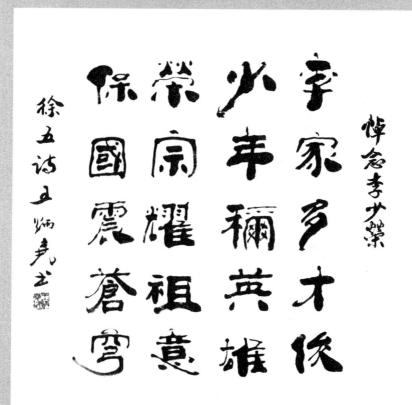

志愿者为英雄李少荣创作和书写的悼念诗

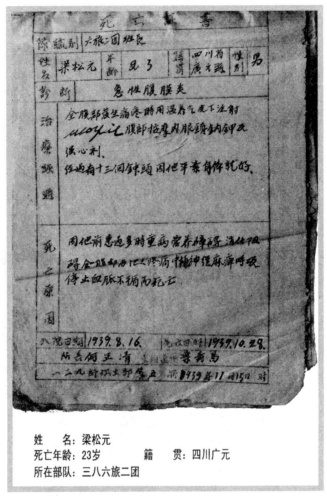

姓　　名：梁松元
死亡年龄：23岁　　　　籍　　贯：四川广元
所在部队：三八六旅二团

83位英雄之梁松元

作者／李爱新（寿阳一中教师，博雅诗社副社长，中华诗词学会会员）

嘉陵江上儿时梦，桐峪深埋七十春。
为灭倭奴捐国难，每逢祭日泪沾巾。

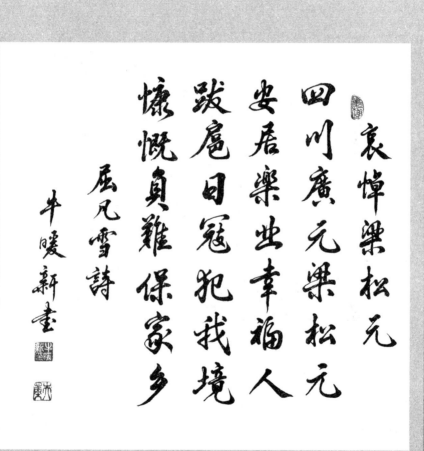

哀悼梁松元

四川广元梁松元

安居乐业幸福人

跋扈日寇犯我境

慷慨负难保家乡

屈凡雪诗

半暖新书

志愿者为英雄梁松元创作和书写的悼念诗

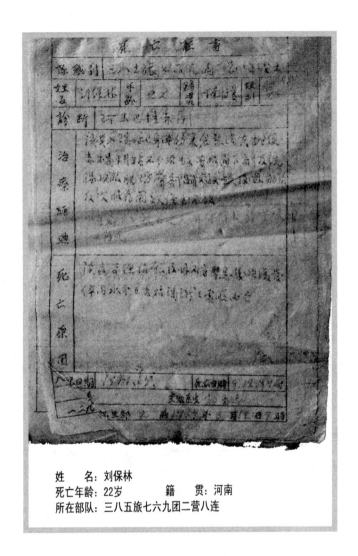

姓　　名：刘保林
死亡年龄：22岁　　　　籍　　贯：河南
所在部队：三八五旅七六九团二营八连

83位英雄之刘保林

作者／傅莉（寿阳一中教师，中华诗词学会会员）

月淡亡书暗，崖擎豫晋魂。
万千无冕士，和梦忆刘君。

志愿者为英雄刘保林创作和书写的悼念诗
（注：该幅作品中的"劉寶林"应为"劉保林"）

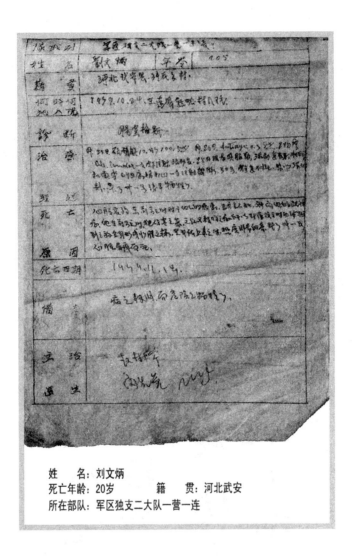

姓　　名：刘文炳
死亡年龄：20岁　　　　籍　　贯：河北武安
所在部队：军区独支二大队一营一连

83位英雄之刘文炳

作者 / 康彩兰（中华诗词学会会员。诗词作品散见于《朔州日报》
《朔风》等报刊上）。

丹心向太行，矢志打东洋。
恨不马前死，满身刀剑光。

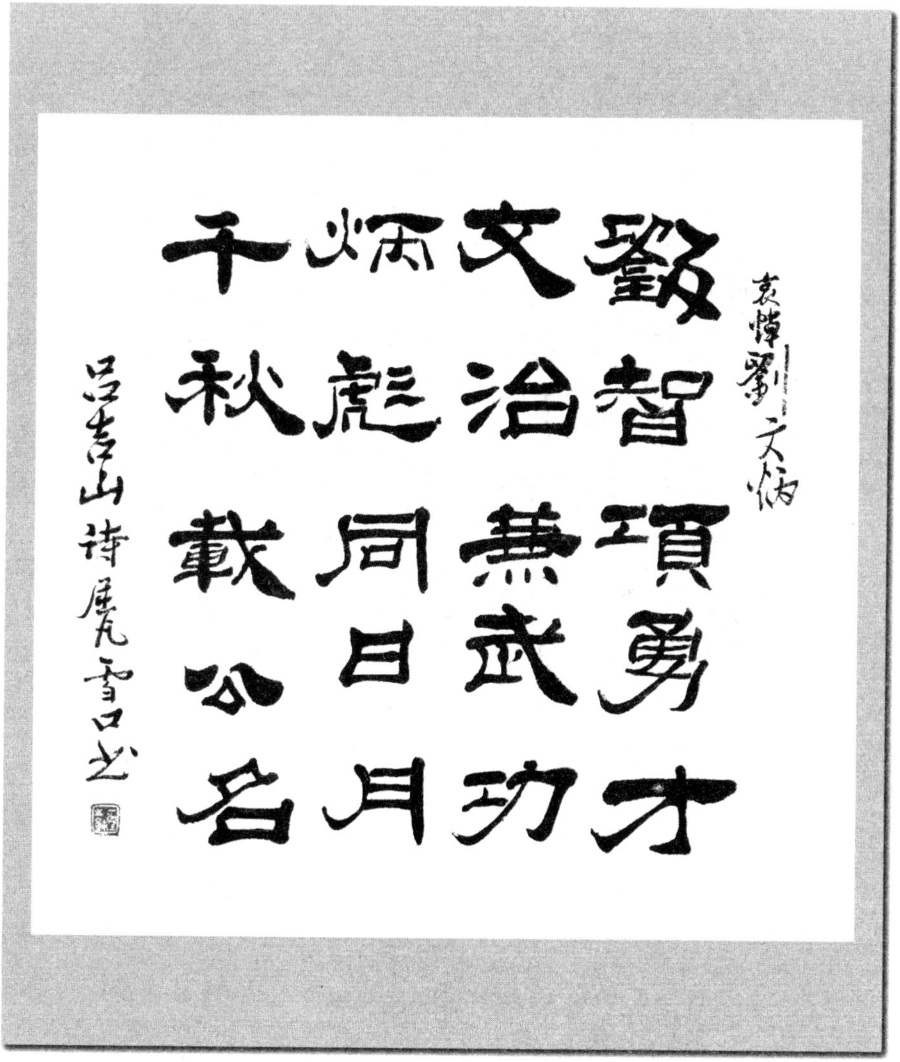

毅智项勇才
文治燕武功
炳彪同日月
千秋载公名

哀悼刘文炳

吕岳山诗尾雪口书

志愿者为英雄刘文炳创作和书写的悼念诗

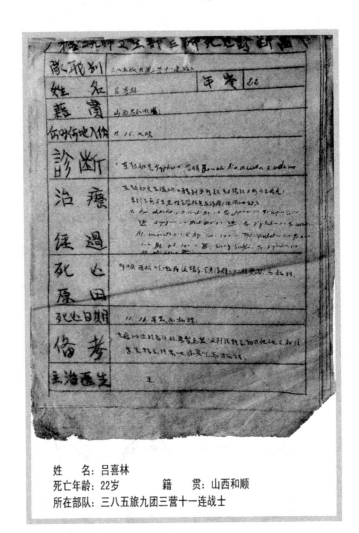

姓　　名：吕喜林
死亡年龄：22岁　　　籍　　贯：山西和顺
所在部队：三八五旅九团三营十一连战士

83位英雄之吕喜林

作者／韩润珍（寿阳二中教师，雏鹰诗社副社长，山西诗词学会会员）

调笑令

惊叹，惊叹，华夏精神震撼。男儿志退东洋，忠魂苦恨断肠。肠断，肠断，难忘英雄数万。

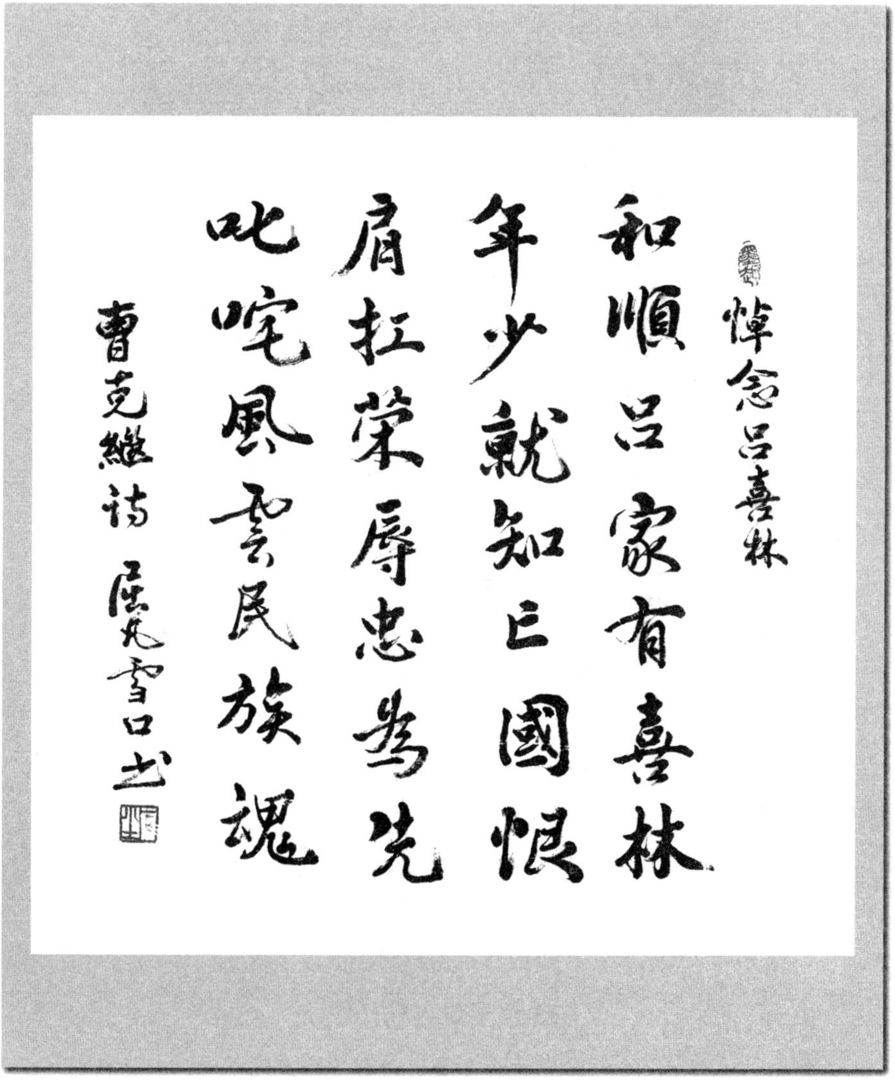

悼念吕喜林

和顺吕家有喜林
年少就知己国恨
肩扛荣辱忠为先
叱咤风云民族魂

曹克继诗 屈先雪□书

志愿者为英雄吕喜林创作和书写的悼念诗

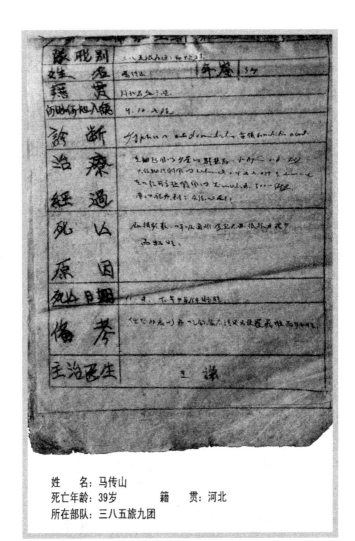

姓　　名：马传山
死亡年龄：39岁　　　　籍　　贯：河北
所在部队：三八五旅九团

83位英雄之马传山

作者／康彩兰（中华诗词学会会员。诗词作品散见于《朔州日报》
《朔风》等报刊上）。

抗日传奇故事多，伙房勇士亦嵯峨。
崖台不顾病沉重，铁铲高挥唱战歌。

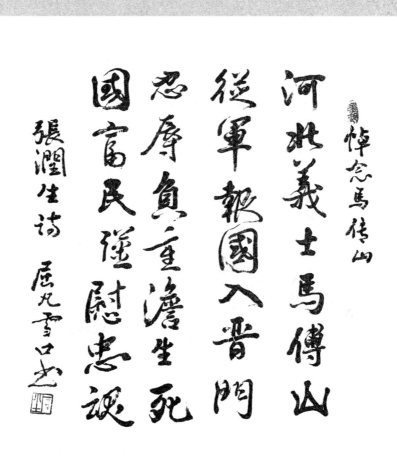

悼念马传山

河北义士马传山
从军报国入晋门
忍辱负重濬生死
国富民强慰忠魂

张润生诗　屈凡雪口书

志愿者为英雄马传山创作和书写的悼念诗

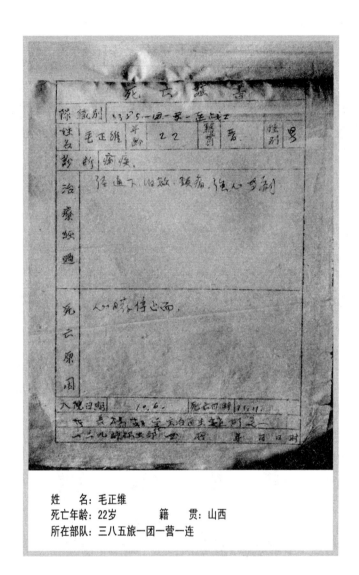

姓　　名：毛正维
死亡年龄：22岁　　籍　　贯：山西
所在部队：三八五旅一团一营一连

83位英雄之毛正维

作者 / 吴玉莲（中华诗词学会会员，山西唐槐诗社社员）

倭寇逞凶国土侵，正维杀敌献丹心。
病魔狂虐煎熬苦，英烈忠魂后辈钦。

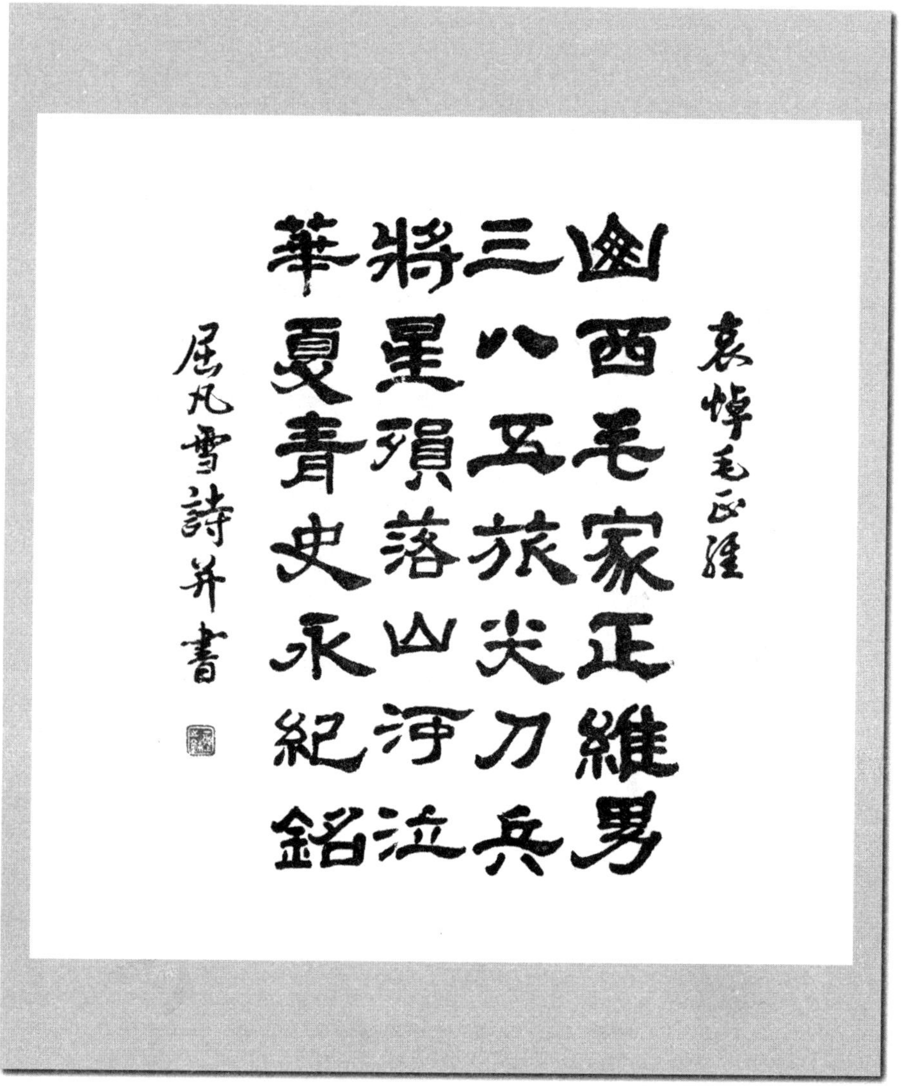

哀悼毛正维

幽西毛家正维男
三八五旅尖刀兵
将星殒落山河泣
华夏青史永纪铭

屈凡雪诗并书

志愿者为英雄毛正维创作并书写的悼念诗

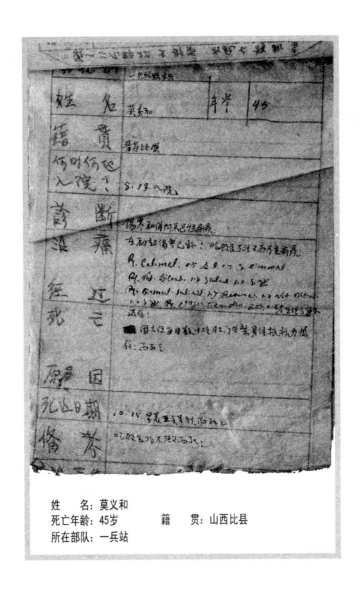

姓　　名：莫义和
死亡年龄：45岁　　　籍　　贯：山西比县
所在部队：一兵站

83位英雄之莫义和（新韵）

安立英（寿阳城西小学教师，寿阳诗词学会会员）

为保前沿驻后方，袍泽茶饭不思量。
自身康健无暇顾，遗恨随军不久长。

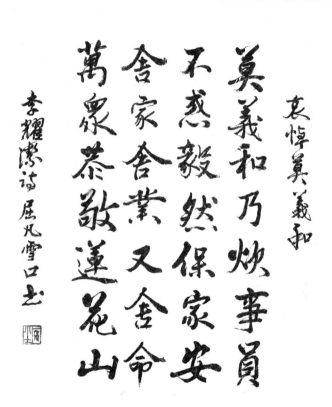

志愿者为英雄莫义和创作和书写的悼念诗

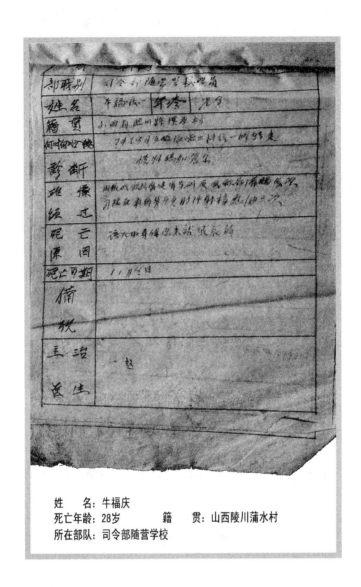

姓　　名：牛福庆
死亡年龄：28岁　　　籍　　贯：山西陵川蒲水村
所在部队：司令部随营学校

83位英雄之牛福庆

作者/贾亚琴（中华诗词学会会员，山西唐槐诗社《唐槐吟苑》副主编）

日寇凶残儿别家，挥刀愤起卫中华。

太行浩气千秋在，热血甘将染碧霞。

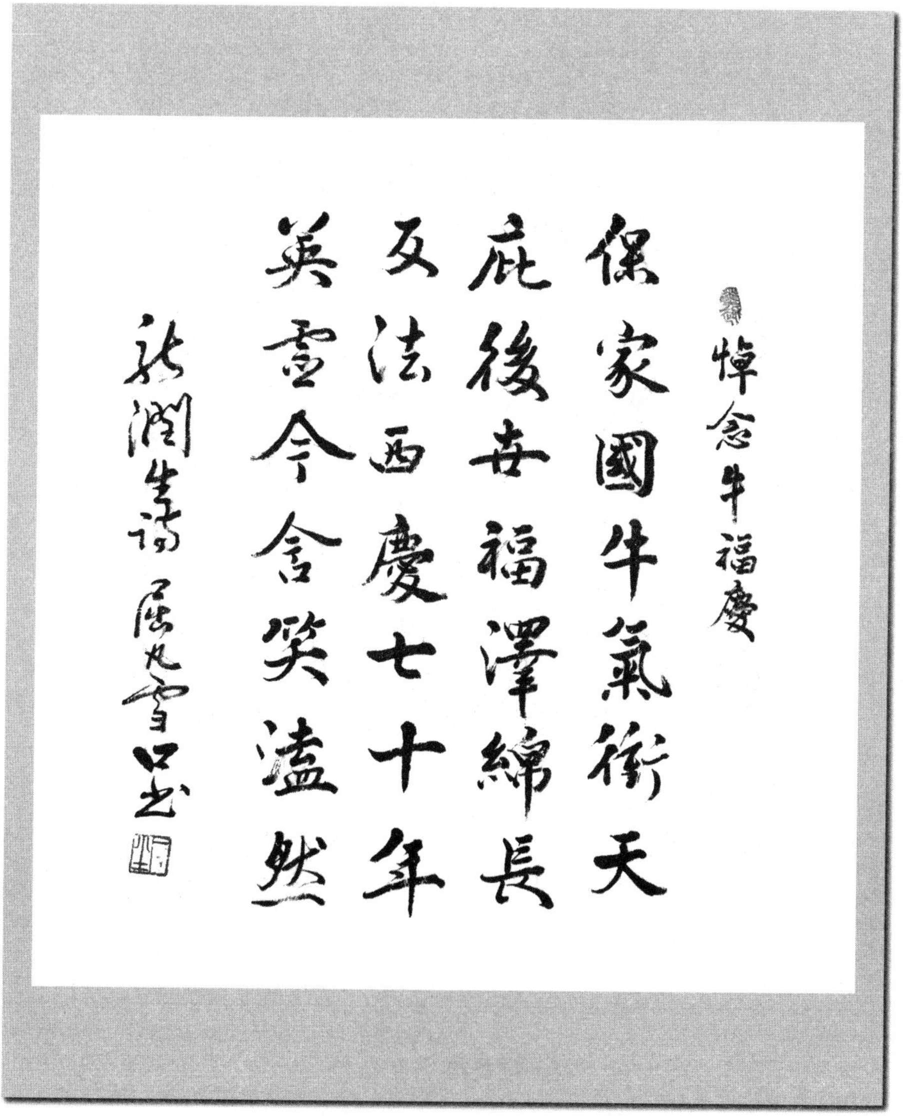

悼念牛福庆

保家国牛气冲天
庇后垂福泽绵长
及法西庆七十年
英雪今舍笑溢然

龙潭生诗　屈九雪口书

志愿者为英雄牛福庆创作和书写的悼念诗

姓　　名：牛双孩
死亡年龄：20岁　　　　籍　　贯：山西黎城
所在部队：总工厂

83位英雄之牛双孩

作者／贾亚琴（中华诗词学会会员，山西唐槐诗社《唐槐吟苑》副主编）

背井离乡杀敌顽，征途罹病别人间。

揪心父母魂难舍，仍在窑头盼子还。

志愿者为英雄牛双孩创作和书写的悼念诗

姓　　名：祁一林
死亡年龄：20岁　　　　籍　　贯：山西平遥
所在部队：一二九师政治部民运部

83位英雄之祁一林

作者／田改建（榆社诗词学会会员）

七秩无踪今始详，英魂九转览天光。
保国尽显男儿志，青史留名百世芳。

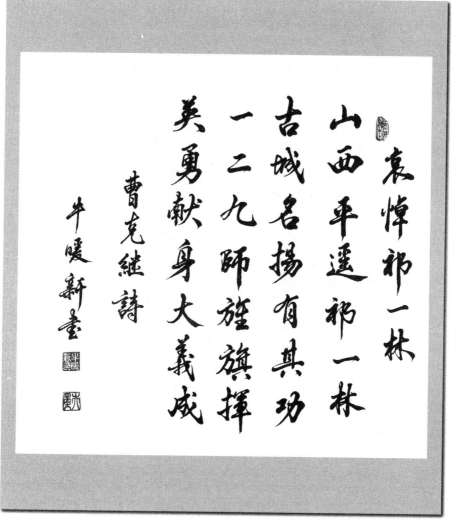

哀悼祁一林

山西平遥祁一林
古城名扬有其功
一二九师旌旗择
英勇献身大义成

曹克继诗

牛暖新书

志愿者为英雄祁一林创作和书写的悼念诗

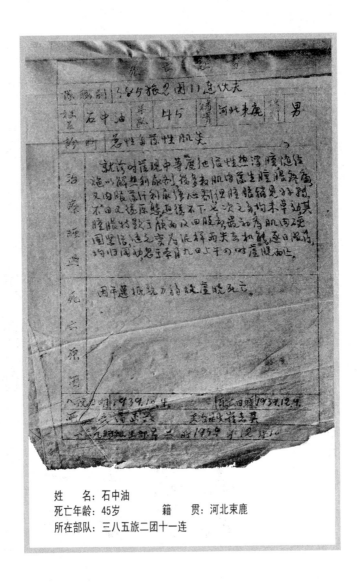

姓　　名：石中油
死亡年龄：45岁　　　籍　贯：河北束鹿
所在部队：三八五旅二团十一连

83位英雄之石中油

作者 / 雷秀芝（中华诗词学会会员，山西唐明诗社副社长）

军中一伙夫，音信几时无。
崖畔徘徊久，谁读今日书。

志愿者为英雄石中油创作和书写的悼念诗

姓　　名：宋大营
死亡年龄：27岁　　　　籍　　贯：山西太谷
所在部队：三八六旅七团三营八连

83位英雄之宋大营（新韵）

作者 / 李杏（寿阳专职综治干部，稻坪诗社副社长，中华诗词学会会员）

太州骄子吟，立志定乾坤。

八路驱倭寇，一生迎早春。

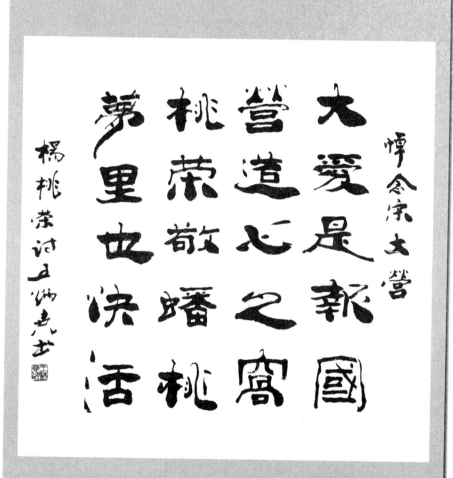

志愿者为英雄宋大营创作和书写的悼念诗

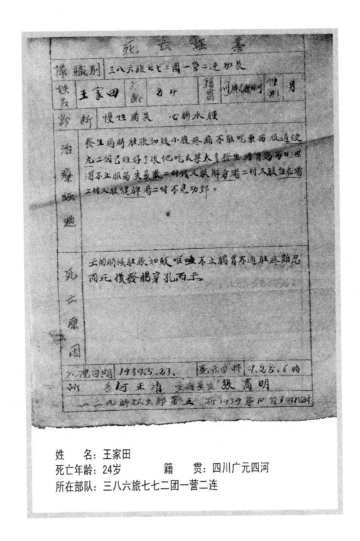

姓　　名：王家田
死亡年龄：24岁　　　　籍　　贯：四川广元四河
所在部队：三八六旅七七二团一营二连

83位英雄之王家田

作者／李莉（山西诗词学会办公室主任）

如梦令

回望太行山上，春满四河绝唱。
肠热浴忠魂，化作千重屏嶂。
难忘，难忘。抗日雄风豪壮。

志愿者为英雄王家田创作的悼念词和画

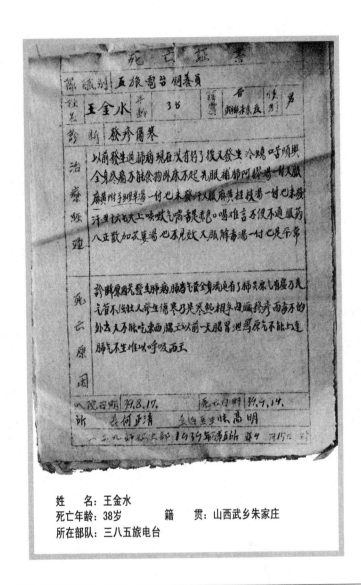

姓　　名：王金水
死亡年龄：38岁　　　籍　　贯：山西武乡朱家庄
所在部队：三八五旅电台

83位英雄之王金水

作者／赵美萍（中华诗词学会会员，山西诗词学会理事，山西唐槐诗社
《唐槐吟苑》常务副主编，山西杏花诗社副社长）

经年抗战事些些，责任双兼从未嗟。
击键传声勤秣马，魂归何处不思家？

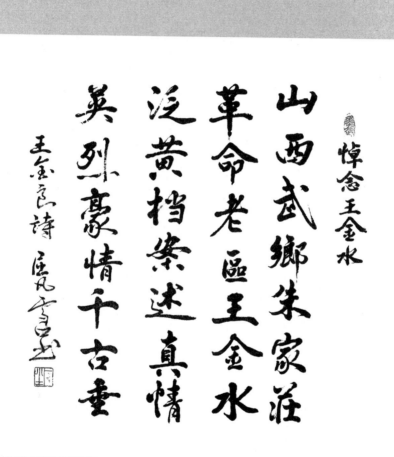

山西武乡朱家庄

革命老区王金水

泛黄档案述真情

英烈豪情千古垂

悼念王金水

王金良诗

志愿者为英雄王金水创作和书写的悼念诗

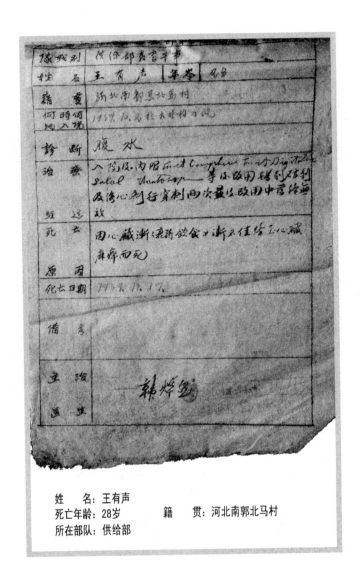

姓　　名：王有声
死亡年龄：28岁　　　籍　　贯：河北南郭北马村
所在部队：供给部

83位英雄之王有声

作者 / 王爱芬（诗词作品散见于《朔州日报》《马邑诗词曲》等刊物。）

烈火青春一丈夫，曾遗崖冷与风呼。
神州已是荣华色，早许归心栖院梧。

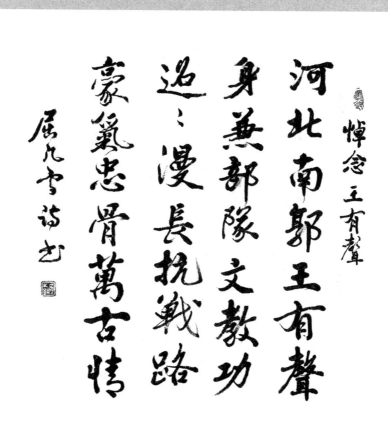

河北南郚王有聲
身無部隊文教功
迢迢漫長抗戰路
豪氣忠骨萬古情

悼念王有聲

屈凡雪詩書

志愿者为英雄王有声创作并书写的悼念诗

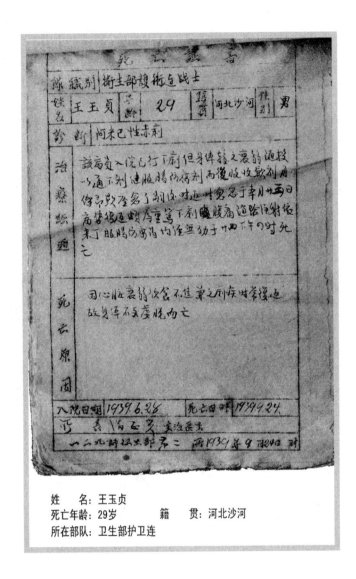

姓　　名：王玉贞
死亡年龄：29岁　　　籍　贯：河北沙河
所在部队：卫生部护卫连

83位英雄之王玉贞

作者／韩海莲（中华诗词学会会员，山西诗词学会副会长）

报国抛家而立殇，贞魂玉骨赴沙场。
抗倭燕赵真豪杰，留得英名贯太行！

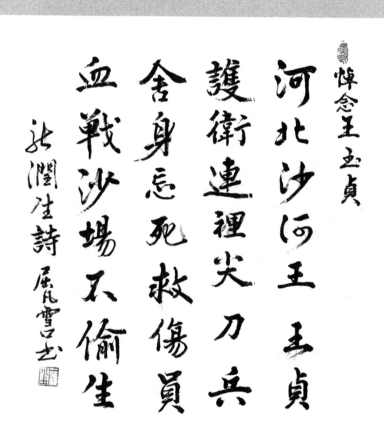

悼念王玉贞

河北沙河王王贞

護衛連裡尖刀兵

舍身忘死救傷員

血戰沙場不偷生

北潤生詩

庚寅雪臣書

志愿者为英雄王玉贞创作和书写的悼念诗
（注：该幅作品中的"河北沙河王王贞"应为"河北沙河王玉贞"）

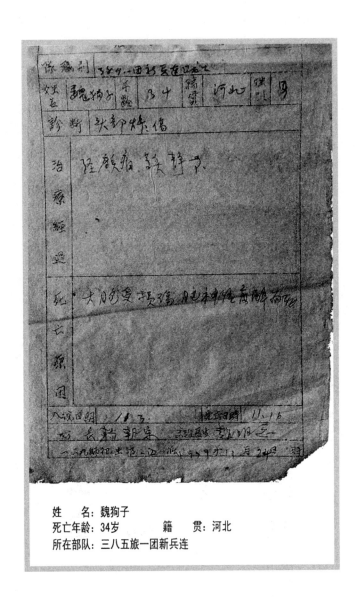

姓　　名：魏狗子
死亡年龄：34岁　　　　籍　　贯：河北
所在部队：三八五旅一团新兵连

83位英雄之魏狗子

作者 / 时新（山西诗词学会会长，中华诗词学会常务理事）

辽阳抗敌气如山，征战清漳一水间。
笑卧沙场浴血后，英魂犹立雁门关。

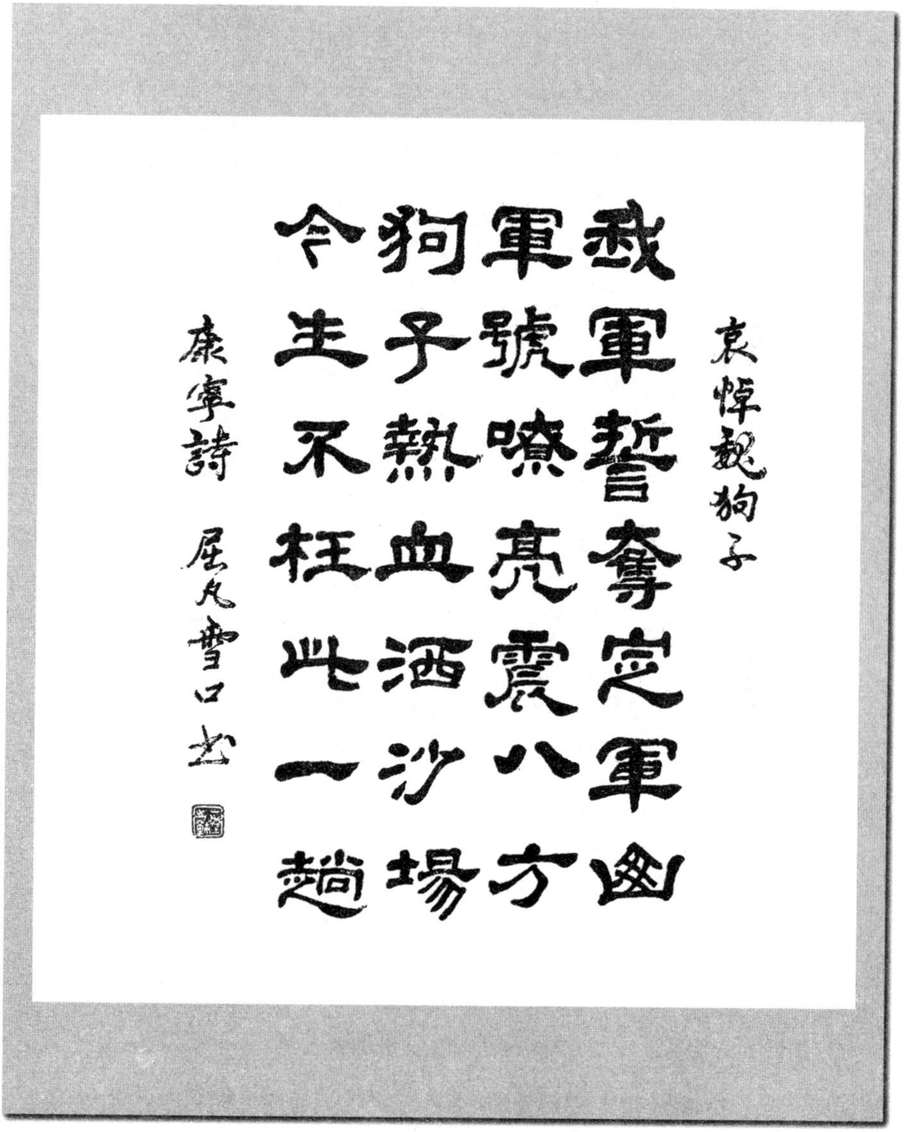

哀悼魏狗子

我軍誓奪定軍山
軍號嘹亮震八方
狗子熱血洒沙場
今生不枉此一趟

康寧詩　屈人雪口书

志愿者为英雄魏狗子创作和书写的悼念诗

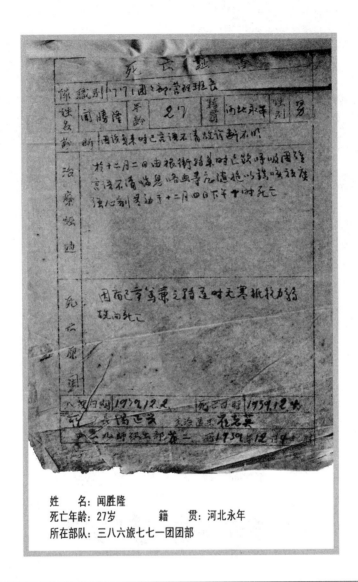

姓　　名：闻胜隆
死亡年龄：27岁　　　籍　贯：河北永年
所在部队：三八六旅七七一团团部

83位英雄之闻胜隆

作者／张梅琴（山西诗词学会副会长，中华诗词学会常务理事，
山西杏花女子诗社社长）

不惧刀山上战场，立功杀敌好儿郎。
青山无语藏忠骨，祈盼英魂早返乡。

志愿者为英雄闻胜隆创作的悼念词和画

（注：该幅作品中的"闻滕隆"应为"闻勝隆"）

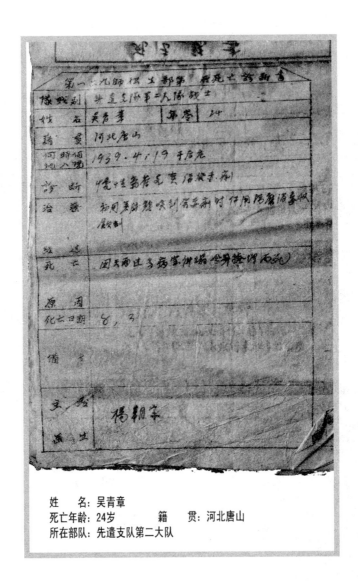

姓　　名：吴青章
死亡年龄：24岁　　　　籍　　贯：河北唐山
所在部队：先遣支队第二大队

83位英雄之吴青章（新韵）

作者／袁培智（寿阳进修教师，县诗词指导，寿阳诗词学会会员）

青春莫悔著华章，不愧吴门载梦翔。
血洒太行烽火路，唐山赤子美名扬。

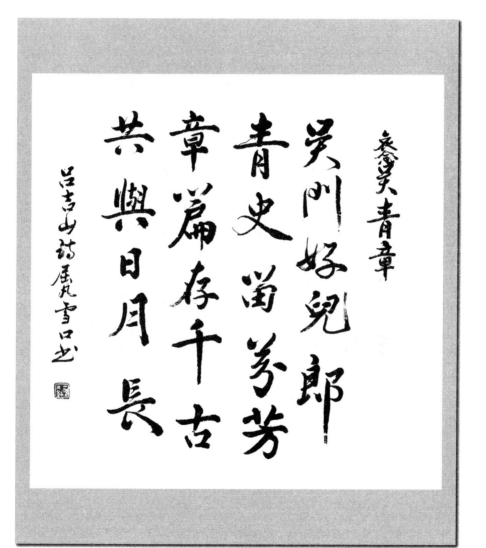

吴川好儿郎
青史留芳芳
章篇存千古
共与日月长

祭奠吴青章

吕吉山诗庚寅雪口也

志愿者为英雄吴青章创作和书写的悼念诗

姓　　名：向天成
死亡年龄：31岁　　　籍　　贯：四川成都
所在部队：三八五旅七六九团特务连

83位英雄之向天成

作者 / 郑福太（山西诗词学会副会长，中华诗词学会常务理事）

自古川人血性殊，但逢报国敢抛颅。

抗倭去蜀三千里，太岳安魂一丈夫。

志愿者为英雄向天成创作和书写的悼念诗

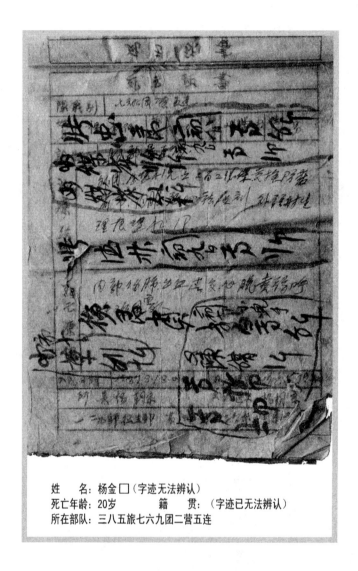

姓　　名：杨金□（字迹无法辨认）

死亡年龄：20岁　　　　籍　　贯：（字迹已无法辨认）

所在部队：三八五旅七六九团二营五连

83位英雄之杨金□

作者 / 赵黄龙（中华诗词学会会员，山西诗词学会副秘书长，山西唐槐诗社
《唐槐吟苑》主编）

二十冲锋炮火中，撕心裂肺血芙蓉。

花开不败英雄胆，故里魂归万寿松。

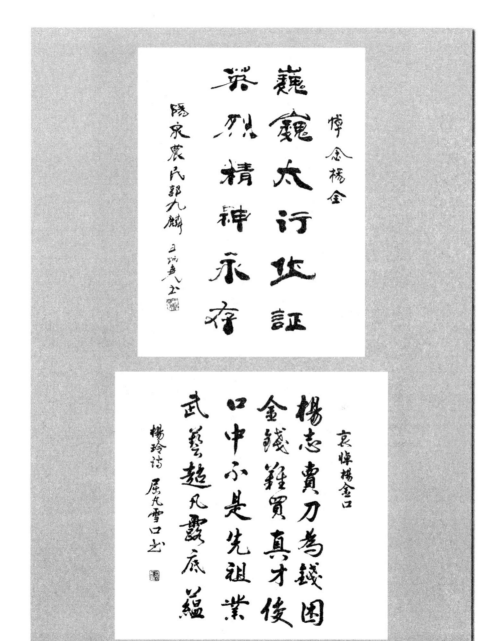

志愿者为英雄杨金□创作和书写的悼念诗

（注：上面两幅作品中的英雄名字应为"楊金□"）

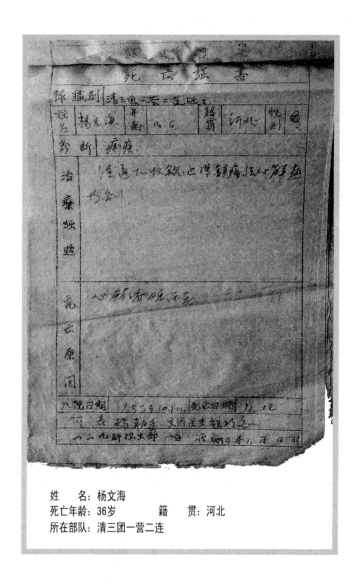

姓　　名：杨文海
死亡年龄：36岁　　　籍　贯：河北
所在部队：清三团一营二连

83位英雄之杨文海

作者 / 刘小云（中华诗词学会会员，山西诗词学会副会长，山西杏花诗社副社长）

莲花崖上一英烈，铁骨还魂向冀州。

七十余年妻小盼，低吟墓志泪难收。

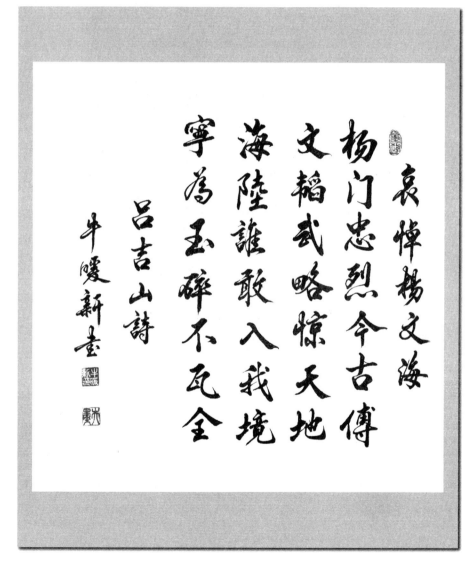

哀悼杨文海

杨门忠烈今古傅
文韬武略惊天地
海陆谁敢入我境
宁为玉碎不瓦全

吕吉山诗

牛暖新书

志愿者为英雄杨文海创作和书写的悼念诗

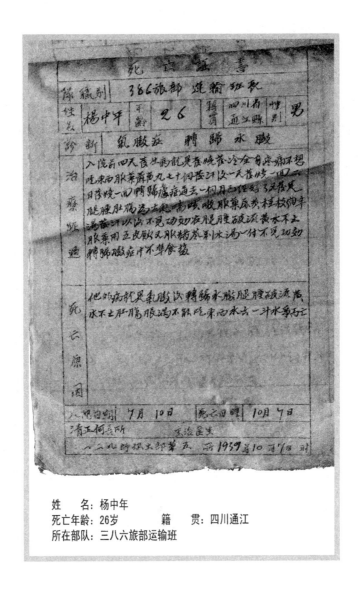

姓　　名：杨中年
死亡年龄：26岁　　　籍　　贯：四川通江
所在部队：三八六旅部运输班

83位英雄之杨中年

作者 / 赵愚（中华诗词学会会员，山西诗词学会顾问）

运输班长字中年，抗日军资昼夜行。
越岭爬山何所惧？终成水臌献身形。

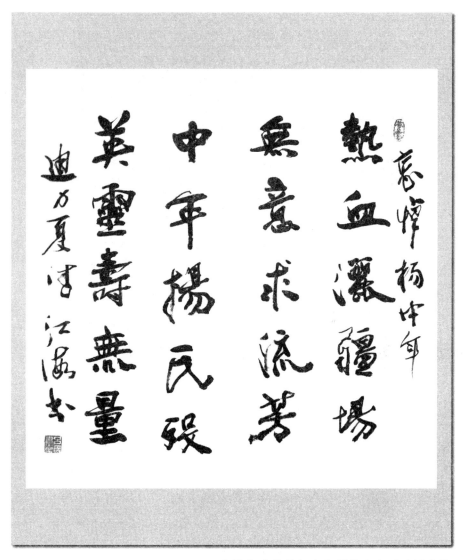

志愿者为英雄杨中年创作和书写的悼念诗

姓　　名：杨子云
死亡年龄：25岁　　　　籍　　贯：甘肃武山
所在部队：三八六旅七七二团二连

83位英雄之杨子云

作者 / 张四喜（中华诗词学会会员，山西诗词学会副会长）

烽火连天月，太行沁水寒。
雄心平日寇，壮士出祁山。
魂魄今何在，乡园旧舍间。
忧伤音讯断，痛未裹尸还。

志愿者为英雄杨子云创作的悼念词和画

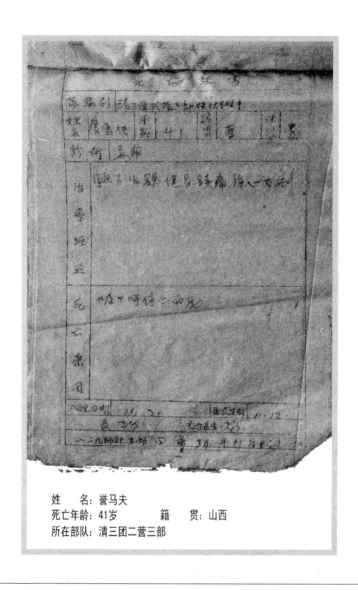

姓　　名：誉马夫
死亡年龄：41岁　　　籍　　贯：山西
所在部队：清三团二营三部

83位英雄之誉马夫

作者／郭翔臣（中华诗词学会会员，山西诗词学会副会长，
山西唐槐诗社常务副社长）

抗日离家不畏难，晨昏喂马理镫鞍。

赤火攻心殇血痢，魂灵不扰小村栏。

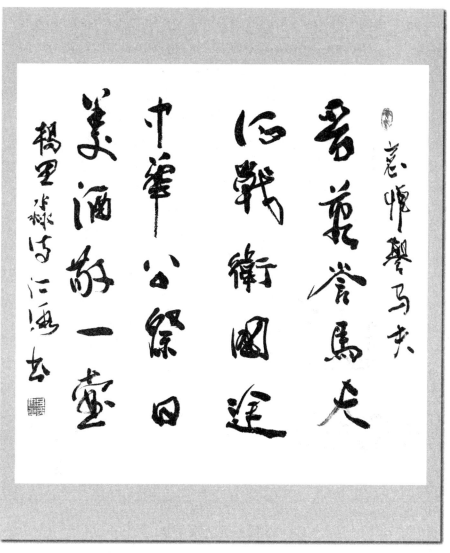

志愿者为英雄誉马夫创作和书写的悼念诗

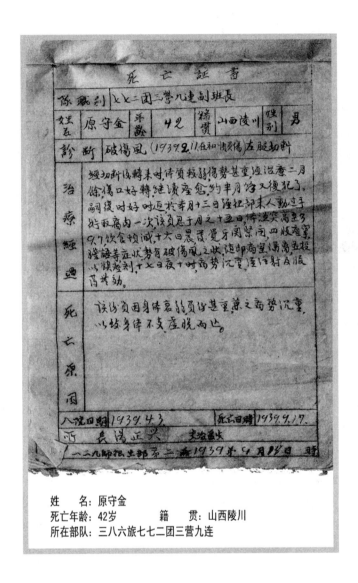

姓　　名：原守金
死亡年龄：42岁　　　籍　　贯：山西陵川
所在部队：三八六旅七七二团三营九连

83位英雄之原守金

作者 / 王晓丽（中华诗词学会会员，山西唐槐诗社社员，山西杏花诗社社员）

热血男儿原守金，驱倭百战献丹心。
舍生忘死为家国，留取忠魂万古吟。

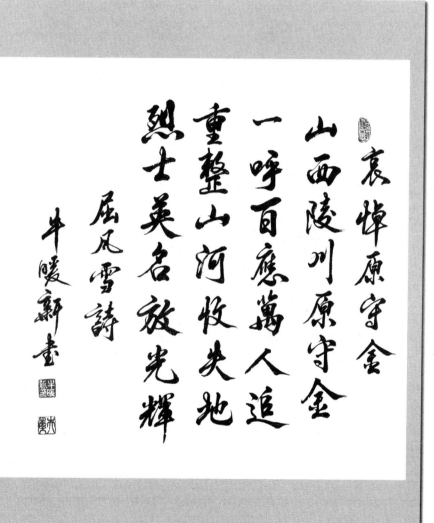

哀悼原守金

山西陵川原守金
一呼百应万人追
重整山河收失地
烈士英名放光辉

屈凡雪诗
牛暖新书

志愿者为英雄原守金创作和书写的悼念诗

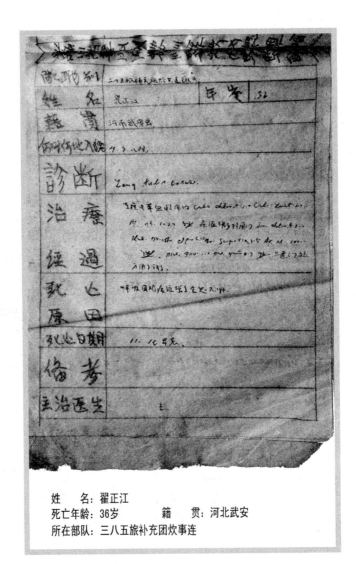

姓　　名：翟正江
死亡年龄：36岁　　　　籍　　贯：河北武安
所在部队：三八五旅补充团炊事连

83位英雄之翟正江

作者 / 宋永江（山西诗词学会会员，山西唐槐诗社社员）

卫国保家上太行，炊烟绕起案前忙。
将士同心驱日寇，一腔热血染华疆。

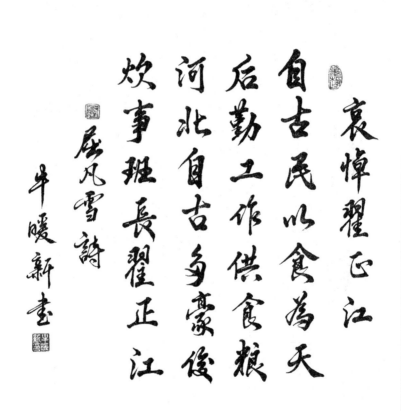

哀悼翟正江

自古民以食为天
后勤工作供食粮
河北自古多豪俊
炊事班长翟正江

屈凡雪诗
牛暖新书

志愿者为英雄翟正江创作和书写的悼念诗

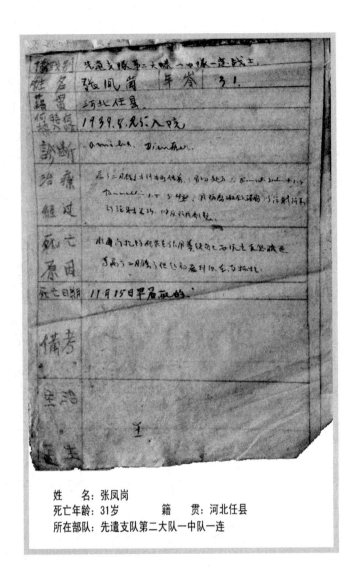

姓　　名：张凤岗
死亡年龄：31岁　　　籍　　贯：河北任县
所在部队：先遣支队第二大队一中队一连

83位英雄之张凤岗

作者／李玉平（山西诗词学会副会长）

英魂七秩面朝东，猛士莲台唱大风。
髀股当槌擂战鼓，子规啼血映岩红。

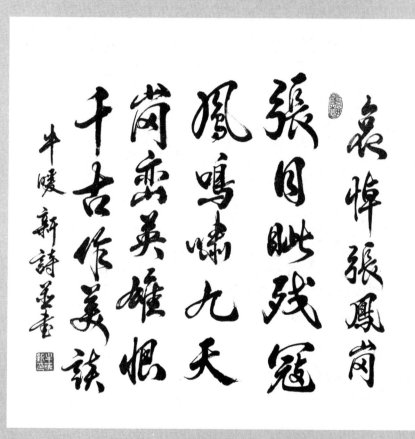

哀悼张凤岗

张月眺残冠
凤鸣啸九天
岗峦英雄恨
千古作美谈

牛暖　新诗圣画

志愿者为英雄张凤岗创作并书写的悼念诗

姓　　名：张富贵
死亡年龄：43岁　　　　籍　　贯：山西平顺县其己村
所在部队：三八六旅补充团

83 位英雄之张富贵

作者 / 晋风（中华诗词学会会员，山西诗词学会副秘书长）

铁锅铜铲木风箱，小米南瓜野菜汤。
抗日官兵能吃饱，肩头扁担胜洋枪。

志愿者为英雄张富贵创作的悼念词和画

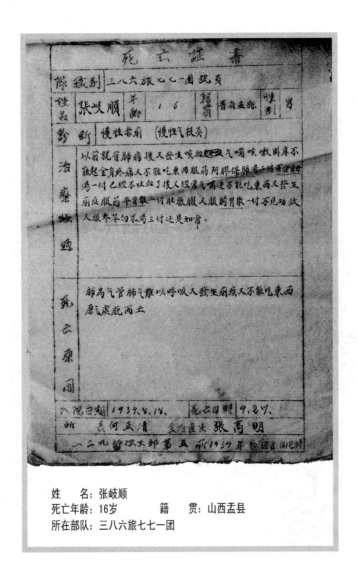

姓　　名：张岐顺
死亡年龄：16岁　　　籍　　贯：山西盂县
所在部队：三八六旅七七一团

83位英雄之张岐顺（新韵）

作者／栗文政（中华诗词学会会员，山西诗词学会副秘书长）

顺儿辞母打东洋，生死一别音渺茫。
娘在梦中惊坐起，声声号响唤亲娘。

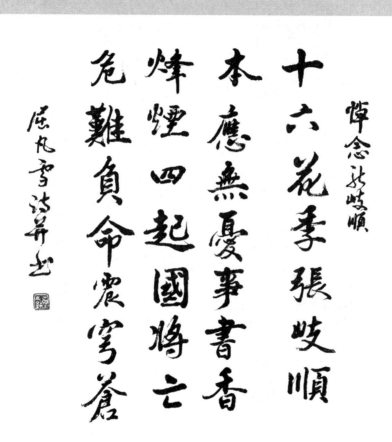

悼念张岐顺

十六花季张岐顺
本应无忧事书香
烽烟四起国将亡
危难负命震穹苍

屈氏雪法并书

志愿者为英雄张岐顺创作并书写的悼念诗

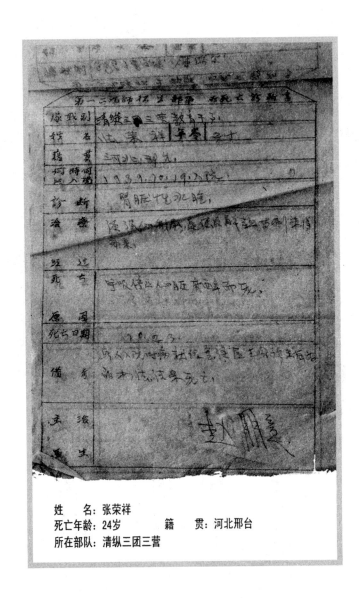

姓　　名：张荣祥
死亡年龄：24岁　　　籍　　贯：河北邢台
所在部队：清纵三团三营

83 位英雄之张荣祥

作者 / 吴鹏程（中华诗词学会会员，山西诗词学会会员，山西唐槐诗社社员）

投军报国戍家乡，燕赵英才守太行。
战死莲花留印记，邢台孝子著荣光。

志愿者为英雄张荣祥创作和书写的悼念诗

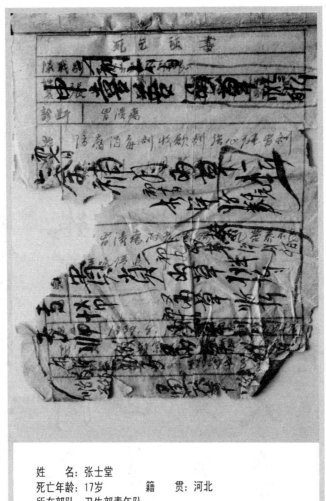

姓　　名: 张士堂
死亡年龄: 17岁　　　　籍　贯: 河北
所在部队: 卫生部青年队

83 位英雄之张士堂

作者 / 韩文元（中华诗词学会会员，山西唐踪诗社副社长，唐槐诗社论坛版主）

未到郎儿弱冠人，年华锦瑟已归尘。

唯能痛恨贼倭寇，魔爪无端华夏伸。

志愿者为英雄张士堂创作并书写的悼念诗

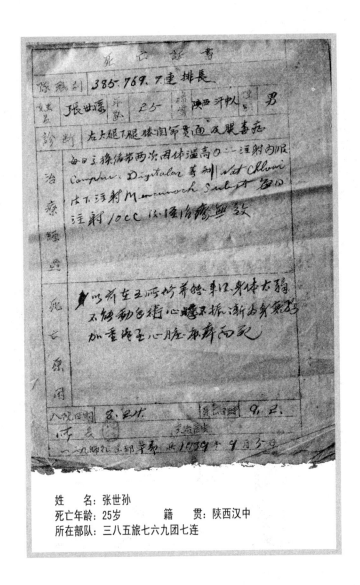

姓　　名：张世孙
死亡年龄：25岁　　　籍　　贯：陕西汉中
所在部队：三八五旅七六九团七连

83位英雄之张世孙

作者/陈秀峰（中华诗词学会会员，山西唐槐诗社《唐槐吟苑》常务副主编）

汉中壮士好男儿，一线冲锋不惧危。
纵是袭伤身逝去，雄魂谱就太行诗。

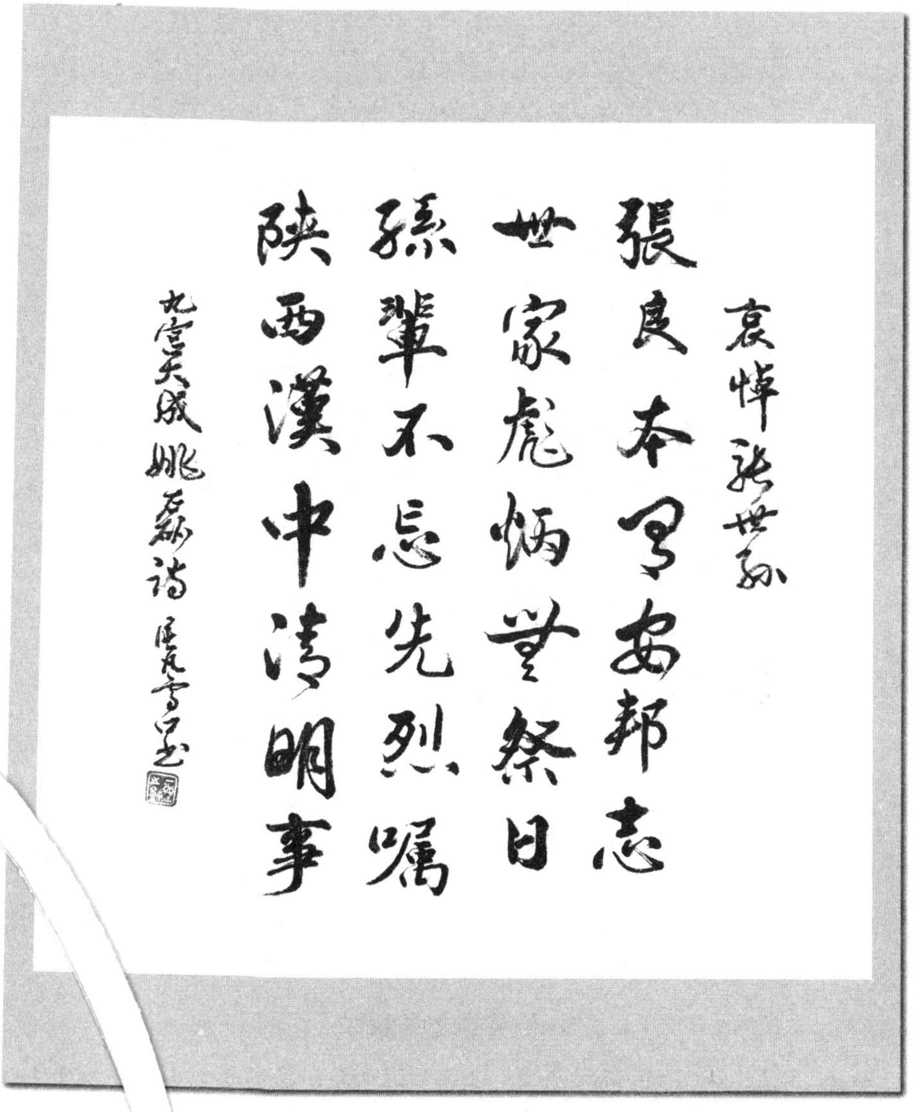

哀悼张世孙

张良本是安邦志

世家庞炳登祭日

孙辈不忘先烈嘱

陕西汉中清明事

九宫吴城姚友毅诗　陈雪书

志愿者为英雄张世孙创作和书写的悼念诗

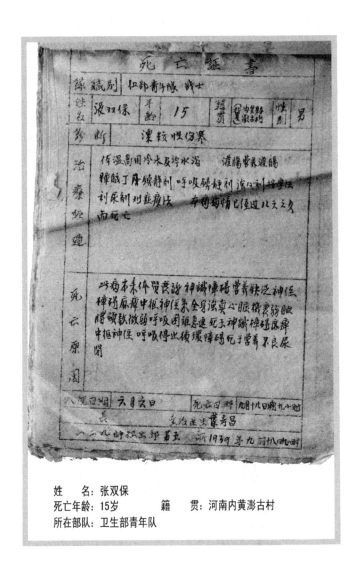

姓　　名：张双保
死亡年龄：15岁　　　籍　　贯：河南内黄澎古村
所在部队：卫生部青年队

83位英雄之张双保

作者／张柳（中华诗词学会会员，山西诗词学会副秘书长，山西杏花诗社
副社长兼秘书长）

梦里娘亲思断肠，摧心十五小儿郎，
驱倭报国身先去，浩气英名贯太行。

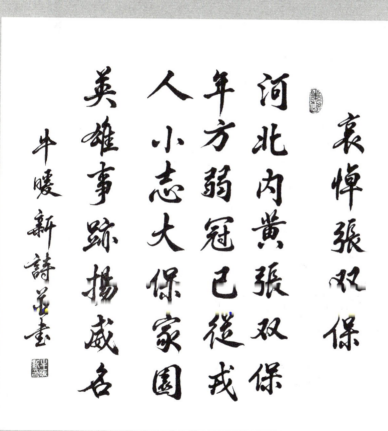

哀悼张双保

河北内黄张双保
年方弱冠已从戎
人小志大保家园
英雄事迹扬威名

牛暖 新诗并书

志愿者为英雄张双保创作并书写的悼念诗

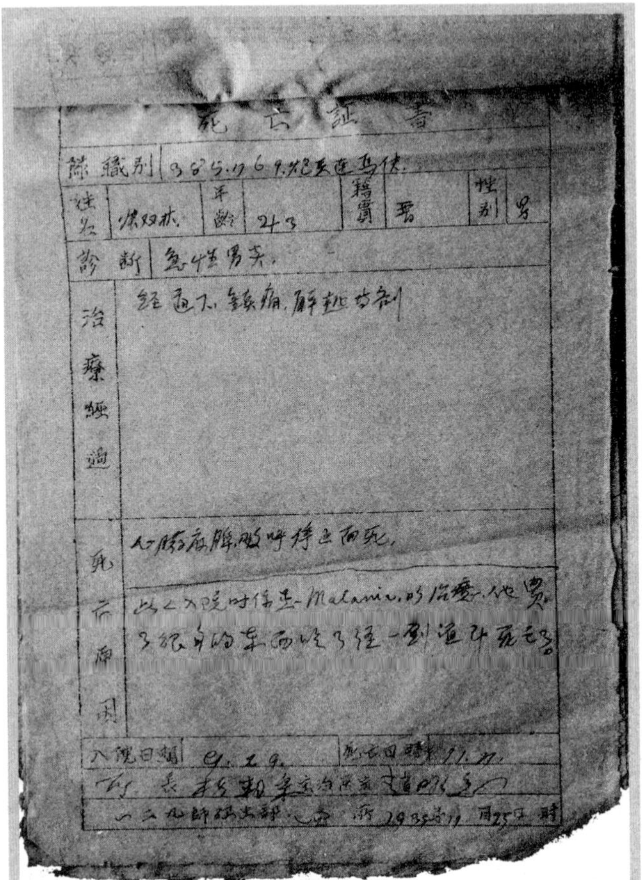

姓　　名：张双林
死亡年龄：43岁　　　　籍　贯：山西
所在部队：三八五旅七六九团炮兵连

83 位英雄之张双林

作者／朱建华（慕白）（中华诗词学会会员，山西诗词学会副秘书长）

倭寇猖狂奈我何，战马嘶鸣喋血歌。

莲瓣岩崖藏记忆，马前一卒力蹉跎。

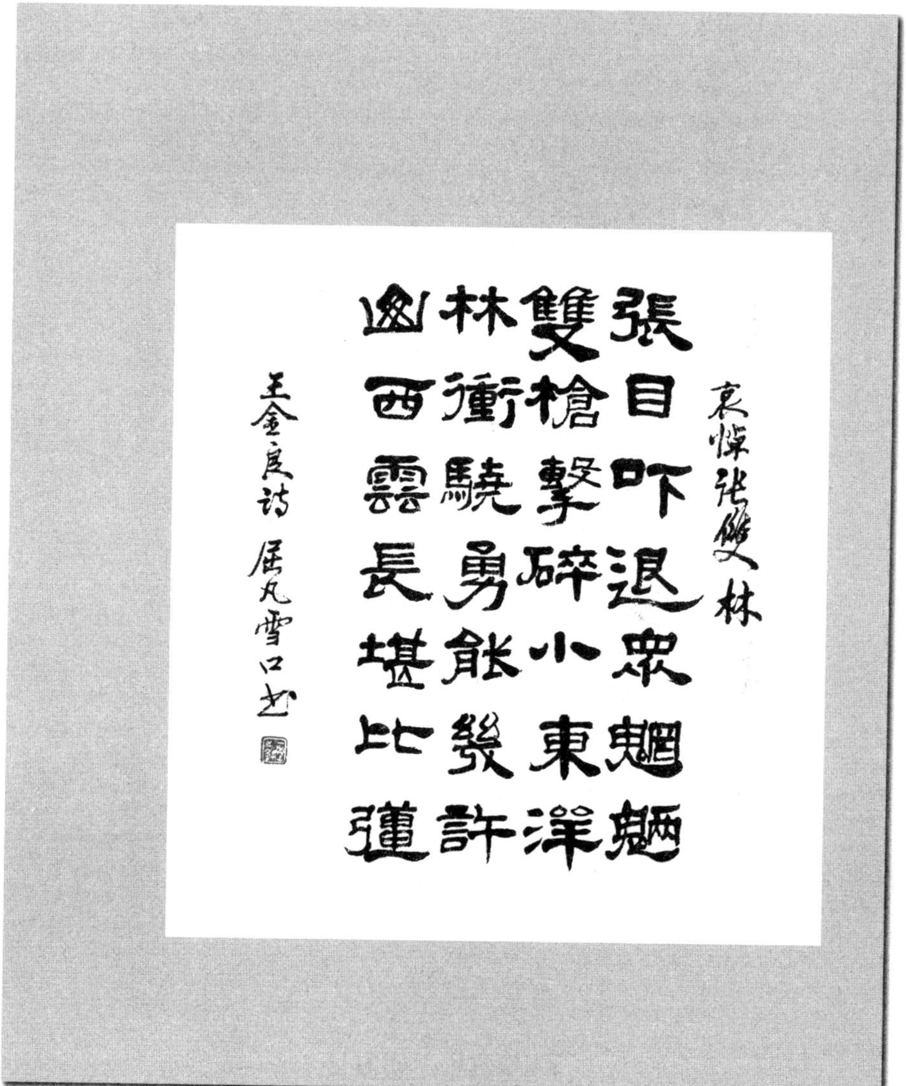

哀悼张双林

张目吓退众魍魉
双枪击碎小东洋
林冲骁勇熊发许
幽西云长堪比莲

王金良诗　居凡雪口书

志愿者为英雄张双林创作并书写的悼念诗

姓　　名：张双义
死亡年龄：25岁　　　　籍　　贯：河北赵县
所在部队：三八五旅七六九团一营一连

83位英雄之张双义

作者 / 陈慧敏（中华诗词学会会员，山西诗词学会会员，山西唐槐诗社社员）

晋冀狼烟万里殇，横戈报国御倭猖。
一朝罹难悲身去，化作青岩颂太行。

志愿者为英雄张双义创作和书写的悼念诗

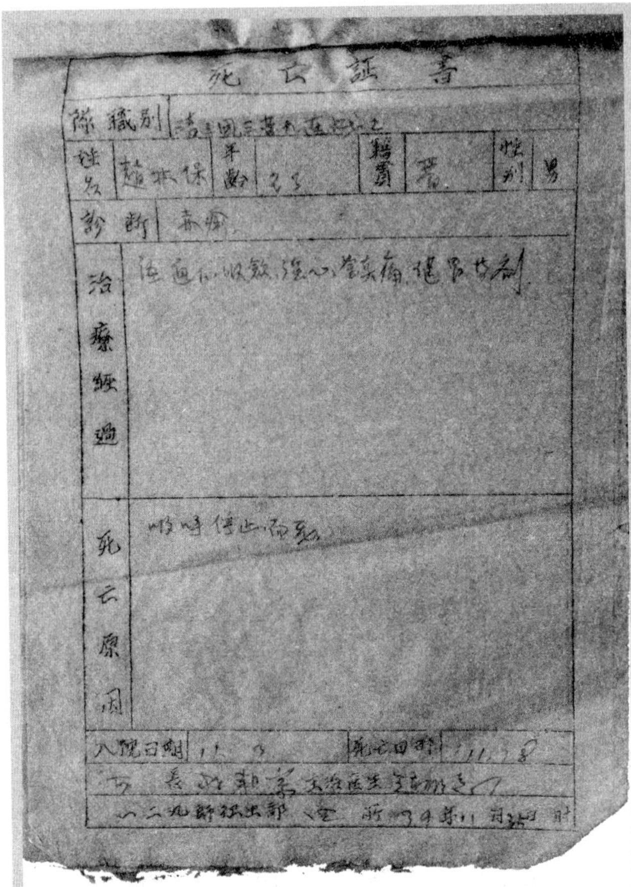

死亡証書

隊職別	清三团三营九连						
姓名	趙林保	年齢	23	籍貫	晋	性別	男
診斷							
治療經過							
死亡原因							
入院日期				死亡日期			

姓　　名：赵林保
死亡年龄：23岁　　　　籍　　贯：山西
所在部队：清三团三营九连

83位英雄之赵林保

作者 / 孙爱晶（中华诗词学会会员，山西诗词学会副秘书长）

渔歌子·向天隅

隐见青崖雁影孤，独怜衷魄病身虚。斑驳纸，阵亡书，难归故里向天隅。

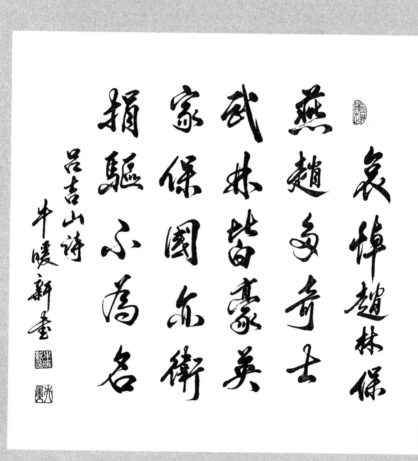

哀悼赵林保

燕赵多奇士
武林皆豪英
家保国众衛
捐驱不为名

吕吉山诗
牛暖新画

志愿者为英雄赵林保创作和书写的悼念诗

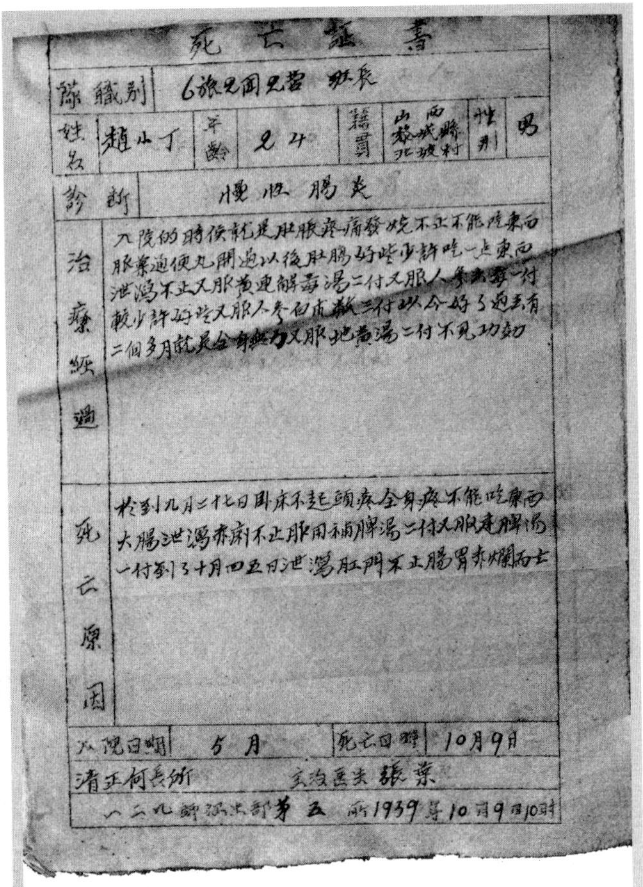

死亡證書

部職別 6旅2团2营 班長

姓名 趙小丁 年齡 24 籍貫 山西黎城縣北坡村 性別 男

診斷 慢性腸炎

治療經過 入院的時候就是肚脹疼痛發燒不止不能吃東西服紫雪便丸開過以後肚腸好些少許吃一点東西泄瀉不止又服黄連解毒湯二付又服人参敗毒一付較少許好些又服人参白术散三付以今好了過去有二個多月就是全身無力又服地黄湯二付不見功効

死亡原因 於到九月二十七日卧床不起頭疼全身疼不能吃東西大腸泄瀉赤痢不止服用補脾湯二付又服建脾湯一付到了十月四五日泄瀉肛門不止腸胃赤爛而亡

入院日期 5月 死亡日期 10月9日

清漳河兵站 主治医生 張榮

一二九師衛生部第五所1939年10月9日10時

姓　　名：赵小丁
死亡年龄：24岁　　　　籍　　贯：山西黎城北坡村
所在部队：三八六旅二团二营

83位英雄之赵小丁

作者 / 朱佳和（中华诗词学会会员，山西诗词学会副秘书长）

抗日冀辽间，翻山即故园。
忠亡四十载，悲讯昨天还。

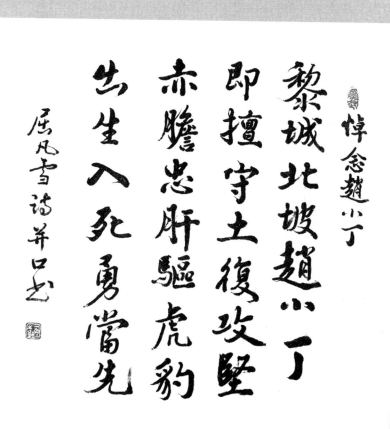

悼念赵小丁

黎城北坡赵小丁
即擅守土复攻坚
赤胆忠肝驱虎豹
出生入死勇当先

屈凡雪诗并书

志愿者为英雄赵小丁创作并书写的悼念诗

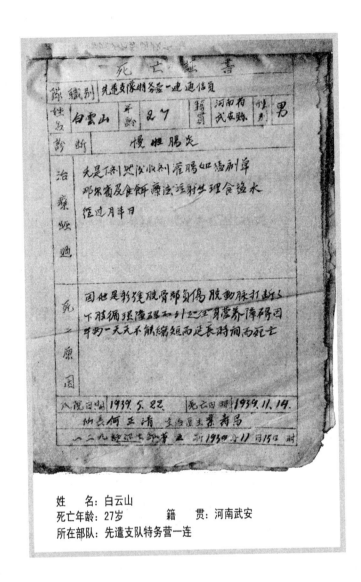

姓　　名：白云山
死亡年龄：27岁　　籍　　贯：河南武安
所在部队：先遣支队特务营一连

83位英雄之白云山

作者／王芬（榆社诗词学会会员）

特殊使命重如山，不顾安危情报传。
血染清漳人仰慕，离乡赤子几时还？

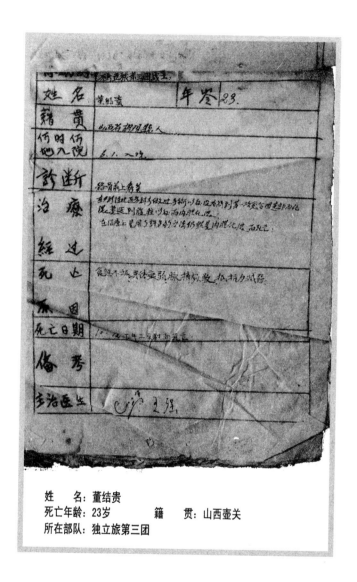

姓　　名：董结贵
死亡年龄：23岁　　　籍　　贯：山西壶关
所在部队：独立旅第三团

83位英雄之董结贵

作者 / 陈并芳（榆社诗词学会会员）

壮心百战未离鞍，血雨腥风子弹穿。

倭寇侵华生命丧，春秋七秩把家还。

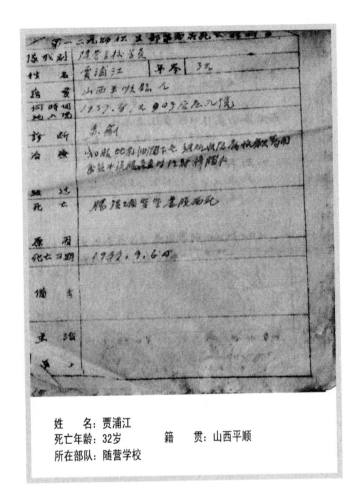

姓　　名：贾浦江
死亡年龄：32岁　　　籍　　贯：山西平顺
所在部队：随营学校

83位英雄之贾浦江

作者 / 宋玉萍（中华诗词学会会员，山西唐槐诗社社员）

故纸陈年已泛黄，干戈恶疾合成殇。
江山代有先驱出，隔世犹闻魂魄香。

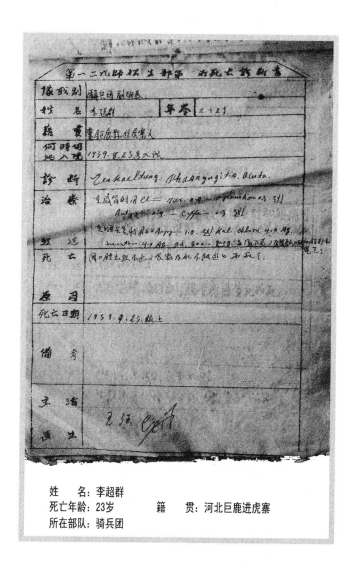

姓　　名：李超群
死亡年龄：23岁　　　　籍　　贯：河北巨鹿进虎寨
所在部队：骑兵团

83位英雄之李超群

作者 / 张杰（山西唐槐诗社副社长）

策马扬鞭向敌顽，中原逐鹿气如山。
难堪最是班师日，长哭英雄人未还。

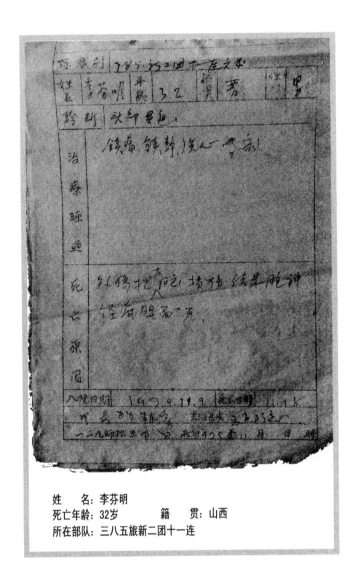

姓　　名：李芬明
死亡年龄：32岁　　　籍　贯：山西
所在部队：三八五旅新二团十一连

83位英雄之李芬明

作者 / 刘磊峰（中华诗词学会会员，山西唐槐诗社副社长）

携笔从戎战太行，拼将热血保家乡。
未酬壮志身先去，祭慰英灵寇已降。

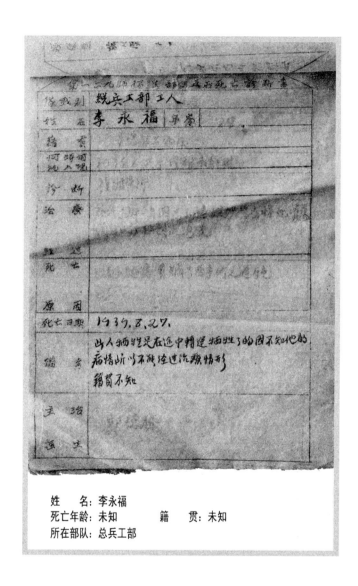

姓　　名：李永福
死亡年龄：未知　　　籍　　贯：未知
所在部队：总兵工部

83位英雄之李永福

作者 / 陈秀峰（中华诗词学会会员，山西唐槐诗社《唐槐吟苑》常务副主编）

莲花岭上炮声隆，弹雨枪林运送中。
殉国未留桑梓地，心碑一座刻丰功。

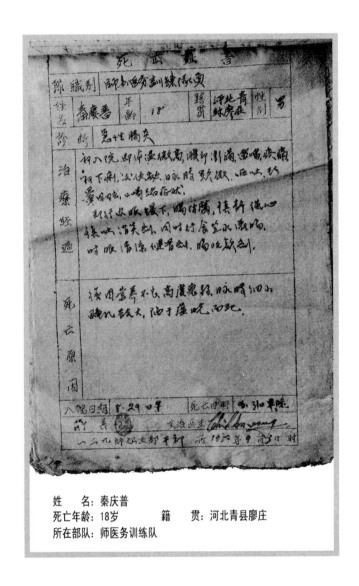

姓　　名：秦庆普
死亡年龄：18岁　　　　籍　　贯：河北青县廖庄
所在部队：师医务训练队

83位英雄之秦庆普

作者／宋玉萍（中华诗词学会会员，山西唐槐诗社社员）

奋起青春事救亡，何期小疾也成殇。
忠魂今日可含笑，不许倭奴过大洋。

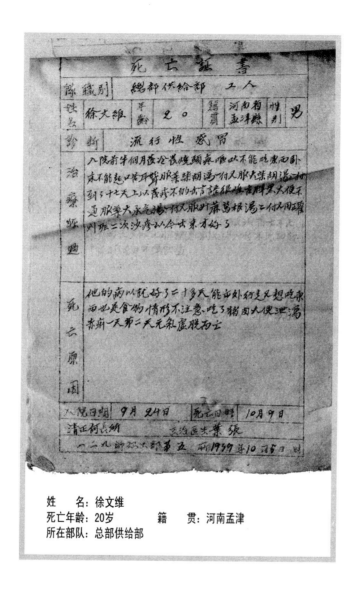

姓　　名：徐文维
死亡年龄：20岁　　　　籍　　贯：河南孟津
所在部队：总部供给部

83位英雄之徐文维

作者／郭天保（中国书画研究院山西创作分院副院长，山西唐槐诗社副社长）

青春报国出龙门，立志驱倭铁血奔。
七十四年心未死，英雄不朽太行魂！

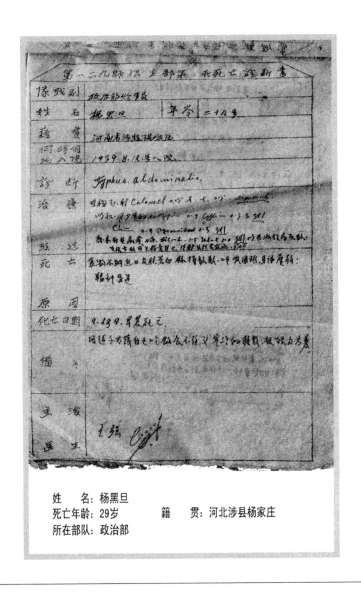

姓　　名：杨黑旦
死亡年龄：29岁　　　籍　　贯：河北涉县杨家庄
所在部队：政治部

83位英雄之杨黑旦

作者/常永生（中华诗词学会会员，山西诗词学会副会长，中国书画研究院山西创作分院副院长，山西唐槐诗社社长）

生来报国为桑麻，别母离妻血洒崖。
一介伙夫无敌手，沙场不愧出杨家！

姓　　名：张富门
死亡年龄：50岁　　　籍　　贯：河北宁晋
所在部队：不详

83位英雄之张富门

作者／毛牛（中华诗词学会会员，山西唐槐诗社《唐槐吟苑》副主编）

晋冀烽火半百烧，捐躯为国左权骄。

抛妻别子除倭寇，抗日英姿赤石雕！

姓　　名：张洪礼
死亡年龄：24岁　　　籍　　贯：山西晋城
所在部队：总工厂

83 位英雄之张洪礼

作者 / 郭宏伟（中华诗词学会会员，山西诗词学会副秘书长，
山西唐槐诗社副社长）

精工细做一支枪，恨未驰骋上战场。
岁月无情人有义，青山不阻是家乡。

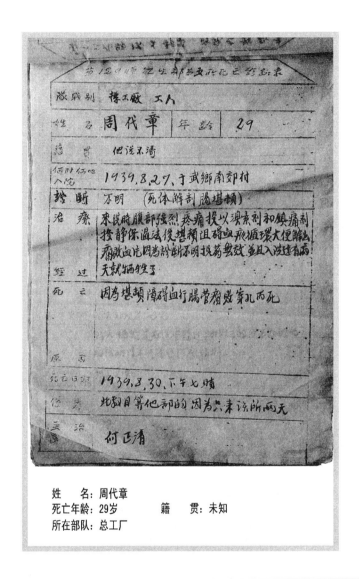

姓　　名：周代章
死亡年龄：29岁　　　籍　　贯：未知
所在部队：总工厂

83位英雄之周代章

作者 / 魏红（中华诗词学会，山西诗词学会会员）

投身革命值青春，血雨腥风铸剑魂。
壮志未酬身已死，空留遗恨满怀襟。

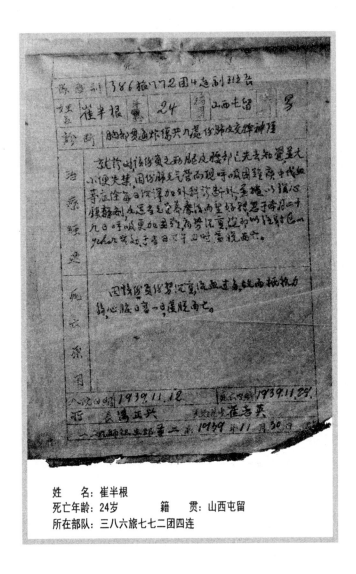

姓　　名：崔半根
死亡年龄：24岁　　　　籍　贯：山西屯留
所在部队：三八六旅七七二团四连

83位英雄之崔半根

作者/杨宏（中华诗词学会会员，山西诗词学会会员，山西唐槐诗社社员）

滚滚硝烟笼太行，男儿奋起御倭狂。
身伤九处真元尽，铁骨雄魂捍我疆。

志愿者为英雄崔半根创作的悼念词和画

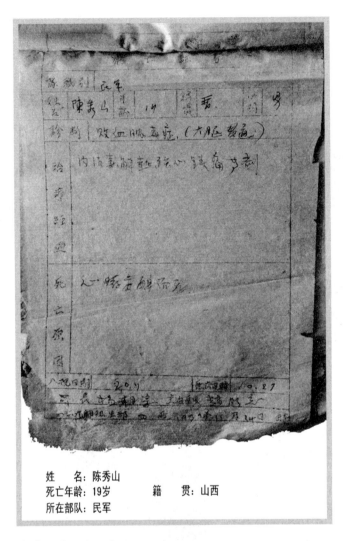

姓　　名：陈秀山
死亡年龄：19岁　　　籍　　贯：山西
所在部队：民军

陈秀山的死亡证书
（编者注：为英雄创作悼念诗时，陈秀山被遗漏。）

志愿者为英雄陈秀山创作的悼念词和画

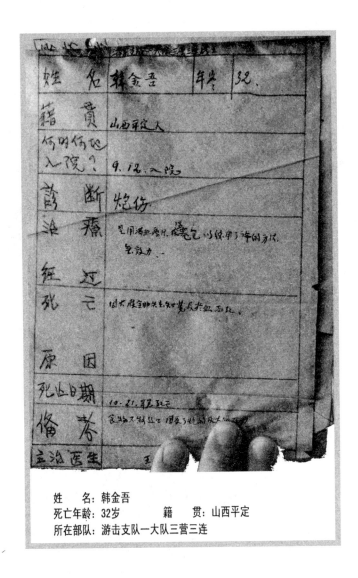

姓　　名：韩金吾
死亡年龄：32岁　　　籍　　贯：山西平定
所在部队：游击支队一大队三营三连

83位英雄之韩金吾（新韵）

作者 / 王志清（榆社诗词学会副会长）

日寇来侵犯，杀敌勇向前。
豪情酬壮志，血染太行山。

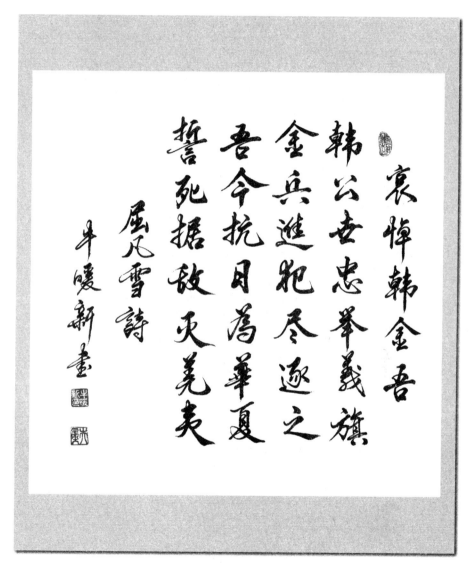

志愿者为英雄韩金吾创作和书写的悼念诗

（注：该幅作品中的"誓死据敌"应为"誓死拒敌"）

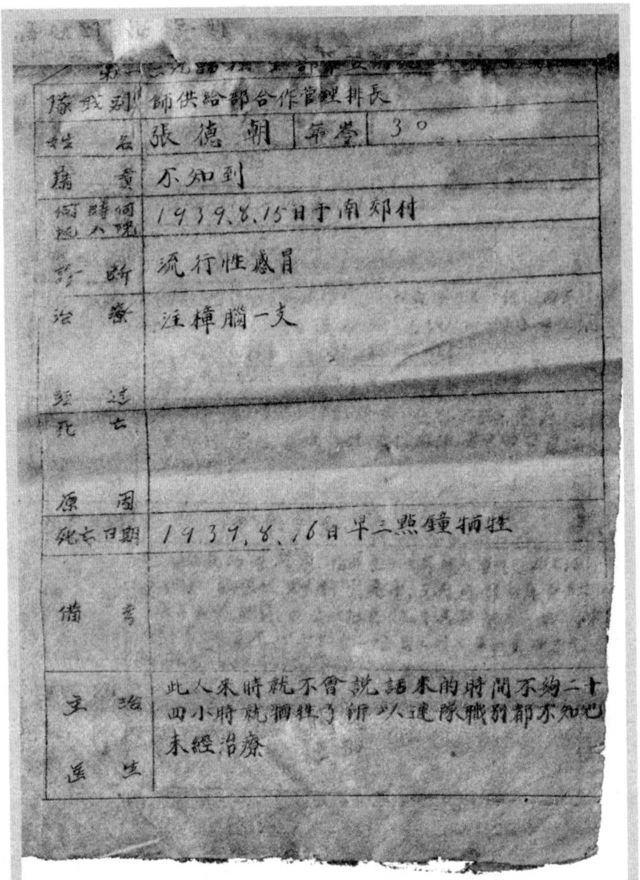

部隊職別	師供給部合作管理排長		
姓名	張德朝	年齡	30
籍貫	不知到		
何時何地入院	1939.8.15日于南郊村		
診斷	流行性感冒		
治療經過	注樟腦一支		
死亡原因			
死亡日期	1939.8.16日早二點鐘犧牲		
備考			
主治醫生	此人來時就不會說話來的時間不夠二十四小時就犧牲了師以連隊職別都不知也未經治療		

姓　　名：张德朝

死亡年龄：30岁　　　　籍　　贯：未知

所在部队：师供给部合作管理排

83位英雄之张德朝

作者 / 吴定命（中华诗词学会会员，山西诗词学会顾问）

三十功名尘与土，一生战斗守家园。

从容死国不留籍，五岳当碑写壮篇。

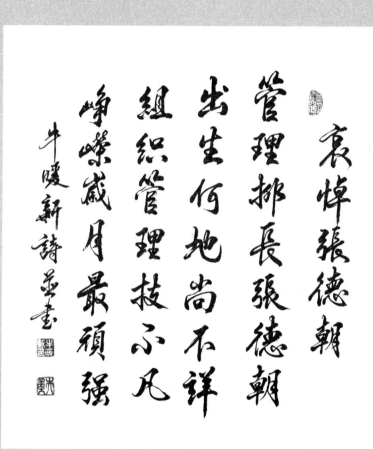

哀悼张德朝

管理排长张德朝

出生何地尚不详

组织管理技不凡

峥嵘岁月最顽强

牛暖新诗并书

志愿者为英雄张德朝创作并书写的诗